身体会告诉你
非洲豪萨语文学作品选

孙晓萌 选编
李春光 等译

华东师范大学出版社

Jiki Magayi

An Anthoglogy
of Modern Hausa
Literature

华东师范大学出版社六点分社 策划

本书为国家社科基金项目"英国殖民时期非洲豪萨语和斯瓦希里语本土文学嬗变研究(1900—1960)"(16BWW085)阶段性成果。

总主编

李安山

国际顾问委员会

Ibrahim Abdullah
多伦多大学历史学博士,塞拉利昂大学弗拉湾学院历史系教授

Olutayo C. Adesina
尼日利亚伊巴丹大学历史系系主任,《非洲评论》(African Review) 主编

Fantu Cheru
埃塞俄比亚巴赫达尔大学教授,北欧非洲研究中心主任

Bouchra Sida Hida
摩洛哥拉巴特社会科学研究中心高级研究员,非洲社会科学研究发展理事会研究项目官员

Augustin Holl(高畅)
喀麦隆学者,厦门大学特聘教授,原巴黎十大副校长,联合国教科文组织《非洲通史》9-11卷国际科学委员会主席

Martin Klein
多伦多大学历史系教授,前美国非洲研究学会会长

林毅夫(Justin Yifu Lin)
北京大学国家发展研究院教授、名誉院长,北京大学新南南合作与发展学院院长

Mahmood Mamdani
乌干达马凯雷雷大学社会研究中心主任,哥伦比亚大学国际和公共事务学院教授

Femi Osofisan
尼日利亚伊巴丹大学戏剧系教授,戏剧家,2015年获泛非作家协会荣誉奖,2016年获国际戏剧评论协会塔利亚奖

Kwesi Kwaa Prah
加纳第一代政治学家,南非非洲高级研究所主任

Issa Shivji
坦桑尼亚科技委员会尼雷尔资源中心主任,曾任教于坦桑尼亚达累斯萨拉姆大学

Olabiyi Babalola Joseph Yai
非洲语言文学学者,曾任联合国教科文组织执行委员会主席、贝宁驻联合国教科文组织大使

编委会(按姓氏笔画排序)

毕健康
刘少楠
刘伟才
刘海方
许亮
孙晓萌
李洪峰
邱昱
汪琳
张瑾
陈亮
赵俊
施美均
姚峰
袁丁
倪为国
徐微洁
蒋晖
程莹
廉超群
潘华琼

总　　序

学问之兴盛，实赖于时势与时运。势者，国家与人类之前途；运者，发展与和平之机缘。中非关系之快速发展促使国人认识非洲、理解非洲、研究非洲。

非洲乃人类起源地（之一），非洲文明形态使人类文明极大丰富。古罗马史家老普林尼（Gaius Plinius Secundus）有言："非洲总是不断有新鲜事物产生"，此种"新鲜事物"缘自非洲人之"自我创造活动"（Ki-Zerbo语）。全球化再次使非洲为热土，非洲智者提醒："千万别试图告诉非洲人到底哪里出了问题，或他们该如何'治好'自己。如果你非要'提供救赎'，那么抑制你内心的这种渴望。""非洲人不是坐在那列以我们的世界观为终极目的的列车上。如果你试图告诉他们，他们如何成为我们，千万别。"（Kaguro Macharia 语）

此提醒，预设了国人研究非洲必备的"问题意识"；此提醒，不仅因国人对非洲的知识仍然贫乏，更促使吾辈须知何为中非文明互鉴之基础。

中国学界不仅须理解伊本·赫勒敦（Ibn Khaldun）之卓识远见，谢克·安塔·迪奥普（Cheikh Anta Diop）之渊博学识，马姆达尼（Mahmood Mamdani）之睿智论证和马兹鲁伊（Ali Mazrui）之犀利观点；更须意识到非洲之人文社会科学在殖民统治时期受人压制而不见经传，如今已在世界学术之林享有一尊。吾辈须持国际视野、非洲情怀和中国立场，苦其心志,着力非洲历史文化与社会经济诸方面之基础研究。

"六点非洲系列"之旨趣:既要认知西方人心目中之非洲,更要熟悉非洲人心目中之非洲,进而建构中国人心目中之非洲。本书系关涉非洲历史、社会、政治、经济、文化、文学……力图为非洲研究提供一种思路。惟如此,吾辈才有可能提供一套有别于西方的非洲知识之谱系,展现构建人类命运共同体伟大实践之尝试。此举得非洲大方之家襄助,幸甚。

"人之患在好为人师。"(孟子语)"各美其美,美人之美,美美与共,天下大同。"(费孝通语)此乃吾辈研究非洲之起点,亦为中非文明互鉴之要义。

是为序。

李安山 2019 年 11 月 11 日

于京西博雅西苑

目 录

豪萨语西化文学形式背后的民族性（代序）　孙晓萌/ 1

上 编

一潭圣水　哈吉·阿布巴卡尔·伊曼/ 3
身体会告诉你　约翰·塔菲达，骆布特·伊斯特/ 63
谢胡·乌玛尔　阿布巴卡尔·塔法瓦·巴勒瓦/ 135
提问者的眼睛　穆罕默德·瓜尔佐/ 199

下 编

豪萨寓言故事两百篇　尤素夫·尤努萨/ 255

编者说明/ 368

豪萨语西化文学形式背后的民族性

(代序)

孙晓萌

豪萨(Hausa)是尼日利亚三大主体民族之一,另外两个分别是约鲁巴(Yoruba)和伊博(Igbo)。后两个民族更为中国读者熟知,因其产生了非洲现代文学史上的两位杰出人物:非洲首位诺贝尔文学奖得主索因卡和被誉为非洲文学之父的阿契贝。相比而言,豪萨民族及其文学则不为我们所知,它所特有的文学现代化道路也从未纳入我们的研究视野。但了解现代豪萨语文学的生成很有必要,因为它代表了殖民地现代文学形成过程中的一个独特现象,这个现象与东部非洲的斯瓦希里语文学相似,其特点是:豪萨语和斯瓦希里语的使用地区此前没有书面语言,是在伊斯兰文化和英国殖民文化影响下形成的。14世纪,伊斯兰教由万加腊人(Wangara)传入豪萨地区,受伊斯兰教影响,出现了使用阿拉伯语字母记录豪萨语的书写方式阿贾米。19世纪初期,伊斯兰宗教改革领袖及其追随者在豪萨传统口头诗歌的基础之上,借用阿拉伯语宗教诗歌的形式,用阿贾米撰写了大量宗教题材诗歌;受英国殖民之后,阿贾米书写方式及用其创作的豪萨语宗教诗歌及书面文学传统对殖民政权造成了威胁,因此英国殖民者将豪萨语原有的阿拉伯文拼写方式转化成拉丁拼写方式,以动摇豪萨的伊斯兰文化根基,并通过创立一系列文化机制促进拉丁化的豪萨语书面文学的形成,这便构成了豪萨语现代文学的开端。

本文将探讨豪萨语小说起源时期产生的作品与豪萨传统口头文学、用阿贾米书写的文学之间的承继关系,以审视豪萨语文学在殖民统治时期的现代转型。

一、模仿的书写与豪萨语小说的发生

20世纪初,英国在北尼日利亚确立殖民政权,殖民当局为了降低伊斯兰文化对豪萨人民的影响,推行阿贾米书写方式向拉丁化的转变,随后,以新的书写方式创作文学便成为殖民文化政策的重点。

1933年,北尼日利亚殖民地教育局局长汉斯·费舍尔(Hans Vischer)提议举办一场本土文学创作比赛。参赛作者被告知用两万字篇幅创作中篇小说,小说可以具有教诲性质,但不能简单模仿神话故事。翻译局局长伊斯特(Rupert Moultrie East)收到来自北方各地伊斯兰学者毛拉(Mallam)的参赛作品,这些作品大多没有脱离口语文学的基本特点,人物出场颇为随意,性格平面化。这种"将故事置于预设的已知结论之中的做法被伊斯特认为十分失败"[①]。出现这种结果并不奇怪,在北尼日利亚,尽管"讲故事"(Story Telling)的传统由来已久,但虚构创作仅限于神话传说等口头文学形式,因此可供参赛的豪萨作家借鉴模仿的文本寥寥无几,唯一一部将豪萨口头文学书面化并使用拉丁化豪萨语创作的文学作品

---

① Rupert Moultrie East, "A First Essay in Imaginative African Literature", Africa: *Journal of the International African Literature*, Vol. 9 (1936), p.355.

是19世纪末由欧洲人使用豪萨文学题材撰写的旅行叙事《豪萨文学》(*Magana Hausa*),这部作品的体例对豪萨作家具有一定的示范作用。

比赛最终获奖的五部作品是阿布巴卡尔·伊曼(Abubakar Imam)的《一潭圣水》(*Ruwan Bagaja*)、贝洛·卡加拉(Malam Bello Kagara)的《历险记》(*Gandoki*)、阿布巴卡尔·塔法瓦·巴勒瓦(Abubakar Tafawa Balewa)的《谢胡·乌玛尔》(*Shaihu Umar*)、穆罕默德·瓜尔佐(Malam Muhammadu Gwarzo)的《提问者的眼睛》(*Idon Matambayi*)、约翰·塔菲达(Malam John Tafida)与伊斯特联合创作的《身体会告诉你》(*Jiki Magayi*),出版后的作品以每部六便士的价格在殖民地市场中销售。① 本土文学创作比赛后,北尼日利亚拉丁化豪萨语文学从单纯的翻译外国文学作品进入了本土文学创作的新阶段,殖民地翻译局自此也更名为文学局(Literature Bureau)。

具有讽刺意味的是,作为文学创作比赛的"幕后策划者",英国殖民者伊斯特被西方推举为"豪萨现代书面文学之父",也成为非洲文学的第一位现代评论家,他创建了口头传统文学和书面文学间的比较实践与量化标准,这成为诠释非洲文学传统"马赛克"现象②的方法论。伊斯特亲自在卡奇纳师范

---

① Ibid., p.351.
② 所谓文学传统"马赛克",是指口头与书面文学等多种文学形式并存,浑然一体的现象。Donald Cosentino, "An Experiment in Inducing the Novel Among the Hausa", *Research in African Literatures*, Vol. 9 (1978), p.28.

培训学院讲授英国文学,灌输英国价值观。第一届文学创作比赛的获奖作家无不出自这个学院。他们熟练掌握英语和豪萨语,属于最早西化的一批豪萨知识分子。文学创作比赛使豪萨传统知识精英与接受过西式教育的知识精英之间的分化凸显出来,传统精英继续使用豪萨阿贾米或阿拉伯语进行"非虚构"的散文创作,受西方教育的作家则使用拉丁化的豪萨语进行虚构性创作。

殖民地本土文学创作比赛中获奖的这几部作品标志着豪萨语小说的起源,同时也标志着豪萨书面文学由"神圣化"转向"世俗化"的开端。然而,早期豪萨语小说显然与西方殖民者树立的文学标准也存在较大差距。文学批评家们认为,作品尽管在长度上胜过民间故事,也更具备书面化文学的特点,但多数作家仍然使用神话中的人物,形式和人物塑造过于依赖神话传说,小说的片段式形式限制了作品意义的表现,扁平的神话传说式人物未达到西方文学中人物的自省深度,是对神话故事失败的模仿。[1] 更有评论家甚至绝望地认为"豪萨语小说永远无法脱离神话传说的影响"[2]。在这些小说中,《谢胡·乌尔玛》因最大程度脱离了口头文学传统而受到个别西方文学评论家的认可和称赞[3],其中部分原因是伊斯特在小说出版前曾与伊芒多次书信往来,并亲自指导其修改作品。

---

[1] David Westley, *The Oral Tradition and the Beginnings of Hausa Fiction*, PhD diss., University of Wisconsin-Madison, 1986, p.188.

[2] Joanna Sullivan, "From Poetry to Prose: the Modern Hausa Novel", in *Comparative Literatures Studies*, Vol. 46(2009), p.311.

[3] Ibid., 193.

可以肯定的是，针对早期豪萨语小说作品的评论完全基于西方殖民统治者的视角，批评家以西方文学审美标准来审视豪萨语文学，豪萨语文学自身的传统及其蕴藏的文化内涵被贬低甚至全盘否定。其中部分原因是伊斯特及其所代表的殖民当局认为，豪萨地区的丰富口头文学传统，如口头传说(tatsuniya)、赞歌(kirari)、历史故事(labari)，并不符合西方的文学规范，缺乏相应的文学价值，需要为殖民地创制一种有别于教诲和口头叙事形式的文学类型。更为重要的是，豪萨地区的伊斯兰化产生了使用阿拉伯语创作的宗教诗歌，以及使用豪萨阿贾米书写具有鲜明的宗教色彩的方言诗歌，对英国的殖民统治构成了威胁。因此，殖民当局在废止豪萨阿贾米书写方式后，同样需要将其所书写的文学作品边缘化，使被殖民者丧失文化身份认同。然而，殖民者人为创制的文学形式不可能摆脱豪萨传统文学母体而存在，尽管豪萨作家模仿和借用了西方小说形式，然而在叙事方面则与西方范式大相径庭。

殖民统治者从外部引入小说这种文学创作形式，试图在殖民地民众中实施阅读规训，在殖民当局的支持和协助下，短时间内的确产生了一定影响，然而，文学创作比赛后，豪萨语小说在殖民地的接受、传播与发展并非一帆风顺，而是遭受重重阻碍。事实上，无论口头文学或是书面文学，在豪萨地区业已存在着一套完整的文学叙事方式，例如在豪萨社会中"故事叙事"具有明确的性别分工，一般由女性面对未成年人讲述，具有娱乐和教诲的功能。口头文学中的传说故事的发展与变化通常由某些重要的社会和历史事件推动，而拉丁化的豪萨语小说的虚构性创作与历史事件并无关联,也不具有任何宗教训导功能,并未在传统豪萨知识阶层中获得认可与接纳。①参与本土文学创作比赛的作家皆接受过殖民地西式教育,他们作为殖民文学实验的参与者,并不具有广泛代表性。

殖民时代的文学"建制"是受帝国统治阶级直接掌控的,殖民者力图通过创造新的文学形式,并使其在殖民地教育体系和精英阶层中发挥作用,影响知识的再生产,巩固其在北尼日利亚的殖民政权。本土文学创作比赛中获奖的五部小说显然是西方文化殖民的产物,但是,如果细加分析,在被迫采纳的现代西方叙事形式背后,依然保留了本民族文学的核心要素。

二、传统文学对豪萨语小说叙事模式的渗透

文学创作比赛获奖的小说,形式上以散文叙事书写,同时混合了豪萨语文学传统中的谚语、诗歌、赞歌、神话、传说等多种文学形式,并与豪萨伊斯兰身份的道德教诲之间联系紧密,其中以豪萨口头文学中的民间传说、豪萨书面语诗歌对小说叙事模式对其的影响最为显著。

(一)民间传说叙事模式对豪萨语小说的影响

豪萨口头文学被统称为"聊天"(hira),意为想象的散文叙事,具体包括基于事实的故事(labari)、英雄人物的史诗叙事的历史(tarihi)及有关恶魔、动物或者超自然生物"精灵"虚

---

① Albert Gerard, *African Language Literatures: An Introduction to the Literary History of Sub-Saharan Africa*, Washington DC: Three Continents, 1981, p. 62.

构的传说(tatsuniya)。口头文学的主要功能有保存部落的宗教神话、延续历史记忆、增强集体身份认同与荣誉感、记录祖先世代相传的智慧结晶等。① 在豪萨口头文学叙事传统中,"历史"的正统叙事由男性负责,神话等娱乐性叙事则由"祖母"为代表的女性负责——其年龄代表了对生命的深刻理解与完整诠释,同时也被认为是知识生产、保存和传播的载体,向年轻人灌输传统文化、世界观、行为准则和道德规范,甚至还通过神话进行禁忌主题教育,如性、羞耻和荣耀。教诲通常出现在神话的结尾部分,悲剧性结局标志着对邪恶行为的惩罚与训诫,理想的结局暗示着服从与回报。通过这种方式从文化上规避了父母同子女间的禁忌类话题对话,祖母实际上扮演了导师角色:向年轻人传授生存技巧和认知能力,同时建构其身份认同与文化自觉。②

豪萨口头文学传统中的对立冲突与秩序重建主题在小说中体现得淋漓尽致。文学创作比赛中获奖的作品均涉及罪恶与惩戒、爱情与憎恨、忠诚与背叛以及信仰等传统文学中的主题,但出现了明显的世俗化取向,包括犯罪、嗜酒、淫秽等社会议题也有所涉及。阿布巴卡尔·伊曼的《一潭圣水》的对立冲突表现在主人公哈吉与反面人物祖尔格的频繁相遇和分离,人物间的对立关系构成了整部作品的框架,涉及表象与现实、

---

① Albert Gérard, "Preservation of Tradition in African Creative Writing", in Research in African Literature, Vol. 1 (1970), p. 36.
② Ouseina Alidou, "Gender, Narrative Space, and Modern Hausa Literature", in Research in African Literatures, Vol. 33(2002), pp. 138—140.

人与物质世界、信仰等问题。约翰·塔菲达的《身体会告诉你》中充斥着伟大和悲伤的爱情、仇恨与复仇。

豪萨语小说大量运用非洲神话叙事结构中现实与虚构相结合的技巧。在故事情节方面,主人公在已知和未知空间之间移动,这种移动通常具有重要的主题意义。《一潭圣水》中融合了现实与虚构场景,故事一方面起源于距离作者伊曼出生地卡加(Kagara)不远处的匡塔戈腊(Kwantagora),小说中的人物在豪萨社会中皆具有典型性,如伊玛目(Imam)、酋长(Sarki)、毛拉等,但是男主人公在故事结尾遭遇恶魔,在精灵的帮助下升入天空,为小说增添了虚幻离奇的色彩。精灵与人之间的互动是豪萨神话的典型特征,哈吉的旅行在卡诺终结,象征着离别虚幻世界重回现实。① 在《身体会告诉你》中,男主人公对圣水的追求引领他进入神奇的探险之旅,并在精神世界中实现了"空间穿越",阿布巴卡尔在接近象征着精神领域的神秘树林时精神得以升华,从树林中返回意味着从虚幻世界重回现实生活。《身体会告诉你》被认为是现实与虚幻场景结合的巅峰之作,具有较高的艺术价值,其中的叙事技巧娴熟,作品中几乎没有使用重复性的口头叙事。尽管在文学创作比赛过程中,伊斯特反对豪萨口头文学元素的运用,但除了《谢胡·乌尔玛》,其余四部作品的口头文学元素随处可见。

(二)豪萨诗歌叙事模式在小说中的反映

豪萨诗歌包括口头诗歌和书面诗歌,口头诗歌具有娱乐

---

① Graham Furniss, *Poetry, Prose and Popular Culture in Hausa*, Edinburgh: Edinburgh University Press, 1996, p.22.

性,主要作为传播信息,维持并塑造政治、道德和传统价值观的手段。口头诗人通常在身份上具有独立性,也有些隶属于宫廷,通过赞颂或嘲讽行使其形塑社会、宫廷和政治秩序的功能,诗歌在语言方面具有直接、尖锐等特点。19世纪以前的叙事性作品或采用诗歌形式叙述故事,或采用散文体叙述,但其体裁和结构更趋向编年史。19世纪早期的伊斯兰宗教改革运动将豪萨社会真正带入书写时代,宗教改革领袖意识到原有豪萨口头诗歌具有较大影响力,故将其书面化用于传播宗教思想,使用豪萨阿贾米书写的方言诗歌成为宗教改革运动的重要遗产,豪萨语文学自此也实现了"教诲性"转向,大量与圣战和伊斯兰统治合法性及权威性相关的豪萨阿贾米诗歌相继面世,部分涉及对先知的赞美、道德告诫、苏菲神秘主义(Sufism)等,以手抄本形式在豪萨兰地区的权力和知识阶层广泛流传,并号召农民和游牧民进行背诵,此后还产生出方言诗歌的印刷品,这使伊斯兰宗教知识的传播范围,从少数精英学者扩展到能阅读阿贾米文字的民众。20世纪前的豪萨书面诗歌内容全部为宗教性质,此后经历了"世俗化"和"政治化"转向,但仍旧基调严肃,以教诲内容为主。①

巴勒瓦的自传体小说《谢胡·乌玛尔》是对19世纪豪萨诗歌中教诲主题的创造性转化的典范,也是现存唯一的豪萨教诲主题散文叙事体小说。作品塑造了一位虔诚博学的毛拉的形象,这一形象和19世纪宗教改革领袖谢赫·乌斯曼·丹

---

① Joanna Sullivan, "From Poetry to Prose: the Modern Hausa Novel", pp. 313—314.

弗迪奥以阿贾米书写的自传体诗歌《谢赫的形象》(*Sifofin Shehu*)①中的完美穆斯林王子相似。随着小说的展开,巴勒瓦内心最渴望展示的自我发展图景逐渐清晰。作者将创作置于大量的宗教祷告场景之中,而类似的祷告也常被设置于豪萨教诲诗歌之中。如斯金纳所述:"客观地讲,乌玛尔教长完美得不真实,对于一个穆斯林而言他几乎成为了典范:平静、寡欲、虔诚。"②尽管如此,巴勒瓦仍通过一系列人物塑造来生动烘托典范式的主人公:充满激情的母亲、腐败的酋长侍卫、邪恶的奴隶贩子;极为相似的是,谢赫的教诲诗歌中也塑造了腐败的王子与生病的妓女形象,在虔诚诗歌题材中显得尤其引人注目。《谢胡·乌玛尔》塑造的教诲性人物在豪萨社会的价值体系中得到广泛认可。有研究者指出,小说中的主人公乌玛尔被视为贤人(mutumin kirkii)典范,定义了以真实、信任、慷慨、忍耐、审慎、知耻、修养、尊严、智慧和公正为代表的豪萨贤人概念。③ 因此,《乌玛尔教长》的创作不仅并未背离豪萨文学传统,而且以教诲主题寻求一种全新的创造性转化。

通过对豪萨语早期五部现代小说作品的分析,可以得出这样的结论:豪萨语小说仍受到了豪萨语传统文学和文化的

---

① See F. H. El. Masri and R. A. Adeleye, "Sifofin Shehu", *Centre of Arabic Documentation Institute of African Studies*, University of Ibadan, Vol. 2 (1966), pp. 1—36.

② Neil Skinner, "Realism and Fantasy in Hausa Literature", pp. 173—174.

③ Anthony H. M. Kirk-Greene: *Mutumin Kirkii: The Concept of the Good Man in Hausa*, Bloomington: African Studies Program, Indiana University, 1974.

形塑,并保留了豪萨语民族文学的核心要素。可以说,西方通过殖民统治对其以外世界的巨大影响为亚非地区现代文学的出现提供了契机,这也成为理解亚非现代文学的性质和特征的前提。但由于亚非各个国家和西方的历史千差万别,文化传统迥异,因此,其现代小说的发生、发展和功能也大相径庭,全面勾勒这种复杂的差异性,有助于我们深入理解亚非现代文学的性质和特征,以及亚非民族国家的构建过程。

上 编

一潭圣水[①]

哈吉·阿布巴卡尔·伊曼(Alhaji Abubakar Imam)

[①] 这是伊曼创作的首部小说,于1934年初版。

在兹亚兹努之子谢胡王朝初期,有一个疯疯癫癫的人,人称故事狂人科杰。之所以被唤作"狂人",并非因为他会无缘无故地打骂他人,而是源于他对故事的痴狂。他游历各国,向达官显贵讲述他的见闻,以获得美食的馈赠。不仅如此,他还有个异于常人之举,那便是当他向你讲述一个你从未听过的故事时,如果你付钱给他以示感谢,他通常只取一半,然后用余下的一半酬劳换取你的新故事。

就这样,科杰走过一个又一个国家,直到有一天,在真主的指引下,他来到苏丹王朝的首都孔塔贡拉。拜见过苏丹国王后,便被安排在王宫里住了下来。稍作安顿,科杰走出宫殿,开始继续寻找新的故事。三天里,他向苏丹国王讲述了一个又一个故事,同时也从大臣们那里听到了一些新鲜事。

一天,科杰在城里闲逛,不知不觉间走到一大户人家门口。看到坐在门口的侍从,他走上前,问道:"请问,这是谁的府邸?"

侍从们瞪大了眼睛,反问道:"这个世界上竟然还有人不知道哈吉·伊曼?"

故事狂人科杰问道:"那他现在会出门吗?"

侍从们回答:"不到晌午,他才不会出门呢!"闻听此言,科杰便找了个地方坐下来,静等晌午的到来。

刚到晌午,远处便传来一阵脚步声。整个门厅里的人顿时站了起来,向主人行礼致意。哈吉·伊曼坐下后,一眼便发现了人群中的科杰,问道:"这是哪位呀?"

科杰上前回答:"我就是人称'故事狂人'的科杰,到贵城已有十日。相信你已经听说我做生意的方式了,你愿意买我的故事吗?"

哈吉·伊曼说道:"那你先说来听听吧。今天,我会让你尝到失败的苦果。"

科杰笑道:"应该说,咱们是棋逢对手,将遇良才吧。"

于是,故事狂人科杰便讲起故事来,一个接一个,毫无间断之意。在大概讲到第三十个故事的时候,他突然停了下来,对伊曼说:"您先把这三十个故事的账给结了,然后我再继续。"

伊曼说:"你还是先继续讲吧。"于是,科杰又滔滔不绝起来,直讲得口干舌燥。等他结束时,太阳已落山。这时,伊曼撇着嘴说:"这就是你的全部故事?比起那些能从早讲到晚的,你差远啦!就这点本事,你也配叫'故事大王'?"伊曼紧接着又说道:"这样吧,明天你把你的朋友们都叫上,我来给你们讲一讲我游历世界的故事,这也正是我富甲一方的原因。我们一起来见证一下,看看如果我蜻蜓点水般地把这些故事讲一遍,十天内能不能完成。"故事狂人科杰行礼后便告退了。第二天,天刚蒙蒙亮,他便来到伊曼家。太阳升起后,伊曼在门厅现身,人们纷纷向他行礼问候。在椅子上坐定后,他瞟了一眼科杰,问道:"今天你带了几只耳朵过来啊?"

科杰回答:"当然是两只了。"

伊曼说:"那就把它们都竖起来吧,我要开始讲故事了。"

科杰怏怏不服地答道:"洗耳恭听。"

第一章
哈吉踏上寻找圣水之路

我叫哈吉·伊曼,家父是苏丹国王的老师,人称"河边先生"。人过中年,他仍膝下无子,这件事一直萦绕在他心头。满屋藏书可谓是汗牛充栋,但无奈后继无人哪!他有一个继子,名叫萨奇穆。不管父亲为这个孩子付出了多少心血,他的母亲都没表示过感谢,因此这个孩子也未曾怀有感激之情。

就这样,日子一天天过去,萨奇穆长大成人,十五年的光阴为他带来力量和勇气。当感觉到自己足够强大能成为一个英雄时,萨奇穆走出村子,干起了拦路抢劫的勾当。父亲曾多次阻止过他的这种恶劣行径,但全为徒劳之功。无奈之下,父亲只好命人将他抓了起来。

关押三天后,父亲将他释放出来。萨奇穆垂头丧气地回到家中,尽管恨得牙根痒痒,但对此事他只字未提。等到夜幕降临,他拔出利剑,冲到父亲房间,一剑便要了父亲的性命。杀人后,萨奇穆并未仓皇而逃,他冷静地将父亲的尸首用裹尸布裹好,安放于房间内。

等到天亮,萨奇穆便向苏丹国王禀告,父亲由于严重腹痛,昨夜辞世。由于父亲德高望重,人们为他举办了盛大的葬礼。在父亲过世几天后,萨奇穆做了个梦。梦里,父亲站起身来,一个红枣大小的东西,从他嘴里冒了出来,越变越大,最后长成狮子般大小。这个庞然大物走向萨奇穆,威胁要杀死他。

这个梦令萨奇穆非常不安,天一亮,他便找来占卜师为他解梦。

所有占卜师都认真地在地上写写画画,圈圈点点。随后,为首的占卜师说道:"这位故人的一个妻子将为他生下一个男孩,而这个孩子将会要了你的命。"听罢,萨奇穆说道:"尽管我对占卜算卦一窍不通,但我也知道,这是个赤裸裸的谎言,因为这人一个孩子都没有!是他让你们来气我的,是吧,一群废物!"

听罢此话,所有占卜师都抖了抖双手,站起身来,灰溜溜地走了。

夜深人静,萨奇穆躺在床上,回想着占卜师的话,心烦意乱,辗转难眠。他自言自语道:"令人敬畏的真主,请原谅我!眼前最为保险的做法是将他的四个妻子全部杀掉,这样那些胡子法师的预言就不会成真了。"

于是,他找来毒药,将她们一一毒害,并对外宣称,由于过分思念丈夫,她们一同殉情了。但那个时候,我的母亲恰好回娘家省亲,因此躲过一劫。

尽管如此,萨奇穆并没打算放我母亲一把,他派了一个黑奴,让他去我外婆家,将我母亲绑架到树林里杀掉。夜幕降临,黑奴装上马鞍,来到我外婆家中绑架了我母亲,他捂住她的嘴,将她拖到城外藏马处。随后,他将母亲扔到马背上,自己骑上马,便向树林深处奔去。一直跑到快天亮,黑奴才停下脚步。他拔出剑,刚要下手,谁料一脚踩到了眼镜蛇的尾巴。眼镜蛇回头便是一口,黑奴瞬间倒地身亡。马儿也受惊狂奔起来。

母亲在森林里迷失了方向,辨不清南北西东。由于怕被再次追杀,她不敢回老家。就这样,她漫无目的地走啊走啊,直到一天,来到孔塔贡拉城。拜真主恩赐,母亲这时已有了两个月的身孕。日升日落,寒来暑往,待足月后,我——哈吉·伊曼便在一位阿訇家降生了。之所以起名为哈吉,是因为我是在朝觐日出生的。这位阿訇并无子嗣,因此他将我认作儿子,取名伊曼。

母亲名叫雅古塔图,在她四十岁的时候,嫁给了我的养父阿訇。从我十二岁起,养父便开始传授我知识。无奈,我并不是块读书的材料,直到成年,我连一千都数不到。尽管如此,养父仍视我如己出,连责怪的目光都不曾有过,更别说打骂了。

有一天,恰逢星期五,我看到养父回到家中,两眼噙着泪水。我连忙走上前,问道:"爸爸,发生什么事情了,是身体不舒服吗?"

父亲满脸愁容地答道:"我身体无恙,但今天国王让我在众人面前很下不来台。"

问及原因,父亲说:"今天上朝时,国王说他的儿子身体欠佳,问众臣有何良方?我告诉他,听说在一个地方有一潭圣水,可包治百病。谁料到我才刚开了个头,国王便龙颜大怒,呵斥我是一片胡言!他还说,我这是哗众取宠,故意拿他开涮!可我哪曾见过找到圣水的人啊?"

听到这里,我不禁怒火中烧。我跑回房间,拿起棍子,向父母大人请辞后,便准备环游世界,帮父亲找寻圣水。走出家门,我果断朝城东门走去。虽然对于一潭圣水,我也是一无所知,但冥冥中有预感,东方可以给我带来幸运。于是,我踏上坦不图大道,开始了觅水之旅。在路上走了七十个日夜,一天,我突然远远望见森林深处有一座山,便暗暗告诉自己,应该去那里看看,也许可以找到能饮用的水。

于是,我朝着山的方向跑去,到达山脚下时,一条长长的山涧出现在我面前,我暗自窃喜,这里肯定有水。我大步朝大山深处走着,突然耳边想起一个声音:"你,是人是鬼?"这一声吓得我直肝颤。

我连忙回答:"是人,是人。"这时,一位年迈的老者手持念珠,向我缓步走来。询问我的来历时,我毫无保留地向他道出了所有故事。

当听说我要去寻找一潭圣水时,他仰天长啸,说道:"年轻人,一潭圣水就是个天方夜谭啊!"这句话让我的心顿时凉了半截。

待他平静后,我问道:"老先生,您是人是鬼啊?"之所以有此疑问,是因为我见他白髯垂胸。"小兄弟,"他说,"我是人,今年七十岁了,我一直在这里寻仙问道,除今天有缘遇到你外,从未见过其他人。"

于是,他开始向我讲述他的故事,介绍他的家乡和他的亲戚。突然,我意识到,原来他是我养父的哥哥——我的伯父。从养父那里,我曾不止一次听过伯父的故事。虽然大家都知道他在游历世界,但无人知晓他的行踪。我将自己的这些判断告诉他后,伯父激动地抱住了我,喜极而泣。他打听家里的近况,我便一五一十地告知于他。

在伯父家里住了两天,我顿顿以水果为餐。彼此熟络后,我便请求伯父告诉我有关寻找一潭圣水的真实情况。伯父说:"一潭圣水确实存在,但它在神灵手中,并不在我们脚下这块土地上。"

听罢此言,我说:"既然圣水并非子虚乌有,那么即使耗尽毕生精力,我也要找到它。尽管我并非父亲亲生,但我决不允许其他人羞辱他。"

在路上奔波七十天后,我来到坦不图城。我将自己装扮成商人模样,向酋长问候,并告诉他,我的货物三天后就到。之所以这样说,是因为路上我看到有位商人正赶着他的牛群朝这边走来。大家都知道,赶路人嘛,总是想尽快找个地方歇歇脚,所以我比他们先到坦不图城。在这里,一到下午我便会花上几毛钱买点稀粥,洒在家门口。这样做,就是为了引起我的一个富商朋友的注意。

每当傍晚时分他前来拜访时,我都会看似无心地告诉他:"瞧!孩子们又把粥弄洒了。"

整个家门口,不管西边、南边,还是北边,只要他能看到的地方,到处撒得都是粥。这样一来,他便可认定我是个有钱人。因为自从我来到这里,城里所有孤儿都能吃上饱饭了。但事实上,我自己还经常饿得头晕眼花呢。

皇天不负有心人,他们终于相信我的身份了。我向这位富商朋友借了一百元钱,并告诉他:"只要我的牛一到,除了你,其他人一概不卖,它们全部都是你的。"

可过了三天,还未见牛群的踪影,富商有点慌了。街上,他遇到一些过路的客商,回来后连忙跟我说:"咱们去打听一下你的牛吧。"

我满口答应:"没问题。"

见到客商后,我问他们:"你们在路上有没有看到一群牛啊?"

他们回答:"看到了,它们大概明天就会到。"果真,他们也同我一样看到了那群牛。

这时,我突然意识到,如果到了明天,我的谎言肯定就要被揭穿了。事不宜迟,我立刻动身前往富商家,告诉他:"在明早交易前,我要先收取一百元当定金。"他二话没说,便支付给我。

钱一到手,我便跑路了。为了不被发现,我避开大道,专走小路。四十一天后,我来到一座叫萨布里的城市。虽然这城很大,但这里的人全是文盲,连想找到跟我一样能数到一千的人都没有。其实,我这个人呢,也没什么文化,对于《古兰经》,除了总听到阿訇经常领诵的那句 Muduhamma-tani(《古兰经》中起停顿作用的一个句子)外,我对其他内容一窍不通。

我找来一长串念珠,来到酋长面前,告诉他,我是一位阿訇。

他问道:"你从哪里来?"

我回答:"来自阿拉伯世界。"

听到我的回答,酋长非常高兴,热烈欢迎我的到来。他问我:"那你要去往哪里呢?"

我说:"您这里就是我要来的地方,它经常出现在我梦中。陛下,由于您为人正直,处事公平,有人指引我前来为你们祈祷,祈求真主赐福。"

酋长召集全城的大人物,向他们宣布了这一消息。

酋长给了我六个月时间来为全城祈祷,可除了 Muduhammatani 那句外,其他我什么也不会,只能胡编乱造。他还让我教城里的孩子读书,几天后,他们已将 Muduhammatani 这句话背得滚瓜烂熟,甚至还变换出各种音调朗声诵念。

七个月后的一天,一位大学者到访此城。酋长向他讲述了我在当地声名鹊起的故事。那时,我已经借由我的"广学博识"赚了很多钱,甚至被当地人奉为偶像。

常言道:文人相轻。见面后,我们相互问候,我问他:"请问,阁下该如何称呼?"

他说:"我叫祖尔格·丹·穆罕满。您呢?"

我说:"我叫哈吉·伊曼,有博学鸿儒之称。"

第二天天刚亮,我便像往常一样领着大家礼拜。可不幸的是,祖尔格竟发现,我是在滥竽充数。他到酋长面前告了我一状,并提议我俩比试一把,看看谁的学问大。酋长说:"我看没这个必要吧,哈吉·伊曼先生是我们这里最有学问的人。"

祖尔格·丹·穆罕满仍不死心,坚持要比试,就为了在众人面前揭穿我,令我出丑。酋长将我唤来,把祖尔格的想法告诉我。听到这里,我暗暗捏了把汗,小声嘀咕道:"糟了,要露馅了。"

酋长说:"你刚才说什么,我没听清,大声点。"

我说:"我觉得对付那些没什么文化的狂妄之辈,几个小孩子足矣。"我告诉酋长,可以向全城发布告示,明天一早,男女老少皆可前来,共同见证这场比试。

酋长听到我坚定的回答,非常满意,他说:"我看好你喔,大学问家!"

天刚蒙蒙亮,城中心便聚满了人。酋长命人将我请来,并安排我坐在中间。这时,我看到三个孩子抱着厚厚的书走了过来。我问道:"你们从哪里来?"

孩子们回答:"从祖尔格·丹·穆罕满的住所来的。"

话音刚落,只见祖尔格踱着方步出现在人们视线中,并在我旁边坐了下来。这时,周围挤满了人。我问他:"你都拿来了什么书啊?"

他说有《旧约》《诗篇》《新约》《古兰经》等各种伊斯兰教典籍。这些书,有的我只听说过名字,有的甚至闻所未闻。他话音刚落,我连忙向他发难:"这些书连你自己都不会背,还有脸拿来考我?"他诡异地冲我笑了笑,一言未发。这时,我又跟那几个孩子说道:"你们把书都给我扔到一边去,咱们跟他亲自较量较量。光死读书有什么用?还不就是鹦鹉学舌?赶紧扔掉!"

在现场恢复平静后,我像占卜师一样,在地上扫了扫,然后画了一个U型符。我瞟了一眼祖尔格,问道:"你知道这是什么吗?"

他说:"是 نوع。"

我说:"不对!再猜。"

他说:"是 ر"

我说:"你家的 ر 是这样写的啊?"

他说:"那肯定是 لمعر 了。"

我说:"是哪个不长眼的老师这样教你的?"

祖尔格猜遍了古兰经里所有跟这个符号相像的单词,我都说不是。无奈之下,他只好认输,向我请教。我冲着围观的人群说道:"你们都来看看这是什么。"

待他们聚集到身边后,我说:"这不是ر,不是لمعر,也不是نوعر,而是一个月牙。"

这些文盲们仔细看了看我画的符号,然后齐声道:"是这样的,没错,您说得太对了,就是一个月牙。"

我看了看祖尔格,然后对孩子们说:"赶紧把他轰走,别在这儿丢人现眼啦!"于是,孩子们有的捡石头,有的抓土,纷纷朝他扔去。祖尔格连书都没顾得上拿,仓皇而逃,狼狈至极!我和祖尔格也就此分别。

第二章
狱中相见　分外眼红

在路上奔波一些时日后,我来到一座繁华的城市——亚美尔。刚进城,便听到锣鼓喧天,鞭炮齐鸣,人声鼎沸,热闹非凡。各种聚会从来都是孩子们的游乐场。我迈着步子向前走,只见一个孩子一溜小跑超过我,向着聚会现场奔去。我连忙叫住他,问道:"小朋友,今天城里为什么这么热闹啊?"

孩子回答:"今天是酋长迎亲的日子。"

我问:"新娘子是哪里人?"

孩子回答:"他是格尔亚屯尼艾穆酋长的女儿。"

进了城,我径直来到王宫门口,盛大的迎亲仪式正在进行。我迅速融入迎亲队伍,跟着一起欢呼,那高兴劲儿就跟是我亲弟弟娶媳妇似的。在所有迎亲人群里,就我最扎眼,以至于旁边的人不断打听我的名字。我告诉他们:"我叫哈吉·伊曼。"我卖力的表现让酋长极为满意,打赏时,其他人只领到几分钱,只有我,领到了好几块钱。

也正因此机缘,我与酋长之子结为至交,形影不离。不管走到哪里,不论是大臣、富商,还是学界泰斗,见到我都点头哈腰,热情备至。我简直成了全城的风云人物,那些恳求免罪减刑的,企盼加官晋爵的人把我家的门槛都要踏破了。

过了一段时日,我继续前行,来到萨萨城。感谢真主,一进城,幸运之神便降临了,我在一户富足的黎巴嫩人家里落了脚。我竭尽全力展现出自己善良纯真的一面,这让黎巴嫩人很满意。没几天,他便将我视为己出,让我全权处理他的所有事务。一下子,我的世界开始变得闪闪发光起来,尝遍天下美食,看尽人间美景便是我每天最重要的事情。

渐渐地,这种挥霍愈加肆无忌惮起来,我开始在全城举办狂欢派对,请来各种乐队助兴。奢靡至极的生活让旁人咋舌,他们不断劝我:"哈吉,别再放纵了,给自己积点德吧。"我却丝毫不以为然:"快乐至上,其他的都靠边站!"越来越多的人慕名前来,只为与我一同享乐。

黎巴嫩人得知此事,气得直跳脚,下定决心要捉住我。但不管他设了怎样的圈套,我都可以全身而退。无奈之下,他只好派个人告知我,他去世了。来者在告知此消息后,不断劝说我前去祭奠他,因为除了我,他没有其他子孙。

我深知黎巴嫩人狡猾的本性,但我并未拒绝,反而决定跟着走一趟,看看他到底在耍什么花样。走到一处房子门口,那人跟说我,直到现在,黎巴嫩人的尸身还没被裹上,因为我是他儿子,所以就等我来呢。透过窗户,我向屋内瞧去,只见那黎巴嫩人张着嘴躺在床上。我开始怀疑他的死其实是个骗局,真实目的是想将我诱骗进屋,然后抓住。想到这儿,我灵机一动,故意大声说道:"天哪!怎么会这样?我觉得他并没有死。"

那人连忙问我:"你为什么这么说呢?"

我说:"因为我曾听说过,黎巴嫩人死后,嘴巴是闭上的,而不是张开的,但这个黎巴嫩人的嘴巴确实张着的。"

黎巴嫩人在屋里听到我的话,连忙把嘴巴闭上,以证明他确实死了,把我当成一个十足的大傻帽。"死人应该是一动不动的,怎么会闭嘴呢?"说完,我大步向外走去。

成功将追踪之人甩掉后,我继续向前赶路。我走进一片树林,遇到一个乡下人,手里拿着一袋钱。在我不断追问下,他告诉了我这笔钱的来历。走着走着,他突然尿急,便让我帮他暂为保管这些钱。

当他一身轻松地走出来后,向我伸了伸手,说:"给我吧,咱们继续赶路。"

这时,我没脸没皮地说道:"给你什么?这可是我的钱啊!"

玩笑越开越大,最后竟然闹到了法庭相见的地步。以前我就听说过,这个法官生性贪婪。当他命令我们讲述事情经过时,我就凭着自己的三寸不烂之舌,把事情讲得天花乱坠。那个乡下人显然被我说得晕头转向,真轮到他讲时,反而结结巴巴,什么也说不出来。

法官便问他:"你指证他拿了你的钱袋,有证据吗?"

那人说:"没有,但天知地知。"

这时,法官又问我:"那你有证据吗,年轻人?"

我说:"当然有啦,而且很多人可以帮我作证呢。"

法官问:"那他们都是谁啊?"

我说:"金先生和他的兄弟可以为我作证,银先生和他的弟弟钢镚也能替我作证。除此之外,他们的小儿子聚先生也能作证。我初算了一下,大概有一百人在今夜可以来这里证明我的清白。"

法官不愧是个明白人,立刻领会了我话里隐含的意思,并知道如果他站在我这一边,那么午夜时分我将给他奉上我的一片心意。在那个有钱能使鬼推磨的年代,我的计谋奏效了。贪婪的法官判我胜诉,并以诬陷我偷盗一罪判那个乡下人监禁三个月。晚上,我把钱给他送去后,万事大吉。

一天,我到城外闲逛,无意间捡到一块珊瑚。通过上面的雕刻,我猜到,这好像正是酋长女儿被偷的那块。"真是走了狗屎运,又可以发一笔小财了",想到这儿,我高兴地将珊瑚拿到市场,准备卖掉换钱。可刚把它拿出来,我就被抓走了。他们将我带到法官面前,说是我偷了那块珊瑚。被抽打二十鞭子后,我被判监禁三个月。在狱中,我见到了前天被关进来的那个乡下人。见到我,他先愣了一下,然后仰天长啸道:"苍天有眼!恶有恶报啊!"

狱头把我和一个囚犯的脚拴在一起后,便离开了。我从上到下细细打量身边这个人,突然发现有点眼熟,好像是祖尔格·丹·穆罕满,那位跟我在萨布里斗法失败后,被轰出来的大学问家。我告诉了他那次获胜的秘诀,他说:"我就知道肯定是你小子在背后搞的鬼。"之后,我们愉快地聊起分别之后的趣事。

三个月后,我们从暗无天日的牢房中被释放出来,休息两天后,决定一同上路,前往瑞斯国。路过一片树林时,一头发了疯的骆驼向我们冲来,吓得我俩一下子窜上了树。可谁知那头骆驼不死心,站在树下一动不动,就等着我俩掉进它嘴里。我俩不知所措,只能跟它干耗,从早上到晌午,一直趴在树上,饿得是前心贴后背。傍晚时分,我突然看到一群富拉尼人光着膀子正准备去玩"棍子英雄"的游戏。远远地看到他们,我便大喊:"喂,走路的,你们这帮土鳖!"

富拉尼人是出了名的暴脾气,哪受得了这份辱骂,听完这句话,便径直朝我们这边跑过来。这大动静,成功吸引了疯骆驼的注意。只见它铆足劲,向他们奔去,吓得富拉尼人四散而逃。这一下,我们终于获救了。从树上下来后,我们继续赶路,终于来到瑞斯城。一进城,祖尔格便东瞧西望,没一会儿我俩就走散了。

我只身乘船前往阿尔伽马,继续寻找一潭圣水。中途到达一个小岛时,船停下来稍事休息。我走下船,打算吹吹海风。谁料想,船开走了,岛上孤孤单单只剩我一个。

看着远去的船,我心中充满无奈。收拾好心情,我沿着海岸,继续寻找其他可以带我离开的船只。突然,我发现有个人坐在沙滩上,定睛一瞧,原来是祖尔格·丹·穆罕满。

我大声呼喊他的名字,他抬头看到我,说道:"哎哟,这不是我们的大学问家嘛。"

我们击掌相拥,他说:"一走过来,我便认出你了。"

我们彼此分享了分别后的故事。

我们继续结伴同行,来到一座新城。拜见过酋长后,我们便找了个地方安顿下来。

一天,看到酋长刚从清真寺里走出来,我便开始暴打祖尔格,打得他晕头转向,满地找牙。

酋长见状,问道:"你今天心情不好吗,为何要殴打你的兄弟呢?"

我说:"看到有人辱骂您,我可咽不下这口气。对于任何对您这样英明的酋长不尊的行为,我都不会置之不理。"酋长对我的回答非常满意。于是,他命人用石头将祖尔格轰出了城。就这样,我俩又分道扬镳了。当看到酋长如此侮辱我的这位兄弟,我心底泛起一丝不忍,觉得自己的行为好像有些过火。但转念一想,他一定会否极泰来的。常言说得好,种瓜得瓜,种豆得豆,善结善果,恶有恶报。

第三章
哈吉在当达沟城　巧借尸体做文章

我仍在苦苦找寻一潭圣水的踪迹,但一无所获。鉴于此,拜别酋长后,我动身前往当达沟城。

在城里,我遇到一位学者的女儿,名叫加米拉图,正在招亲。俗话说,窈窕淑女,君子好逑。遇见这等好事,我便不假思索地加入到求亲队伍中。为赢得芳心,我们可以说是八仙过海,各显神通,可怎奈人家姑娘一个也没相中。于是,我跟姑娘父亲建议,她应该尽快确定心仪的对象,于人于己都是件好事。

老人家将此意转达后,加米拉图便说道:"父亲,三天后,你去告知所有求亲者,我因腹痛昨晚去世了。接下来,让我们来看看他们对此事的态度如何。"

老人听罢,忙点头应允。

三天后,他来到一户人家,说:"小伙子,加米拉图昨晚突发腹绞痛,去世啦。"

听到这,那人答道:"苍天有眼啊,这是你们的报应!你们想借嫁女儿发横财,没门!就是死了,也不会有人惦记她的。"

听着这里,老人便穿上鞋走了。他使劲挤出几滴眼泪,又来到另外一家,将女儿去世的消息告知他。那人听完便说:"这就是她朝三暮四的下场!你们将她好生安葬吧。"

老人家又来到我这里。听完他的话,我不禁有些怀疑,总感觉有悖常理。我灵机一动,立刻嚎啕大哭起来,迅速穿上衣服,朝加米拉图家跑去。一进家门,便看到她正在床上躺着,我冲过去紧紧抱住她,嘴里不断念叨着:"真主保佑!真主保佑!"听到这里,加米拉图突然睁开眼睛,说道:"我找到那个心爱的人啦!"就这样,我们举办了盛大的仪式,结了婚!

那些求亲失败者见此情景,急红了眼。以至于只要远远瞧见我,便不停诋毁我。因为我是个外乡人,所以对他们这种行为我也只好睁一眼闭一眼,假装不知道。这反倒更加助长了他们的嚣张气焰,他们甚至开始预谋抢夺我的妻子。他们给我下了药,我失明了。眼前的黑暗颠覆了我以前的全部世界,甚至连饭碗也丢了。我暗暗告诉自己,不能因此沉沦,我要重新找到生活的方向。于是,我想到了小时候学会的本领——捕鱼。

我找到一个叫阿尔米的孩子帮我当向导,带领我来到海边,让我坐上船出海打鱼。你们也知道,刚刚失明的人总是心烦意乱,到处找茬。通常我和阿尔米一起去打鱼时,一到岸边,他便会好心地提醒我:"哈吉,我们到了。"为不让别人嘲笑我是个瞎子,我总是会自欺欺人地告诉自己,我是能看到一点点东西的,只是不太清楚而已。

因此,只要那孩子一说:"我们到了。"我便会指责他,让他别把我当瞎子,我能看得见,知道已经到岸边了。如果他让我上船或者上岸,我就会告诉他,本来我也有此计划。

这孩子真是个好脾气,尽管我这般刁难,他也从未跟我恼过。一天,一个孩子找来,说要帮助我,我满口答应了。当时我并不知他是祖尔格装扮的。于是,他们俩一起协助我捕鱼。

不管他们为我做了什么,我都没表示过丝毫谢意。如果他们说:"小心,有洞。"我便回答:"难道你们比我看的还清楚吗?"

他们厌烦了我的这种态度,祖尔格决定要教训教训我。一天,我让他们陪我去卡鲁那湖捕鱼。

到达湖边后,他们告诉我:"我们到了。"

我当时顺口说了句:"我早就知道了。你们真当我是瞎子吗?我只是有些眼疾罢了。"对于我的无理言论,他们决定置之不理。

进湖里捕完鱼,他们驾船向岸边驶去。到达湖中央时,祖尔格说:"到岸了,下船吧。"

我一脸不屑地嘟囔着:"今天真是遇到了一群蠢货,总把人当瞎子。我早就知道到岸了。"说完,便一步迈出船舱跌进湖里。我咕噜咕噜喝了不少水,沉入了湖底。幸运的是,我并没有淹死,反而在湖底发现一间房子,那里住着一些耳朵奇大无比的人——河童。

他们热烈欢迎我的到来,询问我的经历,我和盘托出。他们被我的故事打动了,拿出神药,医治好了我的眼睛。正所谓天无绝人之路啊!河童首领命人将我带上岸,我重新找到了前行的道路。

走着走着,一天,我来到海滨城市巴库。刚进城,便发现一个擎天柱般的大块头牵着头牛在街上溜达。只听他边走边吆喝:"七天内,如果有人能摸到我的头顶,这头牛我便双手奉上。"

可直走到筋疲力尽,还是没人敢去应战。他来到我这里,向我发下战书。你们是知道的,我这人无所不能,绝对是那种有困难要上,没困难创造困难也要上的主儿,拿下这头牛根本就不在话下。于是,我向他放出狠话:"明知山有虎,偏向虎山行。生死有命,富贵在天。尽管放马过来吧!"

大块头也不是好惹的,他一早就说过,如果我挑战失败,那么他将用我的血来祭天!这大块头名叫臧多罗·丹·左托力,是我平生见过最高的人。但据他所言,他只有三米高,在他的国家只能算个侏儒。臧多罗说,他们的祖先是来自努哈先知那个时代的伊瓦加族,如果对那次使人类遭遇灭顶之灾的大洪水略知一二的话,就会了解,他们的祖先绝非凡类。

回到房间,我辗转反侧,彻夜难眠。直到第五天,一个念头在我脑中闪过,嘿,有办法了!第七天一大早,我看到他正沿着长长的街道踱着方步,便冲他大喊:"喂!傻大个!"

带着身后一群看热闹的人,他向我走来,说道:"约定时辰已到,出来应战吧。"

我回答:"稍等一下,容我先将这堵裂墙修补好。"

他问:"你拿什么来补墙呢?"

我说:"补个墙嘛,在我们这儿都不算个事儿。你过来,一瞧就明白了。"于是,他将头凑了过来。

说时迟那时快,我一下跳起来摸到了他的头顶,高呼:"瞧,我成功了!"人们在一旁纷纷附和:"是的,他摸到了,他摸到了!"

臧多罗气呼呼地回家了。这就是我跟巨人臧多罗·丹·左托力的故事。

这些天里,我不断向老人和来往客商打听一潭圣水的下落,但仍一无所获。无奈之下,我只好继续前行,来到恒都城。

一进城,便看到了祖尔格先生,我连忙招呼他:"喂,祖尔格·丹·穆罕满。"

祖尔格转身看到我,说:"哎哟,这不是我们的大学问家嘛。"

之后有一天,一个小偷将酋长身边的侍从总管杀害后,弃尸河边。天刚蒙蒙亮,祖尔格到河边洗漱,发现了尸首。鬼使神差,他将尸首用毯子裹起来并带回了我们的住所。这时,他发现我还在呼呼大睡,于是,他便蹑手蹑脚地走进我的房间,将尸首藏了起来。当然,对于发生的这一切我浑然不知。

晨礼号一响,我便起床了。大净之后,我来到清真寺礼拜。晨礼结束后,我又躺在床上睡了个回笼觉。醒来后,我看到祖尔格从他的房间走了出来。

问候完,我俩便坐下天南海北地聊起来。

我发现他的眼神总是瞟向我的房间。他说:"天哪!你房间里藏的什么好画呀?也不让我欣赏欣赏。"

我一头雾水,说道:"什么画呀?我那里什么画也没有啊。"

我起身走了过去,发现有个毯子卷着立在我房间的墙边。我试着举了举,感觉挺沉。我向里望了望,心里突然一惊,原来里面藏着个尸体。这时,我恍然大悟,祖尔格这是想陷害我呢。

看到我闪躲的目光,祖尔格问道:"你背着我藏了什么?"

他三步并作两步走过来,一把抢过毯子,在屋子中间展开。当看到里面的死尸时,他惊讶的边后退边说:"真主保佑!真主保佑!哈吉,原来是你图财害命,杀了酋长的侍从总管啊！现在我就去酋长那里揭发你。之前你把屎盆子扣在我脑袋上，这次我也让你尝尝背黑锅的滋味！"

听罢此言，我心中暗道："此事必须速战速决！"我打量着祖尔格，慢悠悠地说："你就是天下头号大傻瓜，真主的旨意都不懂得领会。昨天，酋长就向全城宣告过，谁杀了这人，谁将得到一百大洋的奖赏。"

我的一席话，让祖尔格彻底懵了，他连忙问道："酋长为什么要悬赏杀他呢？"

我说："有一天酋长外出寻访，回来后发现，这人竟潜入他家中。酋长震怒，命人追杀他，不料却被他给逃了。真是天上掉下一块大馅饼啊，这下我可发财喽！"

祖尔格听到这儿，连忙说："是我杀了他，我要将这个尸体带到酋长面前去。"

我说："我才不信呢，你肯定在撒谎。"祖尔格信誓旦旦地说，尸体的确应该属于他。

听到这儿，我赶紧就坡下驴，说道："既然这样，那你就拿去吧。真主会明辨一切的。"

祖尔格完全听信了我的话，扛起尸体便向酋长宫殿走去。而我呢，则赶紧收拾行李，溜之大吉喽！

第四章
哈吉的弥天大谎

一天,在驿站休息时,我听到同行的一些客商在一旁议论说,从出生到现在,就没见过像祖尔格那么傻的人。

听到这,我连忙上前问道:"你们在哪里见到他的呀?"他们说了一个城市,正是我刚刚离开的那个。

我继续问道:"为什么你们说他是个大傻帽呢?"

为首的一个商人回答:"上周五,我们到王宫给酋长请安。这时,就见祖尔格扛着一个用毯子裹着的东西走了进来。"

酋长问他:"发生什么事情了?"

只见祖尔格打开毯子,侍从总管的尸首便从里面滚了出来。祖格尔说:"您悬赏要杀的人,我给您带来了。"

看到侍从总管的尸身,酋长瞠目结舌的说道:"你,你为什么要杀他?"

祖尔格回答:"不是您说的嘛,如果有人能把他杀掉,就奖励他一百大洋。所以,昨天下午,我瞅准机会,从后面给了他一闷棍。就只一下,他就歇菜了。"

听到这描述,酋长的眼泪不禁夺眶而出,他说:"到底是谁告诉你我要杀他的?"

祖尔格说:"我听说,昨天晌午时分,您发布公告说,前些天趁您外出巡访期间,他潜入您家中,所以您要悬赏杀掉他。"

宰相听闻此言,说道:"一派胡言,简直就是疯子一个。"

谁料祖尔格瞪了一眼宰相,回敬道:"你才是疯子呢,我可不是。"

酋长这时大喊一声:"来人哪!把他给我乱棍打死!"

一顿棍棒相加,拳打脚踢,祖尔格被打倒在地。看着奄奄一息的他,酋长下令在他苏醒之前,将他囚禁起来。直到晌午时分,祖尔格才渐渐恢复了知觉。但紧接着,他又被五花大绑着关进了疯人院。

听到这位同伴的遭遇,我的心也隐隐作痛起来,连忙问道:"他没被处死,是吗?"

商人们回答:"是的。酋长说,他精神不太正常,就免他一死吧。"

一天,我在集市上一边闲逛,一边打听圣水的下落。突然,我眼前一亮,一位亭亭玉立的少女出现在我面前,不论长相、身材,都甚合我意。于是,我走上前,告诉她,我要娶他为妻。姑娘的回答却将我一下子打入十八层地狱,原来,她已经结婚,嫁给了一个她并不爱的人。"什么?她不爱他?"我又重新燃起了斗志:"我来将你从水深火热中拯救出来。"于是,我俩决定晚上到她家,商量未来的路该怎么走。傍晚开始,天上便下起了瓢泼大雨。姑娘的丈夫被雨淋得如同落汤鸡一般回家了。她连忙生火,为他驱寒。

早早就躲在屋里的我将这一切尽收眼底,还发现,原来那人是祖尔格,他竟被释放了。大事不妙,祖尔格一进屋便发现了我,他一把将我揪了出来,扔到屋子中间。

他定睛一看,发现原来是我,不禁提高警惕,问道:"你为什么会在我家?"

我说:"天哪,我也不知道怎么回事,就被推到这里了。"

三十六计走为上,我拔腿就往外跑,但很不幸,我被抓住了,还被关进了羊圈。第二天一早,祖尔格将我带到酋长面前。我心中不禁盘算道:"做了这丢人现眼的事,我还是赶紧想个辙溜吧。"我决定装疯卖傻一把。

酋长询问我们的来意,祖尔格便将昨晚发生的事情一五一十说了出来。这时,酋长看向我,问道:"年轻人,你叫什么名字?"

我说:"没错,是这样的。"

酋长说:"你说什么?"

我说:"没错,是这样的。"

不管他问我什么问题,我都回答:"没错,是这样的。"

听罢,酋长说道:"我明白了,他是个疯子。如果不是疯了的话,有谁自己跌倒在房间里还到处问,是谁将他推倒的?肯定是精神不正常。"他命人将我关进了疯人院。

宰相听说这事后,一口咬定我是在撒谎,疯疯癫癫全是装出来的。七天后,酋长来到疯人院,决定测试我一下。

他命人将我唤来,问道:"你叫什么名字?"

我说:"东方。"

他说:"今天星期几?"

我说:"星期五。"

他又问道:"那现在是几月份呢?"

我说:"十月。"

这时,我听到侍从们窃窃私语道:"瞧,他对答如流呢。"

酋长又问:"你知道真主吗?"

我说:"废话,有谁是不知道真主的吗?"

他问:"那他在哪里呢?"

听到这,我脑子飞快地转动起来:"我最好装得有些傻乎乎的,千万别让他们拆穿我的谎言。"于是,我一跃而起,向他们挥舞起示威的拳头,告诉他们,真主是唯一的。紧接着,我昂起头,摆动身体,狂扭不止。我的举动惹得众人捧腹大笑:"还是有点疯疯癫癫的。"

酋长说道:"我看他不是个疯子,而是个十足的傻瓜。"这句话着实救了我,我从疯人院被释放出来。

不到一周,酋长就任命我为傻子大臣,从此,我成了酋长跟前的红人,人人都得敬我三分。一天,酋长的大儿子将我们几个大臣召集在一起,请我们去清扫他父亲的厕所,因为除了我们几个,其他人都没有资格进入他家。一推开厕所门,刺鼻的臭味就熏了我们一个大跟头,大家纷纷吐起唾沫来。我强忍住吐的冲动,唱起歌来,就着歌词,我神不知鬼不觉地吐着唾沫。

看到其他大臣一脸的厌恶和嫌弃,酋长儿子暴怒,他说:"如果你们实在忍受不了,就都回去吧,别干了!看看你们吐唾沫的德行,真让人寒心!见便宜就上,见困难就让,我父亲真是养了一群白眼狼!"

酋长儿子甩袖而去,直接到酋长跟前告了他们一恶状。他说,只有我没有吐唾沫。不仅没有大不敬,反而一边蛮力干活一边愉快地唱歌。酋长听罢,怒发冲冠。他命人将所有大臣唤来,挨个臭骂一番。我费尽口舌才平复了酋长愤怒的情绪。这件事后,我的地位更加高了,可以说是一人之下,万人之上。

渐渐地,我预感到,如果继续在此处逗留,我将麻烦缠身。因此,我决定动身继续前行。在向酋长告别时,我说:"我想再去前面几座城市看看,三天后就回来。"

我将所有财产都留了下来,交给酋长代为保管。

我再次踏上寻找一潭圣水的艰难旅途。

第五章
与祖尔格再次狭路相逢
祖尔格为哈吉驱赶粪蝇

一天,我来到一个繁华的大城市——台基,并受到酋长的热烈欢迎。在我觐见时,听到他正跟大臣们诉苦:"唉,扎吉那事令我甚是烦恼,夜不能寐。"

宰相问道:"万岁,怎么回事啊?"

酋长回答:"上个月,扎吉妻子过世了。从她离世那天起,扎吉就夜不能寐。一到半夜,他就开始唱歌,像个疯子一样。他总说,只要妻子能活过来,他愿意替她去死。"

听到这儿,我向酋长进言:"万岁,您想把他这病治好吗?"

酋长说:"如果你有办法,那当然最好不过了。"

我说:"真主保佑,我会尽力而为的。"

夜幕降临,我鬼鬼祟祟地溜进扎吉家,藏在他的床底下。不一会儿,扎吉回来了,一进门,就听到他边唱着歌边向卧室走来。歌声充满悲伤,寄托了他对妻子的无限思念。听到他渐渐走近的脚步声,我立刻屏住呼气,一动不动。扎吉躺在床上,辗转反侧,无法入睡。半夜十二点一到,酋长白天讲述的一幕就开始上演了。

听到他说"不要带走我亲爱的老婆,我愿意用我的生命将她换回"时,我捏着嗓子回应道:"如你所愿,我来了。请把你的命交给我,我会让你们夫妻俩在阴间继续厮守。"

听到此言,扎吉一跃而起,吓得夺门而出,以为死神真的来抓他了。那一晚,他没敢再踏入家门。第二天天刚亮,他便跑到酋长面前,说道:"昨晚,死神来我家了,吓得我一夜都没敢回去。要不是我腿脚利索,跑得快,这条小命就没啦!"

酋长听到这儿,一下子就明白是怎么回事了,他哈哈大笑,差点背过气去。从那以后,扎吉再也没提起过他过世的妻子,更别说思念她了。

由于我让扎吉出了丑,他特别厌恶我,总在酋长面前想尽一切办法诋毁我。尽管如此,我俩从未发生过正面冲突。也曾想过离开这个是非地,但常言说的好,有仇不报非君子,所以我决定留下来与扎吉斗到底。

一天,一个小偷潜入我借住的这户人家。正行窃时,被这家主人撞了个正着。于是两人扭打成一团。神力附身,只见主人一把将窃贼举过头顶,重重地向地上摔去。脑浆迸裂,小偷一命呜呼。

这件事让主人困扰不已,他找到我,一脸苦闷地说:"哈吉,哈吉,快救救我吧,我杀人了,这可怎么办哪?"

沉默片刻后,我说道:"没关系,如果你能保证管住自己的嘴,我就有办法。"

他一听连忙点头:"是我杀了人,只要能救我,我都听您的。"

事不宜迟,我立刻让他背起尸体,将它弃于城外。随后,我们找来一个木棍,偷偷跑到扎吉家。只见他正在呼呼大睡,真是天赐良机啊,我对准他的下巴就是一闷棍,在他反应过来之前,我俩赶紧越窗而逃。回到家,主人问我下一步计划,我狡黠一笑,说道:"你就等着吧,好戏马上开演!"半夜零点一到,我便开始在城里布道,直到天亮。

一大早,几个妇女来到溪边浣衣,发现了城门外的尸体,并将此事禀告酋长。一个大臣说道:"昨天我听到那个住在穆罕穆德·万·依努萨家的外乡人哈吉,一整晚都在布道,没有睡觉。我猜想,他应该能听到些什么动静。"

酋长命人将我唤来,向我询问此事。我说:"是的,昨天我听到城外有打闹声,还听见一人对另一人说:'你竟然敢打我的下巴?我要杀了你!'万岁,这就是我听到的全部。"

酋长一听到这儿,便立刻命人将扎吉召唤回来,因为刚才在巡查市场时,他那高高肿起的下巴落入了每个人的眼底。果不其然,来人一到市场,便看到扎吉捂着他那红肿的下巴正躺在阴凉处闭目养神呢。将此情景回禀酋长后,酋长勃然大怒,即刻命令侍卫将扎吉抓住,不由分说,便将他打入大牢。

一瞧自己闯了这么大祸,我赶紧脚底抹油,溜之大吉了。我来到一个小村庄,继续打听一潭圣水的下落,可什么有价值的消息也没有。一天,我正在树林里穿行,突然看到一个乡下人正在殴打别人。只见他抽出棍子,一棒下去,那人便死翘翘了。那乡下人正想逃跑时,我厉声叫住了他:"给我站住!杀了人还想跑?走,咱们见村长去!"

那乡下人看出我要揭穿他杀人一事,连忙讨好我说,如果可以帮他保守秘密,放他一马的话,他将重谢我。

看到他瑟瑟发抖的样子,我心里暗暗得意,说道:"那你打算用多少钱封住我的嘴啊?"

他说:"我可以给你十头牛。"

我不屑地撇了撇嘴,说道:"十头牛就想让我闭嘴?没门!"

一通讨价还价后,我俩最终以二十头牛达成交易。到他父亲的农场拿了牛后,我便赶着牛群直奔市场,将他们卖掉。接着,我把那个死尸也背回了家。

午夜一到,我便起身前去祖尔格家。他并不知晓我就在这城里,可我却对他的行踪了如指掌。不仅如此,我还打听到,他现在除了干些偷鸡摸狗的勾当,什么正经活也不干。

来到他家门口,我悄悄地躲了起来,就听到他跟妻子说:"我出去干活挣钱啦。"

他妻子回应道:"好的,愿真主带给你好运!"

看到祖尔格一走出家门,我便一溜烟地跑回家,卷起尸体,便朝他家走去。

趁着夜色,我对祖尔格的妻子说:"我回来了。赶紧过来,接着它。我得赶快回去,驿站那儿还有好多东西呢。"

她激动地浑身颤抖起来,双手接住我拿来的东西,说道:"那你赶紧去吧,把剩余的东西都给搬回来。什么衣服啊,毯子啊,都别落下。"

出门后,我赶紧找个地方躲起来,边偷着乐边等着看好戏。凌晨四点多,祖尔格溜溜达达地回来了。一进屋,他便说道:"哎呀!今天多亏真主保佑,路上几个黎巴嫩人开枪打我,还好有惊无险,我毫发无损。可惜今天什么也没弄到手。"

他妻子听到这儿,说道:"瞧,这不就是你拿回来的东西嘛。"

祖尔格看了看杵在地上的那一捆东西,说:"对,对,对,是我拿回来的。来,让我们看看里面装的是什么?"

大家都知道,这夫妻之间啊,男的一般比较自大。只见祖尔格刚坐下来,这牛便开始吹上了,他说:"这东西可是我从十二个大块头手里抢过来的。"听到他这样说,我心里不免窃喜起来:"得嘞,上钩了!"

打开包裹,只见一具死尸从里面滚了出来。定睛一看,这人竟然认识,正是他们这附近一个名叫吉瓦的士兵的儿子。这下祖尔格可傻眼了,他连忙说道:"天哪!我以父之名发誓,我可没拿回这个东西来呀!"

他妻子说:"不是你还能是谁?!刚才你不还说,他是你从十二个人手里抢回来的吗?"

顿时,屋里乱作一团,男人的怒骂声,女人的尖叫声,不绝于耳。祖尔格和他妻子互相指责对方撒谎。天一亮,这事便传到了酋长耳朵里,他命人将他俩传唤过去。可等到晚上,我听说,来人扑了个空,祖尔格早就卷铺盖溜了。于是,我在这城里踏踏实实地住了些日子。

一天,我启程前往曼塔城,碰巧遇到赶集日。我二话没说,一进城便直奔集市。正买麦片时,一个女人踩住了我的衣袖。我刚要开口,便听她自己嘟嘟囔囔地说道:"这人算什么啊,什么人都没他厉害!"

我瞥了一眼那个出言不逊的女人,发现她竟还没有我妹妹年纪大。我说:"我跟你没什么好说的,叫你丈夫来。"

她白了我一眼,不屑道:"你有什么资格跟我丈夫说话。我丈夫祖尔格比你厉害多了,还拿自己跟他比?别往脸上贴金了!"

听她这么一说,我突然明白过来,原来祖尔格也在这城里。因此,我向她放出狠话:"转告你家男人,有种明天下午四点,咱们树林见!"

她说:"放心,我会告诉他的。这次可是你自讨苦吃!"

下午四点一到,这女人便来到我家,骂骂咧咧地喊道:"赶紧出来,咱们去树林里一决高下。"

我回答:"走着,谁怕谁呀!"

当这个女人添油加醋地将我俩之间发生的事情告诉给她丈夫后,祖尔格怒发冲冠,拎起棍子便跟她来到树林,琢磨着等我一到便可以在我跟前一展雄风。远远地看到他俩后,我果断找出染料把脸涂花,并找了根棍子往肩上一抗。紧接着,我偷偷溜到他俩身后,一边嘴里不干不净地骂着一边向他俩走去。

看到我,祖尔格的妻子说道:"瞧,那边有个疯子。"

"哪儿呢?"祖尔格边问边转身,一看到我,他便吓得眼睛眨个不停。

看到他的狼狈样,我更加肆无忌惮地向他俩大步走去。我一脚踩上祖尔格妻子的脚。她疼得龇牙咧嘴,满脸委屈地看向她丈夫,谁料到,他竟把头转向了另一边。见此状,我又上前"啪啪啪"连扇了她三个大耳光,祖尔格连屁都不敢放。我大声吼道:"把棍子给我放地上!"他俩吓得赶紧把手里的东西扔了。

他俩的窘态让我笑得都快断气了。正想着不跟他俩纠缠了,突然又有一个念头从我脑中闪过,我决定再捉弄祖尔格一次。我走到路边,拉了泡屎,然后把祖尔格夫妻俩叫来。我对他俩说:"你拿着碗给你家男人打节奏。你呢,坐在这儿,赶苍蝇。如果苍蝇吃到我的粪便,我就杀了你。"

"遵旨!"祖尔格战战兢兢地回答完,便开始驱赶我那堆粪便上的苍蝇,而他妻子则在一旁边敲打着碗,边唱歌,给她丈夫鼓劲加油。看着他俩一脸认真的样子,我笑得前仰后合。我径直穿过树林,头也不回地走了,不知祖尔格何时结束的驱蝇行动。回到家,每每想起这事,我还是会忍不住大笑。为避免与祖尔格再次狭路相逢,我收拾行装,继续赶路,去寻找一潭圣水的下落。

第六章
哈吉机智对盗贼

一天,我来到一座叫米斯卡的城市,并借住在一位名叫道拉的教长家。对真主的坚定信仰,以及对伊斯兰教教义的深刻理解,使他备受尊崇。道拉教长对我的到来表示热烈欢迎,我同他的儿子卡多成为了无话不谈的密友。一天,我俩一直聊到深夜,才各自回房间休息。还没睡着,就听到门口传来"哒哒哒"的脚步声。我透过窗户向外一看,一个大块头正朝我这边走来。他一进门,我便坐了起来,本想着他看到我醒着还不得掉头就跑,可谁知他竟毫无去意。见此状,我不禁心中一惊,大呼不妙:"糟糕,今天要有大麻烦了!"

他走近时,我"嗖"的一下站起身来,对他说:"欢迎,欢迎,请坐!白天咱们在集市见面时,你没说要来我这儿啊?"我之所以这样说,是想让他以为我认识他。

我的话让这人有点发懵,他不由自主的坐下来,琢磨到底在哪里见过我。过了半天,他转过头来,问我:"你怎么认识我的啊?"

我说:"咳!我早就认识你了,不光是你,你的所有亲戚我都认识,而且他们也都知道我。我经常能遇到他们,以至于他们常向我打听你的消息,可我什么也不知道。今晚真是天赐良机,咱俩终于见面了。"

他从上到下细细打量了我一番,说道:"你说你认识我,那我叫什么名字?"这时,我高高的昂起头,大声喊道:"你的名字叫小偷!"

我这一嗓子,吓得他赶紧往外跑。听到我呼喊声聚集而来的人们紧跟着追了出去,可还是让他给跑掉了。而我呢,躺在行李包上,一动也没动。人们纷纷嘲笑我是个胆小鬼。

遇到窃贼这件事一直让我心有余悸,我离开这里,来到一户饲养土狼的人家,并以特别正当的理由让他收留了我。

当我听说这家主人同意单独给我一个房间时,我告诉他:"不,如果您的那些土狼都带着嚼子,我更愿意同您和它们住在一个房间。"

他说:"住在一起没问题。但我很好奇,为什么你喜欢跟土狼住在一起呢?"

我说:"其实,我在家乡时,就喜欢跟它们住在一起。所以,尽管在这里我没那么自由,可我还是愿意在你家落脚。"

他说:"没问题,那就把这里当作自己家吧。"

之前偷袭我的那些小偷见我又找到一个落脚处,贼心不死,又来骚扰我。他们悄悄溜到门口时,屋内的土狼趴躺在地,所以他们并没留意到。只听其中一个窃贼对另一个说:"你进去,把他拖出来,我再将他捆住。"

一听到动静,土狼们嗖地站了起来,警觉地抖动着耳朵,低声咆哮着,随时准备向这位不速之客发动进攻。见此情景,窃贼吓得浑身发抖,当发现已无后退之路时,他绝望地大哭起来,晃动着我说:"你起来,你起来,抓住我!"

我醒来看到他,一下就明白了事情的来龙去脉,我说:"我可不抓盗贼,我什么也没丢,你滚吧。"

他说:"不,求你了,求你抓住我吧。"

我说:"不,你滚吧。"

我俩就这样推来挡去,不一会儿,主人被吵醒了。他问我发生了什么,我便告诉了他整件事情。说时迟那时快,我一跃而起,抄起棍子将盗贼一通乱打,疼得他嗷嗷直叫。紧接着,我将他五花大绑,抓了把土朝他眼睛撒去,疼得他一直嚎叫到天明。

等到天亮,我将那贼人从上到下仔细打量了一番,好嘛,原来此人竟是祖尔格。我大叫起来:"原来是你啊,祖尔格·丹·穆罕满。"

他转过身,两眼通红地看着我,说道:"哎哟,这不是我们的大学问家嘛。"

相视一笑后,我告诉他在市场上跟他妻子吵架的事情,并询问她的消息。他说,他俩早掰了。那天他一直用手赶着苍蝇,一刻也不敢停歇。一直到黄昏,来了一群商人,苍蝇随他们而去,他才停手。每当他想站起来时,就感觉我在背后看着他,所以他只好不停地扇啊扇。

祖尔格还向我诉苦说,他从未见过像他妻子那样爱滋事的女人。一天,她又故意去挑衅一个大块头,结果挨了一巴掌。她跑回家告诉了祖格尔,气愤不过,祖格尔便带着她就去找人家算账。结果一到地方,他就被大块头满身的腱子肉给吓呆了。祖尔格咽了口吐沫,壮着胆子说:"是你打了我老婆?"

大块头气呼呼的回答:"就是我,怎么着?你还想替她报仇吗?"

听到这儿,祖格尔连忙说道:"你再扇她一巴掌,我看看!"大块头看了一眼那女人,二话不说,又扇了她一巴掌。

祖尔格看到他妻子被打得眼泪汪汪,又接着说道:"你刚才是真打了吗?我怎么没看到啊,再打一下我瞧瞧!"这一次,大块头狠狠地抽了那女人一个大嘴巴,她一下子被打倒在地,满嘴鲜血。

看到这儿,祖尔格对他妻子说:"起来,咱们走吧,真主替我们报仇了。"

一直到家,这女人都在不停地哭泣,祖尔格呵斥道:"别哭啦!尽管在你看来我对他什么也没做,但其实,我心里一直在诅咒他,我还把手藏在衣服里向他竖中指呢。"

祖尔格的妻子听到这儿,向丈夫发出了啧啧的赞叹声。随后,她逢人便夸奖丈夫的足智多谋,以至于这件事被传得满城风雨。因此,祖尔格把他妻子轰走了。他告诉我,他很庆幸跟他妻子分手了,并不是因为不爱她,而是如果再这样下去,他早晚有一天会死在她那张臭嘴上。

祖尔格又向我讲述了他遇到的另一件可笑的事情。他说,一天晚上,一个小贼满以为他睡着了,偷偷溜进了他家。一进门,就直奔床而来,想偷他身上的衣服。皎洁的月光照进房间,小偷刚把手放到祖尔格身上,他便睁开了眼睛。小偷心中一惊,但马上故作镇定地说:"我来是要告诉你,请你明天到酋长的农田里干活。"他的话让祖尔格捧腹大笑,甚至连追赶他的劲儿都没了。

常言说得好:"不义之财如流水",没过多久,钱就全部花光了。我们只好启程继续赶路,来到纳萨拉瓦城。祖格尔在此向我告别,他说在这里他不作停留,后会有期。拜见酋长后,我便找个地方落了脚。我只身来到一座清真寺前,除手持一串念珠外,什么也没带。热情的人们看此情形,便给我拿来各式各样的吃食,虽然很想将它们都狼吞虎咽下去,可我还是忍住了内心的冲动,每种食物都浅尝辄止。其实,我平时赶路,经常吃的只有麦饼和甜米饼,但之所以对人们送来的食物表现得很冷淡,是因为我想让他们奉我为圣人,对我充满敬意。果不其然,没过几天,我的这个小算盘成功了。他们纷纷拿着各种食物,前来让我品尝,希望可以给他们带来好运与福气。

就这样,我在这里备受尊敬地生活着。遇到任何类似礼拜这样的宗教活动,人们都会让我站到前排。可实际情况是,我对此一无所知,因此我总是不断拒绝,唯恐在人前出丑、露怯。

日子一天天过去。有一天,酋长的女儿在一个小村子里去世了。得知此消息,我决定前去参加她的葬礼,便问人们:"去往那个地方的路怎么走啊?"

人们告诉了我,并提醒说:"葬礼午后举行。"由于那个村子跟这里还有些距离,他们给我备了马,以便我赶路。我告诉酋长以及将一同前往的各位阿訇,我决定做完第二次礼拜后再启程。听罢,酋长下令,留下一匹最快的马给我。我说:"我什么也不骑。"人们不禁露出惊讶的表情,纷纷说道:"真是与众不同啊!"

待他们离去后,早上七点一过,我就出城了。我从树林里抄小路前进,一路狂奔,直跑得上气不接下气,似乎马上要断气了。还好,在接近那村子的一个地方,我发现了他们。

在树林里,我就听他们议论说:"哈吉现在肯定还没出发呢。"

宰相说道:"没错。咱们快得跟鸟儿飞一样,他准保赶不上。"

听到这,我果断超过了他们,继续向前奔去。不一会儿,一个湖出现在我眼前。我停下来梳洗一番,把心安定下来。进村后,我打听到将举行葬礼的地方,一边拨动着念珠,一边走进那附近的一座清真寺。不一会儿,他们也到了。听到动静,我手持念珠,踱着方步,从清真寺里走出来,向他们打了声招呼。

只见宰相和一干众人惊讶得瞠目结舌,一句话也说不出来。他们纷纷跪倒在地,向我致敬。

我说:"一切都是真主的旨意啊!"

葬礼结束后,他们先启程了。而我呢,继续经树林一路狂奔回家。这就是我在纳萨拉瓦城的故事。

第七章
哈吉与祖尔格冰释前嫌　哈吉替父报仇

看到酋长已从丧女之痛中恢复过来,我便向他提出了召集本城所有年长者,打听一潭圣水下落的想法。酋长满口答应,老者们纷纷应召而来。向大家告知我的来意后,所有人都面面相觑,无人应答。正在我准备放弃时,一位坐着轮椅的老人使劲向前努了努身子,说道:"我听说过一潭圣水的故事。在我很小的时候,曾听人说起,在一个叫做拉米或者拉玛的地方,我想不起来确切的地名了,山上有一口叫作什么的井来着,圣水就在那口井里。但是,尊敬的酋长大人,如果想知晓一潭圣水更加准确的信息,需要前往耶路撒冷的阿克萨清真寺,我的哥哥在那里。当时听说这件事时,他也在场,而且他比我年长,应该记得比我更清楚。"

我当即决定出发前往那里。沿途经过一个叫萨莱的小村子,我发现那里的人们特别没有爱心,到处设陷阱捕捉鹦鹉。一旦抓住,便训练鹦鹉讲话,然后走街串巷地将它们卖掉。我也抓住一只,但除一句话外,我什么也没教给它,那就是:"得了,先生,您再仔细瞧瞧,难道我不值两百元吗?"几经测试,发现鹦鹉已经可以对答如流了,我便将它装进笼子,带往前面的集市。

又过了一些日子,我来到一个叫亚拉瓦的村子,并住了下来。这一天正是豪萨传统节日亲家节的前夜,我正睡得香甜,一群小偷潜入我家,洗劫一空。我气得差点背过气去,发誓"去小偷家偷一次"以雪耻辱。

夜幕降临,我买了一把尖刀,在城里溜达,准备实施我的计划。我来到一扇大门前,发现里面几个年轻人正点着灯清算财物,以备明天庆典之用。一个人走过来,将大门紧紧关了起来。我敲了敲门,里面一人问道:"谁啊?"

我说:"小偷。"

他们惊讶起来:"小偷?"

我回答:"没错。"

他们问:"那,那你来干什么?"

我说:"我来就是为了偷你们的东西。"

这时,其中一个人大吼:"有本事就来偷啊!"

我说:"有本事你们把门打开,看我能不能偷到!"

他们中的老大气得暴跳起来,一把把门拉开了。我一见有机可乘,便以迅雷不及掩耳之势闯进门厅,弄熄油灯,拿刀在墙上猛划一下后,迅速在一旁蹲了下来,大喊道:"哎哟,救命啊,杀人啦!"一听此话,他们便认定,肯定是其中一人杀了我,于是争先恐后地跑了出去。见屋里没了动静,我慢悠悠地站起身来,把他们留下的东西一件不剩地全部打包,然后离开了这个是非之地。走到另外一个村子,我便将这些东西变卖换了钱。

随后,我在伊迪城落了脚,并在街上闲逛,希望可以碰到知晓圣水下落的有缘人。正走着,突然听到上面有人喊我:"哎哟,这不是我们的大学问家嘛。"我抬头一看,原来是祖尔格。我们热烈拥抱后,他请我到他家小住,我们彻夜畅聊。这次的再相聚让我们心里都泛起一丝寒意,仿佛冥冥之中,早已注定,一次又一次的分离与再相聚。

祖尔格说:"我觉得咱俩应该为之前的相互陷害向对方道歉。"

于是,我们真诚地向对方表达了歉意。尽管如此,我还是告诫自己不能掉以轻心,正所谓知人知面不知心哪!所以一大早,我借来一本《古兰经》,大净之后,我俩便对着经书宣誓,从此再也不欺骗和陷害彼此。

天亮后,我告诉祖尔格,我要前往耶路撒冷。他说:"好的,咱们一起上路吧。"我俩来到一座热闹的城市,并带着那只鹦鹉到了市集。祖尔格疑惑不解,为什么我不嫌麻烦,一直带着这只鸟?我卖了个关子,让他拭目以待。

一个欧洲人看到我,问道:"你这只鹦鹉卖吗?"

我说:"卖啊。"

他说:"多少钱可以卖给我?"

我说:"二百元。"

这时,就听那个欧洲人一脸不屑地嘟囔着我听不懂的话:"Go away, you poor fool."①

虽然听不懂他在说什么,可从他的表情我也大概猜到一二,我说:"你不要骂我,以为我不懂英语。如果你有什么质疑的话,你可以听一听这只鹦鹉的意见。"

于是,我看向鹦鹉,问道:"是不是这样啊,鹦鹉?"

鹦鹉回答:"得了,先生,您再仔细瞧瞧,难道我不值两百

---

① 英文,意为:"滚开,你这个可怜的傻瓜。"——译者注

元吗?"祖尔格和欧洲人听完忍俊不禁,他立刻掏出二百元钱递给了我。我俩并没在此多做逗留,连夜赶往阿克萨清真寺。

在这座圣洁的城市,祖尔格建议我俩冰释前嫌,我欣然同意,并请来阿訇为我俩祈祷,驱赶体内的撒旦。

休整一个月后,我向当地酋长请求召集本城年长者,询问一潭圣水的下落。酋长同意后,便召唤来满满一屋子人。听到我的问题,一开始,所有人都闭口不言。过了一会儿,一位老者缓缓开口,说他知道一潭圣水的故事。我询问他的家乡,他说他出生于纳萨拉瓦。原来他就是我们一直要寻找的那个人的哥哥。表明我们的来意后,他证实了之前弟弟说的话。

这时,有人提议让他跟大家分享一下一潭圣水的故事。他沉思片刻后,同意了。他说:"一潭圣水在依拉米国境内,那里是精灵之国。圣水在一座叫作伽夫的高山上,除精灵外,没人可以到达那里。而即便是精灵,也只有那些长着翅膀的才能成功抵达。但很遗憾,现在我不记得那口井的名字了。即便精灵到达山顶,能否取得圣水也完全得看真主的旨意。据说有专门的圣水守护神在井边,据说想要成功进入那里还需要特殊的咒语,据说在那里还有特别的规定需要遵守,如果踏错其中任何一步,都将死无葬身之地。而我们的祖先也早已记不起那些规定和咒语了。尊敬的酋长大人,这就是我所知道的关于一潭圣水的全部故事。"

等到天亮,我便乘船前往依拉米国。航行途中,突遇风暴,船瞬间翻沉。除了我,所有同行之人都沉入海底。待我苏醒时,发现自己躺在一个光秃秃的岛上。这里可以说是寸草不生,没有任何可以吃或可以摘的东西。我四下张望,发现这个岛孤零零地躺在大海中间,前后左右全是一望无际的海水,真是叫天天不应叫地地不灵啊!估计这里连精灵都飞不到,更别说是鸟了。

我在沙滩上刨个坑,钻了进去,想就此了结余生,没成。我又尝试了其他自杀方式,也都失败了。我再次钻进沙坑里,继续等死。这时,只见两个精灵一前一后拖着个人飞了过来。在离我很近的地方,他们降落下来,并开始挖沙子。其中一个精灵念道:"芝麻开门,芝麻开门。"话音刚落,随着"哗啦啦"一声巨响,地面赫然出现一条巨缝,他们走了进去。我目瞪口呆地看着这一切,赶紧将自己用沙子埋起来,唯恐被他们发现。不一会儿,他们从地下走了出来,并念道:"芝麻关门,芝麻关门!"裂开的地缝迅速合上,他们用沙子将那块地铺平,世界又恢复了原貌,仿佛什么事情都没发生过一样。

精灵们刚一离开,我就从沙坑里钻了出来,来到那个地方,将沙子向两边拨开。我学着他们念道:"芝麻开门,芝麻开门。"眼前的地面倏地向两边迅速裂开,一个地宫出现在我面前,沿着深深的隧道,我钻了进去。关在里面的人看到我,立刻跪倒在地,抱住我的腿,恳求道:"求求你,救救我!"询问他的名字和家乡,他如实告诉了我。原来他就是萨奇穆,我亲生父亲的继子,也是我的杀父仇人。不仅如此,他还因为一个奇怪的梦杀害了我的姨娘们。

明白这一切后,占卜解梦者的话在我耳边响起。我向前看去,发现一个带着金鞘的剑正在不远处。我一把拔出剑,指着他问道:"你知不知道我是谁?你是否还记得解梦者的话呢?"听完我的身世后,萨奇穆难以置信地瞪大了眼睛,就在这时,剑起头落,我说:"在你杀我之前,还是先让我报了这杀父之仇吧!"

这就是萨奇穆的下场。关于他是如何落到这一境地的,据说是因为一天晚上,他正在吃椰枣。吃完后,他便将枣核随意一吐。谁料到,精灵之王的孩子们正在这里玩耍。一颗枣核正中酋长儿子的囟门,当场毙命。萨奇穆也因此惨遭杀身之祸。

第八章
梦想成真　凯旋而归

砍掉萨奇穆的头后,我随手拿起一块破布擦拭剑身。这一擦不要紧,一个精灵"嗖"地出现在我面前,他向我深深鞠了一躬,说道:"主人,您有何吩咐？我可以帮助您实现任何愿望。"眼前这场景,吓得我一把将手中的剑丢了出去,连忙用手捂住了双眼。之前我也做过不少坏事,以为这报应来得快,差点就乖乖地把小命交给他了。可这时,我心中响起另外一个声音:"千万别这样,你那点程度算什么啊？"

于是,我壮着胆子问道:"你是谁？"

他说:"我是剑神。尤素福·丹·努胡将我封在此剑中。在他有生之年,我一直伴他征战沙场。"

听他这么一说,我心里这块石头才算是落了地,我长舒一口气,对他说:"那请你带我去找一潭圣水吧。"

这话让剑神不禁大叫起来:"我可没资格去那里！不过,我可以将你带到我们老大那里,只有他有权去往那个地方。真主创造了世界,也为所有精灵创造了那一潭圣水。从那时起,世世代代的精灵一直守护着它。"我请求他带我前往,转瞬间,我们便来到了靠近依拉米国首都的一个大峡谷。剑神说:"我们老大就在这山谷里。"

走进峡谷,一个年长的精灵出现在我们面前,威严的气场令人心生敬畏。我跪下,向他请安。我将自己的身世以及这一路来的各种遭遇毫无保留地告诉他,甚至还包括我的哥哥萨奇穆的故事。听完后,他满脸惊讶地说道:"你真是个大孝子啊,竟然可以为了一个没有半点血缘关系的人舍生忘死,勇往直前。"他继续说:"现在,我先说一个可以让你高兴的事情吧。你之前在山谷里遇到的那个你养父的哥哥,是我的好朋友。关于我们相识的故事,还得从我母亲那里说起。一天,母亲背着我走到苏丹国。因为口渴,我大哭起来。而这时,你养父的母亲正在打水,她听到我的哭声后,便对我母亲说:'先停一停脚步,让这孩子喝点水吧。'我母亲站住后,她便抱过我,亲手喂水给我喝。"

"当我母亲准备继续前行时,你养父的母亲拿来了各种食品。她还给了我两个硬币,我一手一个拿着把玩。她以为我母亲是人类,并不知道其实我们是精灵。临走时,我母亲询问了她家的位置,并在三天后的一个晚上前去告知了我们的真实身份,她俩义结金兰。你养父的母亲当时正背着你的大伯。"

"我们的母亲因此让我俩结为拜把兄弟,直至今日,我们的友谊仍坚不可摧。每个周五的晚上,我都会去他那里,秉烛夜谈。现在我们都已过耄耋之年,还经常在山谷里一同祈祷。"

"你在岛上手刃的那个人,就是他害死了我的儿子。我是精灵之国的国王,抓住他的那些精灵都是我的孩子。你进入的那个地宫是我的,你手里拿着的这把剑也是我的。如无此剑,将无法接近圣水。现在我将此剑赐予你,以助你完成心愿。而我之所以要帮你,是因为两个原因,一是你替我报了杀子之仇,二是我挚友的弟弟就是我的弟弟,你对我弟弟的一片孝心感动了我。"

听到这里,我跪倒在地,表示感谢。精灵之王告诉我,不要在傍晚时分进入圣水之城,于是我便安心在此和他的孩子们一起过了一夜。

第二天一早,他来叫我,并说道:"现在你要牢牢记住我告诉你的话,否则,你将遭遇杀身之祸。"

我说:"好的。愿真主保佑!"

他说:"你看,那城中间有座高山。而那城就是精灵国的首都,叫依拉姆城。那座高耸入云的山叫伽夫山。到达那里你就会发现,城门上写着'什么也别问',不要在意身边的任何事物,只管拿着剑径直往伽夫山走。进城之后,你要一直诵念:'万能的主啊,我赞颂你!'直到取完圣水出来。"

"之所以让你一直诵念这几句话,是因为你会看到许多以前见所未见的东西。你会看到牛在挤人奶,马骑人,狗骂人,鸡叼着鹰,羊赶着土狼,还有男人生孩子。你还会看到母鸡耕地,公鸡种田等等令人匪夷所思的事情。如果你因为好奇而停下脚步,那么你会大难临头。众所周知,真主有能力创造出任何他喜欢的东西。如果他愿意,他还可以造出成千上万超乎想象的东西。"

"念诵刚才那段话可以让那些精灵明白,你信奉真主,这样他们便不会加害于你。"

"你千万不要对任何人动武,尽管他们出现在你面前,看似要伤害你,但其实,他们近不了你身。进山后,你会看到十二个房间排成一行。从你的右手数过五个后,进入第六个房间。那里有一口井,人称希奈尼井。你会看到,井口被一个镶满珍珠的盖子盖住。如果不懂咒语,即使将全世界的人聚集起来,也无法将它打开。所以,请你一定牢记下面这句咒语:'先知苏莱曼·丹·达乌达大显神威,井盖井盖请打开。尊贵的先知苏莱曼,尊贵的先知苏莱曼。先知苏莱曼大显威荣,井盖井盖请打开。伟大的先知穆罕默德,井盖井盖请打开。'"

"井盖打开后,你便可以将一旁的金桶放到井里,一边诵念我告诉你的话一边将圣水取出。一小瓶足矣,多拿对你不利。待你回到苏丹后,圣水将为头疼之人永除病痛。勇敢,不要畏惧,千万不要违背我的嘱咐。祝愿你凯旋而归。"

我揣好瓶子,径直向依拉米城走去,精灵之王描述的情景果然一一出现在我面前。我牢记他的嘱咐,顺利进山。照他所言,我应当进入从右向左数的第六个房间,可在看到屋子的一刹那,我突然迷茫了,凭着想象,我从左边向右数了四个房间,然后进入了第五间。

刚一进门,我便听到一个声音响起:"哎呀,错啦,错啦,打他!"顿时,一群人上来将我暴打一通,之后连同我和我心爱的神剑一起丢出了城外。我半晌才缓过劲来,试着站起身,突然感觉脚剧痛,完全无法支撑。我坐在地上,使劲向前努了努身子,拾起剑,用力擦了一下,剑神出现了。我请求他让我再见一次精灵之王。

当我遍体鳞伤、狼狈不堪地出现在精灵之王面前时,他说:"你竟然没死?简直太幸运了!我一再叮嘱你,千万要小心,千万要小心,这下你知道厉害了吧!感谢真主,他们并未杀你。"向他坦承做错之处后,他说:"坐下,等你伤好了再去试一次吧!"精灵们为我涂抹上药膏,很快我便康复了。

二十天后,我又一次踏上取水之路。这一回,我牢记精灵之王所说的每一个环节,按部就班,终于成功拿到了圣水。护水精灵满脸怒气地将我送出城,一路上,尽管心里吓得直突突,但我仍表现出一副毫不在意的样子。一拿到圣水,我便听到敲锣打鼓的欢庆声,原来是精灵们在为我庆贺!我来到精灵之王面前,他热烈欢迎我的归来。

休息七天后,精灵之王对我说:"是时候该启程回家了。不过,因为圣水,除了我,任何精灵都无法带你飞起来,所以没有精灵可以送你回家。尽管我年事已高,但我会尽最大努力缩短你的归程,带你飞离我们精灵之国。"

于是,我们飞过高山,飞过湖泊,来到一座繁华的城市,那里全是金发碧眼的欧洲人。

分别时,精灵之王赠予我一枚金戒指,并告诉我,这枚戒指跟那把宝剑一样,也有保护神。如遇麻烦,只要摩擦戒指,精灵便会出现。但因现在圣水在身,无论我如何摩擦,戒指神都不会现身,除非等到圣水离身的那天。我将戒指戴在手上,将圣水揣进衣服内兜,唯恐一个不小心,会将它遗失。精灵之王说,以后如果我想见他,可以在周五晚上前往大伯的住处。因为每个周五晚上,他都会去那里。跪谢后,我激动地泪流满面。同时,我恳请得到他的原谅,因为为让我实现愿望,他做了一些有违原则之事。

精灵之王远去后,我走向海边,向一个驾船的欧洲人询问,他是否可以载我去苏丹国。他鄙夷地瞟了我一眼,嫌我太脏。原来在他看来,我黝黑的皮肤完全是因为藏污纳垢太多导致的,殊不知我生来就是这样。我问了一个又一个人,他们都拒绝了我的请求。不仅如此,他们还将我赶得远远的,嫌我将他们熏得浑身哄臭。

求人不如求己。天一亮,我找了艘旧船,自己修补一下后,便驾着它,向苏丹国方向出发了。因为红海的水无法饮用,所以我带足了干粮和饮用水,并告诉自己说:"我将一切全部托付给真主。如果他同意我将圣水带回苏丹国,那么我便会顺利到达,如果他不同意,我也无怨无悔。"

破旧的小船在海上漂荡,任由海风将我带到任何地方。期间,我竟和鲨鱼还来了次亲密接触,它将我和小船高高顶起,使劲抛向远方。就这样,不知漂泊了多久,四周仍海水茫茫。我有些气馁地丢下船桨,说道:"听天由命吧,真主带我去哪儿,我就去哪儿。"我开始不管不顾地躺在船上睡大觉,连逃生的心气都没了。日升日落,日落又日升,我甚至都记不清已过多少日子。

一天,我正睡得酣畅淋漓,突然感觉船停了下来。睁开眼睛,我发现自己待在一个类似于井底的地方,上方还时不时传来人的说话声。我抬头向上看,说道:"感谢真主,终于让我到岸了。"

正琢磨着怎么出去,突然看到一个水桶被扔了下来,我立刻紧紧抓住它。

这时,就听一个人大喊道:"哎呀!什么东西抓住了我的桶?"

我回答:"是我,我昨晚掉进了井里。"我担心如果我说自己是从红海漂过来的,准保会把他们吓跑。

尽管这样回答,可我还是听到了纷纷的议论声。不一会儿,井口聚集来很多人,我抓住递下来的绳子,很快便被拽了上来。可当我一露头,他们吓得四散而逃,跑去禀告酋长。酋长随他们来后,询问了我的来历,我说:"我是人,不是鬼。先给我点吃的吧,随后,我会将我的故事告诉你们。"

酋长命人给我拿来食物。海浪将我折磨得头晕恶心,服药整整七天后,我才渐渐恢复体力。又过了一些日子,我的神智也清醒了,回想之前的遭遇,我不禁一身冷汗,简直就像在鬼门关走了一遭。

渐渐地,我发现这城里所有人都让我感觉非常熟悉和亲切。不论是他们的生活习惯、语言、服装,还是肤色,都跟苏丹人一样。

留意到这些后,我问酋长:"万岁,我现在身处何处?"

他说:"卡诺城。"

我问:"哪个卡诺?是苏丹国的卡诺城吗?"

他说:"没错。"

我说:"那孔塔贡拉城离着有多远呢?"

他说:"它在卡诺的南边,如果路上不作停留的话,走上十五天便可以到达。"

听到这,我双手合十,充满敬意地说:"感谢您,万能的真主!"然后,我问卡诺酋长:"您可否告诉我,我是从哪里来到贵宝地的吗?"

酋长命侍从将我带到一座大房子里,并告诉我:"你就是从这口井里出来的。"

我问:"这口井叫什么名字?"

他们说:"梅不力噶米。"

我转过身,向酋长禀告说:"梅不力噶米的井水连接着红海。其实,我是从红海出发的,真主的旨意令这口井将我吸引而来。"我的话令众人不禁惊讶得张大嘴巴。于是,我把我的这段经历从头到尾告诉了他们。酋长听后,龙颜大悦。

我从井里出来的故事不仅在当时轰动全城,而且流传甚广。时至今日,只要到卡诺一打听这段故事,可以说年龄在二十岁以上的人,无人不知,无人不晓。如果你想亲眼目睹梅不力噶米井,他们还会亲自带你前往。不过,为防止有人跌落井中,卡诺酋长命人做了个铁盖子将井口封住,并将那座房子也锁了起来。由于卡诺并不缺水,渐渐地,那口井也就被废弃了。

休息十天后,酋长赠予我诸多礼物,并派人将我护送到家。从离家寻找圣水到如今凯旋而归,已经十五年过去了。养父站在门口,竟没认出我来。的确,离家时,我还只是个十五岁的少年,而如今,我已成为一个满脸络腮胡子的中年男子。

告诉他我是谁后,养父一把将我搂进怀里,我们相拥而泣。进屋后,我见到母亲,思念的泪水一下夺眶而出,我冲上前,紧紧抱住她。多年未见,但我们一直惦念着对方。养父向酋长禀告,他的儿子外出环游世界回来了,酋长派人前来向我表示欢迎。但无人知晓我当初为何离家,更不知我带回了什么。

休息七天后,我拜见养父和母亲,告诉他们我这次旅行的各种奇遇。我从怀里拿出圣水,这时才发现,原来当我在红海漂泊时,圣水已被撒出大半,瓶里只剩下一点了。

养父看到这,立即起身前往皇宫,告知苏丹国王。我被传唤进宫,向国王讲述我的经历,并将圣水展示给他。国王激动得抱住我,并下令鼓乐齐鸣,大摆筵席,为我给他和他的子民带来如此福气和幸运而庆贺。

我向国王打听当初离开时那个身体抱恙的孩子是否已康复?也就是那个养父说要用一潭圣水给他治病的王子。国王满脸愁容地告诉我:"我们给他尝试了各种药方,直至今日,均无良效。与其现在这样一直被病魔折磨着,还不如就让他早早归天了呢,也可免受这十五年的罪啊!"

听到这里,我说:"那么现在让我们一同目睹当初我养父所言是否真实吧。"我拿出一根竹签沾了一滴圣水,然后将此签在一碗水中搅了几下,让人端给王子服用。刚刚喝下,王子便从病床上站了起来,奇迹般地康复了。见此情形,国王激动地不知所措,一把抱住我,使劲摇晃着,简直要把我揉进他身体里一般。众人也纷纷惊讶于圣水的神奇功效。

当养父听说了他哥哥和精灵之王之间的深厚渊源时,深表惊讶。酋长传唤养父进宫,为当初的出言不逊向他道歉。

事实上,我的这次旅行不仅给王子带回了治病的良药,而且整个苏丹国民都深受影响,只是他们并不知晓。在我旅行前,苏丹国并没有太多治病的良药。被我不小心撒进红海的圣水却带给这个国家无尽的福泽。由于苏丹国位于红海的下游,所以所有树木、作物、动物一旦接触这水,便都被赋予了神力,而使用它们制作出的药品个个都有神奇疗效,以致时至今日,这个国家在医药界一直闻名遐迩。

休整一个月后,我决定擦拭戒指,唤出戒指精灵。精灵现身后,我命令他带我去那些旅行中途径的城市,取回我存放的东西,并找到我的妻子。最终我成功拿回了所有物品,连一根针都没落下。

整理完物品,我命令戒指精灵带我去找寻妻子,我要带她回家。见面后,妻子喜出望外。我俩手拉手在一个小村庄散步时,我突然看到了祖尔格,他正疯疯癫癫地边敲鼓边乞讨。

尽管脸上涂抹着木炭灰,我还是一眼认出了他。我盯着他,喊道:"祖尔格·丹·穆罕满。"

他看了看我,说道:"哎哟,这不是我们的大学问家嘛。"说完,他将手中的鼓一扔,跟上了我的脚步,其他人也都跟了上来。我们告诉对方分别后的故事,以及为何没能很快相见的原因。我将自己在此地的所有财产都赠给祖尔格后,带着妻子回到了我们在孔塔贡拉城的家中。祖尔格则继续留在那里过着他想要的生活。

如今,只要我想见祖尔格或者其他朋友,我的妻子想见她的家人,我便会擦拭戒指,唤出精灵,让他带我们到任何想去的地方。我的房子也是精灵们建造的。起初我想盖个结实的铁房子,但后来还是放弃了这个念头,因为普普通通的土房子可以时刻提醒自己,做人要谦逊,切记不要得意忘形。

这就是我环游世界的故事。感赞真主!

不管你信不信,这就是我的故事。

(高山 译　陈利明 审)

身体会告诉你

约翰·塔非达(John Jafida)
骆布特·伊斯特(Rupert East)

身体会告诉你①

在贾尔马城住着一位有钱人,他的名字叫谢胡。他家里的钱多得要用麻袋装,还有成堆的衣服、货物,以及许多缝纫机、自行车和佣人。他的牛圈里有很多牛,养马场里面有三匹腾跃着的骏马。每天到了傍晚,他常来到养马场里坐下。他的仆人们还有城里那些贪慕他钱财的人会来围绕着他坐成一圈。他们在一起谈天说地,好不快活。

他因为富有而声名远播。他的仆从被派去各地经商,有的用火车运货去卖,有的用汽车运输,还有的在他的吩咐下用驴、牛或者骆驼组成队伍,驮着一般的货物或是可乐果,运往内陆地区去卖。连他自己也搞不清楚他到底有多少钱。

他没有孩子

他结婚有二十年了,但是一直没有孩子。他结过很多次婚,家里总是有四个老婆②。为此他花了不计其数的钱财,去找那些术士、巫医和灵媒买促进生育的药方,但是到最后他的那些个老婆里面一个显示出怀孕征兆的也没有。每当他想起

---

① 豪萨语谚语,含义是:人做错了事,受到体罚,之后身体的疼痛会告诉你做错事的结果是什么。谚语的深层意义是提醒人做事不要忘了因果报应。——译者注
② 西非豪萨族人奉行一夫多妻制,在伊斯兰教传入之后规定一个男子同时只能拥有最多四个妻子。——译者注

没有子嗣这件人生憾事,心情就变得极度沮丧和愤懑,以至于经常会把家里所有的人骂个遍。有时候碰上从早到晚都没有访客,他就会一个人呆在自己的房间里祈求真主满足他的愿望①。他祈祷的内容反反复复总是一句话:"真主啊,请你可怜我!请赐给我一个儿子吧!什么样的都行!"

他做了个梦

日子就这样一天天过去。一天,他做了个梦,梦见奥杜先生家有匹母马被拉到市场上去卖。有个人非常喜欢这匹马,正在交易。结果他自己看见这匹马也是喜欢得跟什么似的,就在原价基础上加钱抢订下了马,而且付了钱。于是人家把马牵到他家里拴了起来。另外那个人没有办法只好作罢。这匹母马到了他家里给他生了个小公马,漂亮得人见人爱。等这匹小公马长大了,可以骑了,有一天,他叫人给它装上马鞍。马鞍装好了,他就骑着马出去兜风。结果马突然失控,把他摔下来后自己逃走了。他摔在地上疼得要命。

梦做到这里他就惊醒了,浑身都在发抖。他在心里琢磨梦中的情景,一直到天亮。清晨的宣礼声响起时,他差人请来术士,为他解这个梦。术士用扫把扫了扫地,又敲了敲地,然后说:"我看到与婚礼和生育相关的迹象。有个人占了你的上风,但是你只要留神就能击败他。我还看到这个婚姻里面有麻烦,如果你结了这个婚,有一天你会后悔。如果你听我的建

---

① 西非豪萨族的社会是高度伊斯兰化的社会,宗教对社会生活有极大的影响,因此宗教元素在本文学作品中反复出现。——译者注

议的话,就别插手这件事。就像过去的先知离世而去那样,你就放下这件事别管它。其他的事真主自有安排。"

他对这个说法很怀疑

谢胡先生起床后就坐在那里一直想,想他做的梦,想术士的话。然后他突然想起来,奥杜先生有个女儿,名字叫扎伊娜布。他想梦里的那匹母马应该就是指这个姑娘。如果是这样的话,只要娶了她,他就能得偿所愿了。然后他又想起梦中发生的其他事情,以及术士给他的忠告。不过由于太想要儿子了,他根本不把术士的忠告当回事,只要能得到儿子就行。他又想也许这些都不是真的,只不过是术士的瞎话,要知道神秘莫测的事情只有真主才真正懂得。然后他就放下心来,做出了自己的决定。

这之后他就派人去请奥杜先生。等他来了以后,两人坐到一处,谢胡说道:"我之所以请您来,是因为您那里有个东西我想要,也不知道您能不能给我。"然后他就把事情的由来详细告诉了奥杜。

姑娘已有了意中人

听他说完,奥杜先生对他说:"这事有点困难。因为扎伊娜布打小的时候就有一个叫阿布巴卡尔的男孩常和她一起玩。他们俩互相喜欢,以至于人人都知道他俩长大后是要结婚的。有很多人,很多小伙子,都想追求扎伊娜布,但都被她一一拒绝了。她只想和阿布巴卡尔在一起。而阿布巴卡尔也是在全世界的姑娘中唯独钟爱扎伊娜布。要知道这个男孩年轻气盛,要是不能娶扎伊娜布,我可说不好,天晓得他会干出什么事来。"

听了这话,谢胡说道:"如果您同意,请让我把她叫来,我跟她谈谈。不管谈得怎么样,我都会把结果告诉您。"

奥杜说:"这个你不用跟我商量,你自己看着办吧。我估计你派人去叫她,她根本就不会来,更别说和你谈了。对这件事,其他的我也没什么可说的。"

奥杜先生回家后把和谢胡先生的谈话内容告诉了扎伊娜布的母亲。姑娘的妈妈说:"哎呀,我的先生,怎么能谈论这样的事情呢?要是我们这样办事,会被别人笑话的。可别这么做。"

他派人叫她来

到了黄昏时分,富商谢胡先生遣人去请扎伊娜布。当来人告诉扎伊娜布谢胡先生有请的时候,她叫这个人回去禀报说她不去。派去的人回到家告诉了谢胡。谢胡又派人去告诉扎伊娜布——请她去只是为了说一件事,就是婚事。

姑娘请来人回去转告谢胡,她已经有男人了,而且并不打算换一个。派去的人回来把情况和谢胡一说,谢胡勃然大怒,他说:"嗨!没想到在这块地面上还有这样的女人!我派人去请她来,她居然敢断然拒绝我?"

他派去请人的那个佣人对他说:"哎呀,主人,您这可是给自己找气受。像您这样一呼百应的人,何必和这些小孩子们计较。这个姑娘是挺好看的,但是凭她是谁也不能侮辱像您这样的人啊。"

她的男朋友生气了

这事过了没多久,谢胡先生的一个佣人跑去把这事告诉了扎伊娜布的心上人阿布巴卡尔,告诉他谢胡怎样派人去请来他正在追求的姑娘的父亲,然后又如何派人去请姑娘本人,被她给回绝了。听到这话,阿布巴卡尔很生气,几乎气昏了头,直盼着赶紧到下午,他好去找扎伊娜布。

到了下午,他来到扎伊娜布家,叫扎伊娜布的弟弟去把他姐姐叫了出来。随后他们来到俩人经常约会的地方。他们随便聊了一会儿,然后阿布巴卡尔说:"有钱人的女人!"

扎伊娜布说:"你这说的是什么话啊?我就看你今天说话吞吞吐吐地有些古怪。"

阿布卡尔说:"我之所以这么说,是因为我听说咱们城里的富豪谢胡先生派人来请你去。"

扎伊娜布说:"告诉你这事的那个人难道没有告诉你我是怎么回复他的吗?"

女人啊,你们的性情很复杂

"他告诉我了,但尽管这样,我还是非常生气。因为我知道你们女人的性情很复杂。人常说:马、河,还有女人,可不能完全相信它们。"

"连我你都不相信吗?"

"是的,女人的性情都是一样的。"

"好,那你告诉我你凭什么这样说。"

阿布巴卡尔说:"我之所以这样说,是因为:马,如果你喜欢它,为了它你再多的辛苦都能忍受,但它仍然会在某一天踢你一脚。河,你现在能蹚过去,没什么水;但等你回来的时候,你发现水来了,没法过了。女人,人们说她们的承诺只能保持四十天。超过这个时间以后,如果她遇到她喜欢的男人,不管她曾经多么爱你,她也会离开你。谢胡先生是富翁,就算他别的什么你都看不上,你也会因为他的钱财而喜欢上他的。"

姑娘发了誓

姑娘笑了笑说:"瞧你说的,阿布巴卡尔,他的钱就算能从这里铺到太阳出山的地方,我也不会嫁给他的。"

阿布巴卡尔说:"得了吧。俗话说:当你看到狗去嗅一只鞋子,它就是准备把它叼走了。① 不过你想怎么做就都随你便吧。"他俩就此告别,阿布巴卡尔回到家,晚上躺在床上还在生闷气。

那个有钱人知道了阿布巴卡尔后来去找过扎伊娜布之后,他说:"我要让这个小子明白,谁要想跟我斗,都会输得很惨。"然后他就叫人去请一个叫桑博先生的人。这个人全城的人都很害怕他,甚至连酋长也不例外。这人来了以后,谢胡给了他很多钱,然后告诉了他自己和阿布巴卡尔之间的过节。

有人想法使姑娘变了心

桑博先生说:"这事很简单,俗话说,随便一个人都能跳

---

① 意思是指:既然谢胡先生来勾搭你,那他肯定会想法把你娶走。——译者注

舞,别说乐师的孩子了①。如果你想让这个小子死,那么请真主同意,让我帮你这个忙。"

谢胡先生说:"我不想要他死,你要做的就是想法扭转姑娘和她父母的心意,让他们不再喜欢这个人。"

那人答道:"好,可以。我现在就回家,你等下派个仆人过来,我会给你你需要的法子的。等到了晚上,你再用我给你的法子。如果那姑娘还不来的话,你就把我的胡子给剃了。我会给你一种药,你要做的就是把它和麝猫香拌在一起,然后给她。如果她拿了,还往她鼻子上抹了一点,那问题就解决了。不管她的父母同不同意,你都娶定她了。"听了这话,谢胡很高兴,他拿了很多钱赏这个桑博先生。

他制了药

到了黄昏时分,谢胡派人去把药取了回来,一个是和在麝猫香里面的,另一个是做成了香粉。然后他就叫人把扎伊娜布给请来。他的仆从去了以后发现扎伊娜布正在和阿布巴卡尔说话。他问候了一声。阿布巴卡尔问道:"你来有什么事?"

仆从回答道:"谢胡先生派我来找扎伊娜布,他想见她。"

阿布巴卡尔说:"回去吧,告诉他,她不去。"

等这个仆人都走远了,当着阿布巴卡尔的面,扎伊娜布突然跳起来追上去叫住了那个人。她叫这个人回去告诉他的主人她会去的,只是结婚这事免谈。

看到这些,阿布巴卡尔对姑娘说:"好,你看昨天我说的没

---

① 自夸的意思,指自己是个中高手。——译者注

错吧!"

姑娘说:"哎呀,阿布巴卡尔,这没什么关系的,只是见一面,又不是把我给吃了。我去他家又不是去和他结婚。我向你保证,这世上除了你我不会嫁给第二个人。跟他说我会去,只是为了哄他高兴,免得他说我侮辱了他两次。你也知道你们这些男人,如果总对你们不敬,总有一天会吃苦头。"

阿布巴卡尔说:"那就这样吧,你做的都没错。"他俩就此告别,姑娘把小伙子送走了。

他们在第三间客厅见了面

扎伊娜布先回家洗了个澡,收拾准备了一番。她告诉母亲自己要去阿布巴卡尔那里,一会儿就回来。出门之后,她径直来到谢胡家,看到前厅有很多人在那里聊天。于是她就穿过前厅,来到里面的第三间客厅等他。过了一会儿,谢胡先生踢掉脚上的鞋子进了门,整个家里一下子充满了香粉的味道。听到他走了过来,扎伊娜布用纱巾把自己的头蒙上了。

他一进门就说道,"扎伊娜布,你来啦?为什么我派人去请了你两次你都不肯来?我会吃你的肉吗?"

扎伊娜布答道:"是我没空过来。"

他们先互相问候①,然后谢胡说:"我叫你来,是因为我听人说起你。我还听说你有一个喜欢的男人,但我知道你们还没有订婚。就算是已经把你许给他了,但是我喜欢你,我就看

---

① 豪萨人的礼节,两人见面后要互相问候彼此的家人、工作情况等等,等一长串的问答结束后才开始谈正事。——译者注

他有没有办法把我给赶走。"

"谁会赶你,你不是人吗?人和人之间犯得着互相嫌恶吗?"

"好,我想你嫁给我。"

"我也喜欢你,只是不能嫁给你。"

"为什么不能嫁给我?"

直到现在我还爱着他

"因为从我还是个小姑娘的时候起我就最喜欢阿布巴卡尔,直到现在我还爱着他。整个城里的男人们一个接一个地来追求我,不过他们都意识到没有机会,就放弃了。说真的,我知道你是有钱人,阿布巴卡尔则和我一样都是普通人。我要是嫁给了你,肯定饿不着,更渴不着。只是有一样,我听说你是个朝三暮四的人,某一天你要是看到比我漂亮的姑娘,你肯定又会想娶她回家。而且你结过很多次婚,那些个你娶的姑娘,等过了几年,你看她没有怀孕,就把她休了,让她蒙受羞辱。现在你已经有四个老婆了,他们中没有比我年纪小的,我可没法和她们一起生活。你知道的,一个人不能同时拥有五个老婆,你又怎么娶我呢?"

谢胡说:"这不是问题。我都对你说了想娶你了,只要你喜欢我,你就答应了我。我知道该怎么办。不能休掉一个吗?"

扎伊娜布说:"哦,现在你能休掉一个妻子来娶我,将来某一天如果你看到一个比我长得好看的,你想娶她回家的话,你也会同样休了我。"

你喜欢我吗?

"不是这样的,扎伊娜布。我只需要你做一件事,你告诉我你喜欢我,就行了。"

"不可能!"

"我给你七天时间,你想好后来告诉我你的决定,我就明白了。"

"我还要做什么决定?这就是我的决定。"

"不,你再好好想想。"

他们道了别。扎伊娜布正要出门,谢胡叫她等一下。他进到屋里拿了钱和可乐果来给她。

扎伊娜布说:"不,我不会要你的任何东西的。如果我拿了你的东西,回到家里被发现,我会挨打的。另外别人要是听说我现在就开始接受你的礼物,肯定会说我就像其他女人一样本性贪婪。"

谢胡说:"拿走。要知道就算不为了这事,我也会给你比这还贵重的礼物的。"

我知道

扎伊娜布说:"这我知道,但这也不是我们第一次见面了,以前你也没有给过我礼物啊?"

谢胡不停地劝她接受礼物,她始终拒绝。最后她一抬腿就要起身离开,这时谢胡拽住了她的裙子,说道:"好吧,如果你不肯接受这些礼物,那你就拿上一件防太阳晒的小物件吧。你过来见我,然后空着手回去,这可不合适,你这是看不起我。"说着他从衣服口袋里掏出掺了药的香粉递给她。她勉强接受了,然后就走了。

她回到家里以后拿出香粉来交给她的母亲,说:"这是阿布巴卡尔送给我的。你帮我收起来吧。"在交到母亲手上之前,她用手指抠出一点香粉来抹到了自己脸上。

第二天天一亮,谢胡派人把桑博先生请了来,告诉他自己和扎伊娜布见面的经过。桑博听了以后说:"既然你把香粉给她了,这就行了。你也别再找她了,他们自己会来找你的。"

谢胡听了这话千恩万谢,又赏了他很多钱。

男青年很担心

与此同时,阿布巴卡尔来到扎伊娜布家。他请人把她叫了出来,然后直接问道,"昨天我们分别后,你真的去了谢胡先生家?"

扎伊娜布说:"是的。"

阿布巴卡尔说:"现在我发现我们俩之间有点藏着掖着的。要是你不爱我的话,你就明确地说出来。"

扎伊娜布说:"你知道姑娘就好比市场上的货物,每个人看到都想要,每个人都有自己的报价,但是最后只有一个人买到。我又没有被许给你,是你在追求我。"听了这话,阿布巴卡尔生气地站起来,径自走了。

他回到家后把自己和扎伊娜布之间的事情告诉了他的母亲。他的母亲说:"我以前就觉得你娶不了扎伊娜布,因为她有一些有钱的追求者。要知道这世上的人做事并不都是为了真主,有一些纯粹是为了钱而去做的。你就忍了吧,去找和你门当户对的姑娘吧。"

我要报复

阿布巴卡尔对他的母亲说:"不是这样的,妈妈。这件事,但凡我是个人,就肯定得报复。我要离家去流浪,不管遇到什么情形,相信真主都会帮助我的。不过你别担心。家里有奥杜①、我妹妹还有奶奶。有他们陪伴,你生活上不会有问题的。我要是活着的话,终有一天会回家。"

阿布巴卡尔的母亲听了这话非常难过,但不知道该对他说什么好,因为她知道,阿布巴卡尔要是发起狠来,没人能劝得住他。

到了傍晚,阿布巴卡尔来到扎伊娜布的父亲那里,对他说:"我来找您,是因为我觉得,我和您女儿没法结婚了,这事您知道吗?我觉得她现在是见钱眼开,已经把对我的承诺抛到脑后了。我想请您把她叫来,我要当面和她说清楚。"

说话不算话

扎伊娜布的父亲对他说:"你从哪儿听来的这些废话?作为一个绅士我会说话不算话吗?如果扎伊娜布是我亲生女儿,她就不会嫁给除你之外的男人。"

阿布巴卡尔说:"不,您别觉得我是要和您抬杠,就让她嫁给她喜欢的男人好了。女人多得是。"

奥杜先生把自己的女儿叫来,然后狠狠地骂了她一顿,甚至说以后都不准她出门了,直到结婚时要把她送到阿布巴卡

---

① 男子名。——译者注

尔家的时候。扎伊娜布却说就算是把阿布巴卡尔和她的腿拴在一起,她也会挣脱;与其嫁给他,还不如去流浪。

她父亲气得站起来打了她。他把她踩在脚下,然后拿绳子把她捆了起来。他对阿布巴卡尔说:"你回家吧,消消气儿,让我来治治她。"

阿布巴卡尔说:"好吧,叔叔,没关系的。再见。"

你想打死她吗?

扎伊娜布的母亲听到自己女儿挨打时的哭声,赶紧跑过来看。她说,"怎么发这么大的火啊?你想打死她吗?"

奥杜先生说:"是因为她和阿布巴卡尔的婚事。我都已经答应了要把她嫁给阿布巴卡尔,现在她又来跟我说想嫁给谢胡,这不可能。我要是按她说的做,那真是把脸给丢尽了。以后谁还看得起我?人们会不停地议论我,说我是贪图他的钱财才把女儿嫁给了他。"

听了这话,扎伊娜布的母亲说:"您知道但凡这世上的事情都不能硬来,要好好劝、好好说。我希望你能消消气,然后好好劝劝她。这样也许她能回心转意。但现在你要是用强力逼她,你也知道现在的孩子们的脾气,这可能会使我们完全地失去她,那就全完了。"听了这话,奥杜就给女儿松绑了。

到了下午,扎伊娜布来到谢胡先生家,对他说,"既然阿布巴卡尔发脾气说他不娶我了,那么我希望你能来提亲。"

僵持

天亮了以后,谢胡先生派人去奥杜先生家传信,告诉他自己派人来是要谈他们以前说过的事情。奥杜回复说,他不会跟谢胡谈什么事的,除非是法官把他俩叫到一处打官司。俩人这样僵持了很多天。然后有很多亲朋好友聚到一起劝说奥杜。最后奥杜只得答应了婚事,尽管他一点也不情愿。谢胡正式提亲,然后办了订婚。他付给姑娘的父母一些钱,作为把孩子养大的补偿。然后就定下了办婚礼的日子。城里所有的人都在背后议论谢胡,说他为人做事不体面,不像个绅士。

到了婚礼这天,谢胡休了一个老婆。到了下午便把新娘迎进了门。第二天举行了盛大庆祝仪式,就连贾尔马的酋长也没有这等派头。谢胡各方的朋友都来道贺。所有婚礼上可能出现的节目都有了,每个到场的人都在说,"真主啊,这可真是有钱人办的庆祝仪式!"人们在一起热热闹闹地庆祝了三天,每天挥霍掉的钱不计其数。然后举行了揭面纱的仪式①,迎来了新娘陪嫁的东西②,人们这才散去。

男青年去流浪了

阿布巴卡尔离开了家,开始了漫无目的的流浪。他走着走着,来到一个名叫"做好准备"的城市。这座城里住的都是些犯了盗窃罪或是从事一些为人所不齿的行当的人。他们从原来居住的地方逃到这里,给自己建个小棚子住下来,成天除了享乐,别的什么也不做。这些人中除了巫医,就是大盗,还有魔术师,以及妓女。阿布巴卡尔进到城里后总是听见有人

---

① 婚礼上新郎把新娘面纱揭开看的仪式。——译者注
② 按豪萨人的风俗,这些东西一般是食物。——译者注

在拉琴、唱歌。他坐在一棵树底下休息,过了一会儿觉得很困,就躺下睡着了。

后来有一个人路过,看到他躺在那里,就把他叫醒,对他说:"年轻人,你从哪儿来?"

阿布巴卡尔醒了过来,和来者打了招呼,就问那个人这座城里有没有某位著名的伊斯兰经学师傅。

那人回答道:"你不知道这座城的名字吗"

阿布巴卡尔说:"我知道。"

那人说:"好,你看,有哪个正经的经学师傅会住在这里呢?我们这里的人从不和经学师傅打交道,只喜好符咒和巫术。"

阿布巴卡尔听了这话后说:"很好。请指给我看你们这儿的大巫师住在哪里。"

我会和你详细讲述我的故事

然后那人就带阿布巴卡尔去一个叫"仁慈者"的人家里,不过"仁慈者"不在家,他出门办事已有三天了,不过据说当天下午就有可能回家。阿布巴卡尔坐下等他,一直等到深夜那人才回来。那人进到屋里收拾停当,然后他的一个仆人过来告诉他家里有客人,上午就来了。听到这话那人走到外面来,差人叫来了阿布巴卡尔,他俩坐了下来。阿布巴卡尔一看到那人不由得瑟瑟发抖,他是为那人的威严气质所慑服。他们互致问候,然后那人就问阿布巴卡尔来找他的原因。阿布巴卡尔说:"说来话长,不如等到明天我再详细和你讲述我的故事。"

第二天天一亮,阿布巴卡尔就跑去问候"仁慈者"。他俩互相问候完之后,阿布巴卡尔说:"是愤怒驱使我,让我来找你的。我有一个女朋友,我很爱她,她也非常爱我。从我们还是孩子的时候开始,一直到我们长大,我都在追求她。我们已经决定了要结婚。我正想着找个合适的时间让我的母亲去提亲,然后就和她订婚,这时我们城里一个叫谢胡的财主看上了她。由于贪图我女朋友的美貌,这个人引诱我的女朋友和我分手,尽管他都已经有四个老婆了。这样的人就不该让他活着。我不可能再呆在我原来的城市,听任我的女朋友被别人娶走。我已经被愤怒冲昏了头脑,都不知道该怎么办才好,所以我就开始流浪。我一直走一直走,直到真主把我带到了这里。我向人打听,他们告诉我,整个地区就数你最懂得制造魔药的手段了。所以我就来找您了。如您同意,请帮助我报复他们,让我出了这口恶气。"

"仁慈者"说:"好的,你算是来对了地方①。这些使得你来到这里的原因,早在你说出来之前我就已经都知道了。因为昨天晚上我们分别后,'高个女人'②来把所有关于你的事情都告诉了我。不过实际情况和你想的不一样。这个有钱人这么做并不仅仅是因为贪图美色,更重要的原因是他想要一个儿子。有人告诉他只要他娶了这个姑娘就能得到儿子。"

阿布巴卡尔听了这话,惊叹道:"原来竟是这样?"

那人说:"是的。"

---

① 原文直译为"你到别人会给你擦眼泪的地方哭来了"。——译者注

② 豪萨人传说中的一种精灵。——译者注

阿布巴卡尔说:"好吧,他会得到儿子吗?"

那人说:"他会得到的,因为这件事不是人的意志决定的,而是真主的旨意。"

阿布巴卡尔沉默了,他陷入了沉思。过了一会儿他说:"好吧,既然是因为想要儿子使得他对我做出这样的事情,那么只有一件事情能让我高兴,那就是让他企图得到的这个祝福变成一个诅咒。"

有可能,不过很难!

"仁慈者"沉默了,过了一会儿,他说:"这事是有可能的,不过很难。如果我帮你这个忙,所有的责任由你一人承担,你同意吗?"

阿布巴卡尔说:"我同意。为了这件事,不管真主要对我做什么,我都愿意承受,只要我能得偿所愿。"他又说,"如果你帮我,我该付给你多少钱?"

"仁慈者"大笑,他说:"我不会收你一分钱,因为所有的事情都需要你自己做。你能够忍受苦难去拿到我要告诉你的一个东西吗?"

阿布巴卡尔说:"只要真主同意,我可以。"

"仁慈者"说,"我要你给我取来羊蹄甲树胶。"

阿布巴卡尔问道:"我从哪儿能弄到这个?我从没见过谁有这个东西。"

"仁慈者"说:"在这个地方是没有的,不过我会告诉你到哪里去找。要知道我不是在这里出生的,我是亚莱人。为了寻找神秘力量,我很小就离开了家。我听说我的父亲现在还活着,他一直很想见我,因为我是他的长子。我将派你去他那里,他会告诉你在哪里可以找到羊蹄甲树胶。我小的时候常听他说起这种东西。"

阿布巴卡尔说:"这怎么能行呢?就算是我找到了他,他也不会相信是你派我去的。你也说过,你离开家已经很多年了。"

他给这个年轻人一个符咒

"仁慈者"从自己脖子上挂着的符咒里摘下一个来,说:"你把这个拿给他,他一看就知道了。你去了以后,把我的情况详细地告诉他,跟他说我问他好,我还活着呢。我希望他能宽恕我之前犯下的所有过错。如果他能原谅我,就在你回来时让你给我捎个话,我就回家。如果你能完成我嘱咐你的这些事情,这也就是对我将向你提供的帮助的回报了。"

别人不认得这个人

第二天天亮了之后,阿布巴卡尔上路出发,他一直走一直走,今天在这个城过夜,明天在那个城过夜。在有的地方他能找到吃的,有的地方就得靠乞讨,之后才能勉强得到一点食物。就这样走了两个月,他终于到了"仁慈者"派他去的那座城。

当天下午两三点钟的样子,阿布巴卡尔进了亚莱城。之后他就不停地走,不停地打听"仁慈者"的父亲住在什么地方。不管他到哪里问,别人都说:"连这个人的名字我们都没听起过,更别说认识他的父亲了。"阿布巴卡尔问累了,就在一棵树底下坐下歇会儿。然后他就看到一位长者路过这里。他站起来拦住了他,随后俯下身问候了长者,接着说道:"我想跟您打听个事。我是一个外乡人,从一个被人称作"做好准备"的城来。当地的一个大巫师派我来找他的父亲。这个巫师很小的时候就离开了家,他现在在那边发达了。我这人头脑糊涂,出来的时候竟忘了问他的父亲叫什么名字。他也没有告诉我。您知道这个人吗?"

长者静静地站在那里,低下了头,好久都没有说话。然后阿布巴卡尔就问道,"您怎么了?我只是问个问题,就因为这个让您生气了吗?"

长者回答道:"你说的话让我想起我心里的一些事情。"

阿布巴卡尔说:"对不起啊,叔叔,我要是知道这些话会使您伤心,我就不问您了。"

长者说:"没关系,这都是真主的旨意。"

阿布巴卡尔见长者一直很难过,就说:"叔叔,请您告诉我是什么让您这样伤心?"

阿布巴卡尔运气不错

长者说:"听着,孩子,我有一个儿子,和你提到的那个一样,也是出去了好多年了,不过他已经死了。我常常想起他来,听了你的话,我又开始想他了。"

阿布巴卡尔说:"你怎么确定他死了呢?"

长者说:"他离家这么多年了,从来没有人见过他,我也不曾听见他的消息。所以我确信他已不在人世。"

阿布巴卡尔又问道:"你儿子长什么样?"

长者就给他形容了一下他儿子的相貌,然后说,这是他小时候的样子,现在如果他还活着,估计也没人能认出来了。

阿布巴卡尔听了以后说:"您别难过了,或许真主让我来这里就是要让你获知你儿子的消息呢。"

长者说:"这不可能,都过了这么多年了,就算他还活着,我又如何确定那就是我的儿子呢?"

他拿出了符咒

这时阿布巴卡尔伸手到衣服口袋里取出了符咒,说:"看看这个,你认得它吗?"

长者接过符咒仔细看了一会儿,然后问道:"你从哪儿得到这个的?"

阿布巴卡尔说:"这是我跟你说起的那个人给我的,他让我把这个作为凭据带给他的父亲。"

长者说:"啊!真主啊,世间万物任他安排,对他来说就没有不可能的事情。① 毫无疑问扎卡里还活着。"然后他说:"走,去我家,我要你把和他有关的所有事都告诉我。"

然后他们就去了长者家里,长者安排阿布巴卡尔住下,给他吃的,让他好好休息。然后阿布巴卡尔告诉了长者所有关于他儿子的情况。

长者听后说:"只要真主同意,我这就派人去叫他回家。"

他又问阿布巴卡尔:"你和他之间什么关系?为什么他会派你走这么远的路来到这里?你看你这么辛苦,这地方你又

---

① 此处是用赞颂真主来表达惊喜之情。——译者注

不熟。"

羊蹄甲树胶

阿布巴卡尔答道:"我之所以和您的儿子相识,是因为我在老家遇到了一件让我难过的事情,我无法忍受,一气之下就离开了家去寻找实施报复的方法。我不停地走,直到有一天真主让我来到他所在的城市,人们告诉我只有他能替我出这口气。我去找他,跟他说明了情况,他告诉我他会满足我的要求,但是我必须先给他找来羊蹄甲树胶。听到这话,我告诉他我不知道去哪里找这个东西。所以他就让我来见你,他说自己小时候常听你说起这种东西,以及在哪里可以找到它。"

只有真主能使人找到它

长者说:"到底什么事情让你这么生气,以至于你为了实施报复,连自己的命都不要了?要知道这种东西一般人是找不到的,除非是真主让他见到。"

阿布巴卡尔说:"我与我们城的一个姑娘青梅竹马,相互爱慕,但是一个富豪粗暴地夺走了她。他这样做,在我看来,完全是因为贪婪和傲慢。但等我告诉您儿子这件事情后,他让我明白了这究竟是怎么回事。他说,这人之所以这么做,是因为有人告诉他,只要他娶了这姑娘,就能得到儿子。这就是他梦寐以求的愿望,因为他虽然家财万贯,娶妻无数,但一直都没有子嗣。然后我就求您儿子帮忙,让他的这个儿子别往好的方向发展,而是变成一个彻头彻尾的坏蛋,让他给这个人带来各种各样的苦难,让他觉得自己还不如孤独终老全无子嗣来得好。然后您儿子说他会帮我,但是需要我先给他拿来羊蹄甲树胶。"

长者说道:"年轻人,你最好还是忍下这口气,让真主去给他应得的报应。因为你要找的这个东西可是不祥之物。你不该用邪恶之物去报复邪恶之人,请把这个官司交给真主去判断和实施惩罚吧。"

老者一直劝、一直劝他,后来他发现自己说的话全无用处,就说:"你告诉我的这个事情我很不赞成。但是既然是你让我得知我儿子的消息,那么无论如何我也得帮你,尽管你需要的这个东西不是什么好东西。但是你要知道,在前面有很多困难在等着你,而你到现在连一半的路都还没有走到。你要找这个东西,必须得远离人群,进入到"迷暗森林"中去。在那里,如果真主予你以便利,并减少你的苦难的话,你就能找到它。但是,唉,只有真正的男子汉才能找到这个东西啊!如果你听我劝的话,还不如回家去,自己消消气算了,这事就听凭真主安排吧。"

阿布巴卡尔说:"不管有多难,只要我能得到这东西,我就绝不会放弃。我宁愿在找这个东西的路上死掉,也不愿在家里待着,三天两头见到那些让我生气的人。"

长者见他坚决要走这么一遭,就说道:"你休息两天,然后我会给你干粮,送你上路。"

扎伊娜布怀孕了

与此同时,扎伊娜布在家里和她的丈夫生活得很愉快。没过两三个月,她就怀孕了。到了生产的时候,她生出了一个英俊的男孩。当人们告诉谢胡这个消息的时候,他高兴得不得了。他最迫切的愿望终于得到了满足。

人们很快就把谢胡的妻子生产的消息报到了贾尔马酋长那里。他也非常高兴,让人送去了很多礼品。谢胡还派人四处报信,把喜讯告诉他的朋友和手下们。每个人听说这个为人所拥戴的人终于有了继承人,都为他感到高兴。

到了给孩子命名的日子①,来了很多人。人们杀牛宰羊,举行了一个盛大的庆祝仪式,比这孩子父母当初的婚礼还要来得隆重。孩子取名叫阿卜杜拉西,不过大部分认识他的人都管他叫"天赐"。人们连着庆祝了好几天。那些经学院的师傅和长者们每个人都为他做了祈祷,祈求真主让他成长为一个善良的、谨遵伊斯兰教义的孩子,使他能像他的父亲那样友善、慷慨地对待众人。

人们给男孩缝制了裤子

男孩就这样一天天地长大。大人们为他缝制了裤子②,把他送到经学院里去学习,到后来整部古兰经他都快学完了。打小时起他就是一个很乖的孩子,人见人爱。对他的父亲来说,他就是一个开心果,他的父亲无论有什么好吃的、好玩的都会想着给他。平时"天赐"的身旁总是有很多小孩子陪着。

---

① 按照豪萨人的风俗,在孩子出生后第七天要举行命名仪式,为孩子取名。——译者注
② 在过去以及现在的乡村里,年幼的豪萨孩子是不穿裤子的,为的是便溺的方便,和中国小孩穿开裆裤的习俗类似。等到孩子长到七岁左右,大人会为其缝制内裤。由于豪萨人畜牧的传统,这种内裤在以前都是用皮革制作的。随着时代的发展,这一特别的衣着习俗已逐渐消失。——译者注

他的父亲为他在院子里专门盖了一间漂亮的屋子,他晚上就在这屋子里睡觉,还有一些与他年纪相仿的孩子陪着他。这孩子对待城里所有的人都非常礼貌和恭敬,从不会瞧不起人。不管他走到哪里,人们都乐于给他祝福。

寻找"迷暗森林"

另外一边,阿布巴卡尔在亚莱休息了两天。这天,长者给他牵来一匹马供他骑乘,给了他一些钱供他在路上买东西吃,还给他拿来了穿的衣服和盖的毯子。长者把这些东西交给他,送他到路边,然后对他说:"你从这儿出发,别转去别的地方,直接去一个叫桑嘎的城市。你可以在这个城里歇歇脚,然后向北走差不多七天,边走边打听迷暗森林在哪里。等你进到这个森林里面以后,你就一直走,也许真主会赐给你好运,让你找到羊蹄甲树胶。要知道你要找的这个东西是带有魔法的,有可能出问题。有时候它会给人以诅咒,让人疯掉,或是死掉。"

阿布巴卡尔说:"我自打出生就没见过这样的东西。"

长者说:"如果真主要把那东西显示给你看见的话,你就会看到它所在的地方射出光芒,像太阳一样耀眼。那是个很小的东西。但是大部分时候,当你过去摘它,它就会消失。等你到了桑嘎,去找个匣子,给它刷上牛羊的板油,等你找到羊蹄甲树胶,就把树胶放到那个匣子里面。"

他俩互相道了别,长者说:"愿真主给你好运气,减少你的苦难!"

阿布巴卡尔说:"唯愿如此。"

我要去桑嘎

阿布巴卡尔把自己的行李拴在马背上,踩着马镫骑了上去。他骑着马,一直行走在浓密的森林中。从他上路开始,一路上几乎没见到人,除了在离亚莱城不远的地方见到的一个人。那人对他说:"呔!你这人一个人骑着马,行李就这么亮在外头,在这个大森林里面走,是要去哪里?你不怕危险吗?看来你是个外乡人,不知道这是什么路。"

阿布巴卡尔对他说:"我要去桑嘎。"

那人说:"桑嘎?你这人肯定是在开玩笑,不然我可没法理解你的做法。走你的吧,真主保佑你!"

阿布巴卡尔说:"唯愿如此。"

他遇到了强盗

这之后阿布巴卡尔做了祷告,然后接着走,走到太阳过了顶点。一直走到人困马乏、又饥又渴。他忍着饥渴继续前行,直到走进了一座峡谷。峡谷两边是陡峭的山,中间有一条宽大的溪流。等走到溪边,他下了马,把马鞍子也卸了下来。他把随身带的行李放到树阴下,然后把马牵到水边,让它蹲伏着喝水,在溪边的沙滩上打滚洗澡。过了一会儿,他又把马牵到河边的坡上拴好,马就在那里站着吃草。然后他自己也脱了衣服,蹲在水里洗了个澡。洗完澡,穿上衣服,把水壶装满了水,这之后他就趁着水来到放行李的树阴下坐下,取出干粮吃了起来。突然间,他一扭头,发现身后有两个人向他走过来,每个人都背着装满了箭的箭筒,手里拿着弓,弓弦上搭着箭。

他被吓得僵坐在那里一动不动,几乎要晕死过去。

那两人走到跟前,其中一个跟他打了招呼,阿布巴卡尔回应了他,浑身因恐惧而颤抖。

那强盗问:"你,要去哪儿?"

阿布巴卡尔说:"桑嘎。"

"你是外乡人吗?以前没走过这条路?"

阿布巴卡尔说:"我从来没有来过这里。"

这时另一个强盗对他的同伙说:"你真是个废物,我们是来聊天的吗?赶紧把我们要办的事办了,然后走人。"

这人随后说道:"你,你是要命还是要你的东西?"

阿布巴卡尔说:"我要命。"

他们洗劫了他

那人说:"把你身上的衣服、裤子脱了,放在你的这堆行李上面。"阿布巴卡尔按他说的脱了衣服放好。另外一个强盗过去解马的缰绳。马一看过来的不是自己的主人,开始一直踢、一直乱咬。这人于是对阿布巴卡尔说:"过来,你看你的马想咬我!"

阿布巴卡尔赶忙跑过去把马给抱住,给它带上辔头,把它牵过来,再给它装上马鞍。这时,两个强盗喝道:"给我滚蛋!"阿布巴卡尔一听这话赶紧逃跑,身上光溜溜的,只剩一条内裤。

俩强盗见他急忙想逃走,其中一人喊道:"站住!"

阿布巴卡尔一下子僵在那里,连脚都不敢抬一下,全身瑟瑟发抖。那强盗走到跟前来,挥手一个大巴掌把他扇倒,接着拔出刀来割掉了他的半个耳朵,然后丢下他躺在那里。两个强盗带着抢来的东西逃走了。阿布巴卡尔躺在那里使劲地喊叫,他的耳朵一阵阵剧痛,脸上也被打得火辣辣的,心里还为所有的东西被抢走而生气、焦急。过了一会儿,他平静了一些,就站起来,发现自己身上全是血。然后他就往前走,一直走到黄昏时分,一个人也没看见,也没有人发现他。这样一直走到太阳快落山的时候,他听见背后有人在说话,像是在往他这边走过来。他想这些人可能也是强盗,于是就躲进路边的林子,藏在一棵树后面。后来才发现原来来的是牵着驴的商队。这时他赶紧从林子里走出来,蹲在路中间。

这些人走拢来就问他:"呀,你这是怎么了?"

阿布巴卡尔答道:"我从亚莱来,想去桑嘎。谁知道强盗在路上拦截了我,抢走了我所有的东西。他们使劲打我。你们看,这些歹毒的家伙把我的耳朵都割掉了。"

他们帮助了他

这些人听他说完,然后说:"确实是这样的,我们在来的路上已经看到了相关的痕迹。"他们安慰了阿布巴卡尔,其中一个人还给了他一点钱。他们把他放到驴背上,把他带到附近的一座城市,然后就走了。阿布巴卡尔没找到地方睡觉,只好在市场里面过夜,饥肠辘辘。等天亮了,他连能当早饭吃的东西都没有,只能去乞讨,指望真主能给他一些恩赐。他就这样天天睡在市场里,过了很多天。一天,有一个人看到了他,就问他从哪里来。阿布巴卡尔把自己的遭遇都告诉了那人。那人很同情阿布巴卡尔,就把他接到自己家,让他好好休息,之后再上路。阿布巴卡尔在那人家里住了些日子,恢复了体力。之后那人给了他干粮,他俩道了别,阿布巴卡尔又踏上他的旅程。

他在市场过夜时被人给捉住了

他又走了很多天。这天他在天黑以后来到一个叫里米的城市。他想找个过夜的地方,但是不管他走到哪里,人们都不肯收留他。他见找不到地方住,就来到当地的市场,在那里找到一个摊位进去躺下睡觉。刚睡着没多久,就听见有人在喊:"小偷!小偷!"人们向市场这边跑过来。而他又犯了傻:当地都没人认识他,他还敢跑出来站在摊位的门口。这时有个人看他觉得眼生,就喊道:"大家快来!就是他!"顿时人们蜂拥上来将他围住,拳头劈头盖脸地砸了下来。他大喊:"住手,住手,我不是小偷!我是个外乡人,今天才到的这里。我在城里到处找过夜的地方没有找到,所以才在市场里睡觉。你们看我的行李还放在摊位里面呢。"

人们说:"他在撒谎!他就是刚才被赶到这里的小偷!"

人们用绳子把他绑得紧紧的,押到了里米的酋长家里。天亮后,人们把他带到法官那里接受审讯。人问他是哪里人,他回答说自己来自贾尔马。

人们说:"我们从没听过叫这个名字的城市。他就是在撒谎,他肯定是小偷。"

法官于是下令用鞭子抽他五十下,然后再监禁三个月。

就这样,阿布巴卡尔在那个地方吃了不少苦头。等到三个月刑期满了以后,当地人把他从牢里放出来,驱逐出了城市。他又开始他的征途。一路上吃的这些苦头并没有动摇他的决心,反而让他的心变得更加坚定,现在他一心想的就是复仇。他这样又走了很多天,终于到了桑嘎。这段时间里他常在心里对自己说:"不论吃多少苦我都不会回去的,除非等我找到羊蹄甲树胶,愿真主保佑。"

考虑到他之前在里米吃的那些苦头,这次阿布巴卡尔一进城就找到当地的酋长家,他告诉酋长自己是一个路过这里的外乡人,需要在当地找个下榻的地方。酋长问他从哪里来,他如实告诉了酋长。然后酋长叫人带他到市场边上,让他住在一个人品不错、家里也挺有钱的人家里。于是他就住到酋长安排他去住的地方,无论是吃的还是喝的人都给他提供得很充足。

这天,他和收留他的人在一起聊天,他说:"我不能再呆在这里了。我这次出来是有如此这般的①任务。别人给我描述了迷暗森林的样子,说只有在那里才能找到我想要的东西。"

他准备了旅行所需的物品

收留他的这个人对他说:"确实只能是那里,因为那是个大森林,没有什么珍奇的东西是那里面找不到的。不过你应该再住两天,好好休息够了,因为之前你遭的罪已经让你疲惫不堪了。你先休息,然后我再给你准备些旅行需要的东西,你再走。"阿布巴卡尔觉得他说的有道理,就又住了几天。这段

---

① 原文中为免赘述用了省略语,意译过来就是"如此这般"的意思。——译者注

时间里,他一有机会得到一点钱就存起来,然后用这些钱买了旅行需要的干粮和其他物品。

再踏征程

这天他告诉收留他的人他想走了。这人拿来了很多吃的用的给他。阿布巴卡尔备好了他所需要的东西,其中包括那位长者叫他准备的匣子,用来盛放羊蹄甲树胶。然后他就继续往前走,今天在这座城过夜,明天又在另一座城歇脚,最后来到一座城,人们告诉他前面再没有别的城市了。

他向人打听迷暗森林在哪里,但是没得到确切的方位,因为所有人都告诉他,自己从没去过那里。不过所有的人都知道那是个拥有邪恶力量的森林,人们从来没听说过有谁进去以后还能出来。他在这座城市住下来,为前方可能会遇到的磨难做了充分的准备。

他去了猎人家

等到一切都准备好了,他重新上路,走出城市,过了郊区。一开始还能看到一座一座的村庄,后来就只见到一些牧民。这样又过了几天,连牧民也看不到了。不过他没有稍作停留,而是一直走,直到他在浓密的森林里看到一个猎人的家。他走近那座房子,打了招呼,房主人走了出来,问他为什么会来到这个森林里。猎人听完他的故事后感到很惊奇,他说:"你要是愿意听我的建议的话,还是趁自己还活着赶紧回去吧。你要是不听我的,继续往前走的话,肯定没法活着回来。因为这可不是个小森林,哪怕是我这样以森林为家的人,也就是走到这里为止了。在这里我经常连着三个月都见不着一个人。"

阿布巴卡尔说:"我知道了,谢谢你。不过既然我已经下定决心了,那么不管你说什么都没法让我改变主意。我走了这么久的路,一路上遇到那么多危险和苦难,然后却空着手回家吗?"

那不算什么

猎人说:"与你将要遭遇的危险和苦难比起来,你之前遭受的那些都不算什么。"

然后他就开始给阿布巴卡尔讲述这座森林的故事,讲到了它的种种可怕、邪恶,还讲到里面的各种精灵。后来他看自己说的这些并没有吓倒阿布巴卡尔,也没能让他回心转意,只好作罢。他说:"明天我会陪你到那边那座山那里,然后我会告诉你该往哪里走。"

第二天天一亮,俩人就上路,来到猎人说的那座山跟前,然后爬上了山。阿布巴卡尔从山顶上放眼望去,目力所及之处尽是浓密的大森林,里面漆黑一片,非常吓人。猎人说:"你看那边那座大山,你就往那边走。到了那里以后,一直向前走,我感觉你要是一直走的话,要不了几天,你就能进入有你要找的东西的那片林子。"

阿布巴卡尔对他表示了感谢。他们互相道别,说:"愿真主让我们再次见面。"然后猎人往回走,阿布巴卡尔继续向前走。

阿布巴卡尔走了好些天,然后翻过了这座山。走到后来,他觉得自己已经到了人家告诉他可以开始寻找的地方。于是他就找到一个石洞,把自己的东西放了进去。每到傍晚时分他就开始搜寻,一直持续到天亮之后才回到石洞里休息。他这样找了好几个月,随身带的干粮都吃完了。然后他就开始吃树上的果子、植物的根茎,还有昆虫。但是找了这么久都一无所获,他都开始有些气馁了。

他往前走

然后他就继续往前搜寻。到了白天他就找个石洞或者树洞钻进去睡觉。他这样一直找一直找,都忘了自己在这里找了多少年了。

这样一天天过去,有一天他正在森林里走,忽然远远看见一棵羊蹄甲树上有东西在闪闪发光,像阳光一样耀眼。他高兴极了,激动得全身发抖。他飞快地跑过去,想把那东西摘下来。奔跑的过程中,他撞上一个树桩摔倒了,摔断了好几颗牙。等他爬起来,就看不见那东西了,周围变得像之前那样漆黑一片。他到处寻找,把身边这片地都找遍了,一直找到天亮。这时候他嘴里摔掉牙的地方开始疼起来,他觉得难过极了。他在原地坐下来,在那里等了整整一天一夜,但是没有再看见任何特别的东西。他感到非常沮丧。然后他就离开了那里,继续向前找,又找了很久很久,但是始终没有再看见那个东西。

一天,森林里下起了暴雨,雨水倾泻如注。但是这时候的他已经全然不顾天热或者下雨这样的事情了,他顶着雨继续寻找。他正在走,突然眼前一道闪电划过,耳边响起了惊雷,他的眼睛都被闪电的强光晃花了。这之后又是一片漆黑与死寂。这时他一抬头,看见远处有闪光。这次他毫不迟疑,撒腿就朝那个方向跑去。然后他就看见眼前出现一颗羊蹄甲树,他差点一头撞上去。树干上有个东西在闪闪发光。他跳起来去够那个东西。突然间,一道闪电打在树上,把它劈成了两半,而他自己则摔在地上,扭伤了腰。他倒在地上躺了半天,一度失去了知觉。等他醒过来时天都亮了。再看那棵树已经被雷电烤焦,昨天晚上看见的那个东西也不见了。他从地上爬起来,感到身体很沉重,不得不找个地方休息了好几天,之后才感到身体恢复了一些,能够走路了。

第三次看见

不过没过多久他又看见了那东西,这是第三次。那天他找了整整一个晚上,累坏了,于是就转身向休息的地方走,这时天也快亮了。他望向前方,就看见有曙光一般的光亮,他心里想,"天都亮了呀"。再一转身,他发现原来是他要找的东西在发光。这次这个东西发出的光亮比他以前见过的那些都要亮。他顿时忘记了疲劳,马上撒开腿尽力狂奔,生怕没等他到跟前这个东西又消失了。当他伸出手去刚刚碰到那东西的时候,突然看到一条黑头眼镜蛇立了起来,挡在了树的前面。这眼镜蛇长得通体乌黑,有人的大腿那么粗,长得一眼看不到尾巴在哪儿。阿布巴卡尔吓得躺倒在地上,而眼镜蛇把头昂得高高地看着他,眼睛闪着红光,仿佛炭火的余烬;通红的舌头一吐一吐的,好像火星在闪动。阿布巴卡尔闭上了眼睛,心想这回难逃一死了。

是哪个爱管闲事的家伙叫你来的?

这时他听见一个声音呵斥道:"人类,是哪个爱管闲事的家伙叫你来的? 你两次遇到的危险难道还不够吗?"

阿布巴卡尔被吓得半死,他战战兢兢地问道:"是谁啊?"

"奉精灵之王的命令,我就是所有的羊蹄甲树胶的主人。没有哪个生灵能从我的手上抢走它,除非我愿意送给他。你会为你的随意干涉而送命的!"

阿布巴卡尔说:"大人,您万寿无疆,我事先确实并不知道。我来这里也不是为了干涉谁。"然后他就把自己来的原因原原本本地说了一遍。

然后他听见那个声音朗声大笑,说道:"年轻人,人们来找我们多半不是为了什么好事,而是为了各种邪恶的勾当。你要是早点来见我的话,也不至于受这么多苦。你所有的邪恶愿望,我都会帮你实现它。不过这不是出于好心,要知道邪恶就是我根本的性情,谁要想干坏事,他就是我的朋友。"

这之后,阿布巴卡尔就昏了过去,不省人事了。当他睁眼醒来时,发现太阳已经出来了,而他还躺在羊蹄甲树底下他之前摔倒的地方。他东张西望,没看见那条眼镜蛇,以为是做了一场梦。然后他就看到了自己的那个匣子,看来是在他摔倒的时候甩出来的。他伸手把匣子抓起来,就觉得里面有个东西在动。他打开匣子,里面射出了强烈的光,哪怕是在白天也都能看得见。他赶忙把匣子盖上,连说"感谢真主",然后把匣子抱在怀里,起身就走。一时间他都有些精神恍惚、如在梦中,突如其来的喜悦简直让他昏了头。然后他就向森林外边走。他一直走,走了很多天,终于走出了森林,然后走到了城市的郊区。这样走着走着,他就回到了桑嘎。

他找到了旅伴

阿布巴卡尔在桑嘎歇了几天,然后找到了旅伴。他加入了一个商队,一直走到了亚莱城。进城后他直奔"仁慈者"的父亲家而去。等他到了那里,老人看见了他,却没有认出他来。于是他告诉老人自己就是阿布巴卡尔。

老人说:"哪个阿布巴卡尔?"

他说就是从"做好准备"城来的那个。

老人说:"你在说谎。因为你听说了有个叫阿布巴卡尔的孩子到我这里来,我给了他很多钱,所以你也来了。"

阿布巴卡尔说:"哎呀,就是我。"

老人说:"我不相信。从'做好准备'城来的阿布巴卡尔是个英俊的青年,完美无缺。而你长得又丑又黑,没有牙齿,头发又脏又长,好像小偷。"

阿布巴卡尔说:"我之所以变得都不像我了,是因为饥饿和路上的辛苦。你看我身上的这些伤疤,是因为在一个地方受了五十下鞭打的刑罚。耳朵上被割掉的这块,是强盗干的。这些缺掉的牙齿,是在森林里面摔掉的。如果现在你还不信我的话,请看我的凭证!"然后他就拿出了匣子递给老人。

老人打开匣子,看到里面射出强光,把整个屋子都照亮了。他说:"原来是真的啊!的的确确就是你呀。你好,阿布巴卡尔。"

接着老人说:"受了这么多的苦,你的心都没有变软一点吗?你仍然不愿宽恕自己的仇人吗?"

我将报仇

阿布巴卡尔说,"一个人受了这样的磨难,他的心难道会因此变软吗?所有我受的这些苦,我都要把账算在那个欺负我的人身上。连同他之前对我犯下的恶行,我要一并报还。"

阿布巴卡尔休息了两天。这天,他对老人说他想回家了。老人给了他一大笔钱,还让"仁慈者"的弟弟陪着他一起走,去认一下"仁慈者"的家住在哪里。他们互相道了别,之后老者还送了他们一程。之后俩人就一直走,走了几天就到了"做好准备"之城。

阿布巴卡尔到了以后就来到"仁慈者"的家,"仁慈者"的那些手下们没有一个认出他来。

然后他就说:"我是来见这家的主人的。"有人就进去通报,说有客人来。那人出来后就传俩人进去。他们进去后和"仁慈者"互致问候,然后"仁慈者"就问他们是从哪里来的。

阿布巴卡尔说:"主人[①],您忘了我是谁了吗?"

"仁慈者"说:"是的,我忘记你了,请你告诉我吧。"

阿布巴卡尔说:"我就是阿布巴卡尔,贾尔马人。您叫我去找羊蹄甲树胶的。"

"仁慈者"说:"阿布巴卡尔!我真是没认出你来。我看你整个样子都变了,看来你受过伤?"

阿布巴卡尔说:"主人,要不是真主让我有这么多条命的

---

① 即"一家之主",豪萨语中客人对接待他们的主人的敬称。——译者注

话,我早就死了。这世上的苦我都吃尽了。不过我还是要感谢真主使我得偿所愿。您要我找的东西,我找到了。给您。这个和我一起来的孩子是您弟弟,您父亲叫我带他来见您,认一下您住在什么地方。"

"仁慈者"见到了自己的弟弟非常高兴,听说父亲还活着也让他很欣喜。他对阿布巴卡尔说:"你先去房间里歇着吧。等你明天休息够了,我们再谈。"于是阿布巴卡尔就起身回到房间里休息。有人给他拿来吃的,他吃了,然后躺下了。"仁慈者"和他的弟弟聊了很多家里的情况。

第二天天亮了以后,阿布巴卡尔来对"仁慈者"说:"给您,您叫我找的东西我找到了。我想请您给我配魔药,然后我就可以回家了。我已经离开家十几年了,可能家里人都以为我死了。"

他给了他药

"仁慈者"说:"你说得对。"他配了药拿给他,说:"这个给你,你回去以后,要在去见那个孩子的那天用这个药洗手,之后除了那个孩子别的什么都别碰。还有这个,你见到他的时候要想办法剪掉他的一点头发,把头发和这个药和在一起。然后你去找个新坟,挖开,把头发和药一起埋进去。这样你所有的愿望都能实现。"

阿布巴卡尔伸手接住,满心欢喜,千恩万谢。然后他又说:"但是我还有问题,就是我怎样才能把药抹到他身上呢?还有我怎样才能得到他的头发呢?这恐怕有些难。"

"仁慈者"说:"这并不难。别人都觉得不可能找到的东西你都拿到了,何况这个。不过我再给你一个符咒,你拿好了,千万要一直随身带着。"阿布巴卡尔又对他说了很多感谢的话。

这天他就没在那个城里过夜,马上动身出发,走了几天,就来到了贾尔马城的城门口。一路上见着的人没有一个认出他来,他就这样走到了自己家。

等他到了家,他并没有在门口停留,而是径直走到了里面。那是黄昏时分,他的母亲正在外头坐着,她看到有个人闯到她家里来,就说:"这什么人啊?连招呼都不打就进到别人家里?"

阿布巴卡尔什么也没说。

他再次回到了家

她说:"你要是不出去,我就要叫人来抓小偷了。"

然后阿布巴卡尔说:"妈!"

听到这里,他妈妈连忙跑过来抱住了他,说:"阿布巴卡尔!你去哪儿了?"

他说:"我不就在这儿吗?是真主的旨意让我们再次相见。"

他妈妈激动地大哭起来。邻居们听见了,赶忙跑过来问:"怎么了,怎么了?"

他妈妈说:"我儿子回来了。"人们听见是这样都非常的高兴。

他妈妈说:"真主啊,我感谢您让我的儿子平安归来。"然后马上起身给自己的儿子拿来了吃的。阿布巴卡尔吃了,然后进屋休息。阿布巴卡尔回来的消息立马传遍了全城。他的弟弟正在市场上卖东西,突然听人说他哥哥回来了,赶忙丢下东西就往家跑。等他回到家,看到阿布巴卡尔和他妈妈坐在一起,就问:"妈妈,哥哥呢?"

他妈妈说:"他不就在这儿坐着吗?"

他说:"哥!欢迎回来。"

阿布巴卡尔说:"好!"

然后他弟弟说:"哎呀,要是我在路上遇见哥哥,那肯定要错过了,因为我认不出来,除非您跟我说话。您整个的容貌都变了。"

他们一家三人坐在一起聊着,不时地有人来家里问候阿布巴卡尔。

一天,他们坐在一起,阿布巴卡尔就问他弟弟:"扎伊娜布怎么样了?"

他弟弟说:"扎伊娜布在你走后没过多久就生了个漂亮的儿子,这孩子很乖巧,爱学习,对每个人都很有礼貌。这就是他上学常走的路,我到时指给你看。这孩子长得挺大了。"

兄弟二人坐到下午两、三点钟,这时就看见"天赐"带着一群孩子要到周五常有的集市上去玩。他弟弟说:"看,就是中间那个穿着漂亮衣服的孩子。"

阿布巴卡尔说:"这孩子都长这么大啦?有钱人家的孩子就是容易长。"

他弟弟说:"哎呀,哥哥。你也不看看你都离开家多少年了。"

阿布巴卡尔说:"你说得对。"

他又问:"这孩子现在不在家里的后院住了吧?"①

他弟弟说:"哪儿啊,这孩子都长这么大了,不能在后院住了。我听说他父亲给他在前院建了一座大房子,里面放了很多有意思的玩意儿。他就在那里住,有他父亲的仆人们陪着。"

阿布巴卡尔又问:"后院的哪一间房是孩子的妈妈住的?"

他弟弟说:"我听说在老人居住的区域,人给她建了个里外三间的大房子,她就在那儿住。"

他使用了魔药

这天晚上夜深人静的时候,阿布巴卡尔起来了。他用"仁慈者"给他的魔药洗了手,然后出门来到谢胡家。他悄悄进了前院,找到了"天赐"的屋子。他进了屋子,看见屋里的人都在睡觉。然后他就撩起那孩子的衣服,用沾了药的手摸了他身上。他又用挂在自己脖子上的剪刀剪下了孩子的一缕头发,然后就离开了。

这之后他又来到后院,找到扎伊娜布的屋子,发现她在屋里睡得正香,于是他就叫她的名字:"扎伊娜布!"

扎伊娜布睡得迷迷糊糊的,翻了个身,问:"是谁?"

他说:"我就是被你侮辱过的阿布巴卡尔。要知道就是因为你,我离开了家去流浪,受尽了各种折磨。但是我回来了,我要证明给你看,现在是偿还的时候了。你给我听好了,不管

---

① 豪萨人家里的后院是给女眷和小小孩住的,男孩长大了就不在后院住了。——译者注

谁侮辱了我,就别指望能平安无恙。你生的这个儿子会变成一个坏人。你们生了他是为了获得真主的祝福,但是他会变成一个诅咒,会让你们生气,给你们带来羞耻。最终有一天,他会害死他父亲!"说完这些,他就转身走了。

到了早上,扎伊娜布醒了过来,她在心里想:"我今天做了一个可怕的梦,在熟睡中听到了阿布巴卡尔的声音,仿佛他就在我的房间里对我说话,而且他的话的内容很吓人!"她越想越怕,赶紧爬起来去看孩子。她到前院里一看,发现孩子还在躺着睡觉。然后她就回到自己的房间,心情平复了一些,她想:"原来只是个梦。"于是她把这件事放在心里,没有告诉任何人。

阿布巴卡尔从谢胡家出来后,就把那小孩的头发和魔药混在了一起,然后当夜就来到墓地,找到一个新坟,挖开来,把魔药和头发扔了进去,然后又填回土,把坟重新封起来。做完这些,他就回家睡觉了。

男孩开始撒谎

天亮后,"天赐"起来了。他洗了脸,做了礼拜,进里屋问候了自己的父亲和母亲。他母亲给他准备了早饭,他吃完后说自己要去学校。然后他来到父亲的房间,发现一块缠腰布上散落着一些钱,而他父亲出去了。他伸手拿了五先令,然后走了。他没有去学校,而是避开常和他一起上学的同伴,自己跑到城里去把这些钱给花了。

他父亲回到屋里来数钱时发现少了五先令。于是就把他大老婆叫来,问道:"你看见有谁进过这个房间吗?"

大老婆说:"你出去之后,除了'天赐'之外,我没看见有谁进来过。怎么了?"

他说:"没什么。"心里却暗自惊奇,他想:"我确定我的儿子是不会偷钱的。这肯定是女人耍的手段,想离间我们父子。"他知道这些女人们都很嫉妒这个孩子。他觉得如果是这个孩子拿的,那么等他回来,只要一问,那孩子肯定会告诉他实情的。

不过"天赐"出门后一直没回家,也没他的消息。于是他就派了一个仆人去学校看那孩子没回家是不是有什么事。

学校老师让派去的人带话回来,说他本来也想来家里看看那孩子是怎么了,因为他今天就没有去学校。

孩子的父亲很惊讶

等那个仆人回来把事情跟他一说,谢胡更加惊讶了,因为他儿子从来没有旷过课。然后他就派人去找他。人们找来找去也没有找着他,结果到了黄昏时分那孩子自己回家了。

然后他父亲就问他:"你去哪里呆了这么久?"

他答道:"我去学校了,一直在写东西,没能很快写完。"

他父亲没有说话,心里很生气,心想这孩子从来没有对他撒过谎。

他父亲又问:"早上你进我房间的时候看到缠腰布上放着的钱了吗? 我放了些钱在上面,其中有两先令不见了。你知道是谁拿的吗?"

"天赐"说:"这跟我有什么关系? 你把那些钱交给我看管了吗?"

谢胡来到扎伊娜布那里,问道:"这孩子今天是怎么了?我从没见他像今天这样,对我说这样的话。"

扎伊娜布感觉心里凉了半截,她想起了昨晚做的梦。她问道:"他对你说什么了?"

谢胡说,"我就是问问他有没有看见我丢的一件东西,然后他就对我说了些难听的话。而且他还对我撒谎,说他去了学校,其实他根本没去。"

扎伊娜布说:"你别理他,让我来问问他,肯定有什么原因。"

等孩子父亲离开后,她起身为儿子做了些好吃的,心里想:"等他来吃的时候我来问问他,他肯定会告诉我究竟是遇到了什么问题,他的事情向来对我都是毫不隐瞒的。"

等吃的做好了,她就派人去叫他儿子过来吃,但是那孩子坐在那里毫不理会。直等到吃的都凉了,他才进屋里来,问道:"吃的呢?"

他母亲给他端了过来。他打开餐具盖子,就说:"都凉成这样了,是给狗吃的吗?"随后他用脚一踢,把饭菜给打翻了,然后起身就要走。

他母亲说:"站住,我有话要对你说。你是怎么了?"

他说:"我听你们问问题都听够了。"然后他就兀自走了。他母亲气得哭了很久。这孩子当天晚上没有在家睡,而是去那种弹琴享乐的地方过夜了。

像老鼠一样偷窃

一天天过去,那孩子变得越发堕落了,经常在城里和别的孩子打架。常有人来告状说他不肯去上学,而总是在街上无所事事地闲逛。到了晚上他也不在家里睡觉。每当他进到后院里来,见到他父亲的或是他母亲的东西,他就偷。全城的人都很讨厌他,人们都很惊讶,都在问:"怎么回事?这孩子原来那么乖,见人问候时都不会站着①,也从没听见说他和谁打架,而现在却堕落到像老鼠一样爱偷东西。"

为了这孩子老闯祸,谢胡变得成天忙忙叨叨,更别说孩子的母亲了。每当她和她丈夫的其他几个老婆之间有点什么过节,她们就使劲嘲笑她,说:"去你的吧。之前是盼着要个儿子,结果呢,他变成了一个坏老鼠。"听了这话,扎伊娜布无法反驳,只能哭。对那孩子,是当娘的也打,当爹的也打。嗨!是木已成舟没有用了。

扎伊娜布常想起她在睡梦中听到的那些话,她心想:"原来说的都是真的。愿真主告诉我们是谁在暗中使坏。"不过城里大部分人都觉得是她丈夫的其他几个老婆给那孩子下了药,认为是嫉妒之心使得她们想除掉这孩子。

一天,谢胡把那孩子的母亲叫来,对她说,"我叫你来是想和你商量商量办法,这孩子的事情真是让我受够了。这孩子让我丢尽了脸面。本来我在城里也算个大人物,而现在却好比小老鼠。他不肯去学校,成天在城里闲逛。有时候一连七天我都见不到他,除非我专门派人去找他。如果他继续这样下去的话,以后还不知会干出多么丢脸的事情。你看有什么

---

① 按照豪萨人的习俗,年幼的人见到长辈要趴在地上行礼。——译者注

办法?"

扎伊娜布说,"主人①,我一个女人能有什么办法?这事真是没法说。我能说什么呢?不过请你消消气。只要真主同意,这事总会过去的。"

谢胡说:"我们不能听凭他这样下去。我要把他送到经学院老师那里,让人给他戴上脚镣,把他关起来。直到他把古兰经都学完了,再让他出门。"

听到这里,扎伊娜布放声大哭起来。

谢胡计划等天亮就派人去把桑博先生请来,让他把孩子带走。谁知天刚破晓的时候,"天赐"就从家里跑出去在街上游荡了。他发现自己只要呆在城里,总会被人找到。然后他就想起距离贾尔马城五英里的地方有个大市场,人挺多的,于是他就往那儿走。他知道他父亲有一个仆人在那个市场上卖货。

等他到了那里,他就告诉他父亲的仆人,因为快过节了,所以他们学校放假了,然后他就征得父亲的同意到市场上那人的摊位上来了。那人说:"嗨,'天赐',你不是在撒谎吧?你以前从没来过这里,不是逃出来的吧?"

我不是逃出来的

他说:"我真不是逃出来的,你要是觉得我是在撒谎,你就派人去问。"

那人说:"好,你坐吧。"

---

① 指一家之主。——译者注

店铺里满是购买节日物品的顾客。其中有个人把自己的钱袋放到买的一堆东西中间,把所有东西放在地上拿脚踩着。"天赐"注意到了那人的钱袋,那时候他把钱袋打开,付了刚买下的一块头巾的钱,然后又把钱袋放了回去。过了一会儿,那人起身准备到外面去解手,他把刚买的东西放在钱袋上头,然后就出去了。等他小便完了,又看见一件衣服,就站住问了问价钱。"天赐"这时候站起来,避开众人的视线,拿了钱袋就走了,跟任何人都没打招呼。那人谈好了衣服的价钱,卖衣服的跟着他到店铺里来拿钱。等那人走到跟前来,把压在钱上的东西拿起来,发现哪还有钱的踪影!

那人一叫喊,人们立刻涌入店里,都站在那里看。有人帮那人翻遍了他所有的东西,没找到钱。人们又找"天赐",也没有找到。接着一帮人乱哄哄地来到法官办公的棚子。有人上前报告了事情的经过,法官派人又去把店铺彻底地搜查了一遍,还是没找到钱。这时有一个一直坐在店铺里面的人说:"请原谅,先生,有个男孩来过店铺里,我一看到他就觉得他不像好人。后来人们过来找钱的时候,我们找那个男孩就找不到了。"

法官知道他

法官问店铺的主人:"那男孩是谁?"

那人说:"请原谅,先生,是'天赐',我们主人谢胡先生的儿子。"

法官说:"那个偷钱的小孩!肯定是他把钱拿走了。"他派人到处找那孩子,到处都没有,后来好不容易找着了。

人们把这孩子带到法官面前,法官问他:"你今天进了那个人的店铺吗?"

孩子说:"我没进过他的店铺,我刚刚才到的市场。"

法官说:"你给我说实话,叫你来不是来听你胡说八道的。"接着又是一番巧言引诱、软磨硬泡,那孩子终于承认他进了店铺。

法官接着问:"你说实话。你进店的时候没看到这个人和他的钱吗?"

"天赐"说:"请原谅,先生,我没注意。我又不是去买东西的,管别人的钱干什么?"

法官说:"你看到他离开了?"

"看到了。"

"为什么他离开的时候,你也出了店铺,而且跟谁都没打招呼?"

"天赐"没说话。

法官问:"你拿走的钱在哪儿?"

法官接着说:"如果你跟我说真话,给审判过程减少一点麻烦,那我就不把你关起来。"

然后天赐就说:"是我拿的。"

法官问那个丢钱的人:"你丢了多少钱?"

那人说:"三镑十先令。"

法官说:"'天赐'你听见了吧?"

"天赐"说:"是这么多。"

"钱在哪里?"

"我花掉了三十先令,还剩两镑。"

"把那两镑拿来。"

"钱就在那边,我挖了个洞把它们埋了起来。"

法官派了个随从跟他一起去把钱挖了出来,然后叫人赶快去把他的父亲叫来。立刻就有人去把谢胡先生叫了来。

等谢胡到了,法官对他说:"你儿子还不到被判刑的年纪,所以你就把他偷走的钱付给人家,然后把他带走吧。回去后你知道该怎么管教他,避免他以后再犯错。要知道,这次如果他年纪够了,我就已经判他坐牢了。"

谢胡掏出钱来付给那人,对法官表达了感谢,然后就带着"天赐"走了。

他把孩子锁在了房间里

谢胡回到家的时候已经是黄昏时分了,太阳都快落山了。他让"天赐"进到屋里,然后把他锁在了里面,这天晚上都没给他吃晚饭。

天刚亮,他就叫仆人去请桑博先生来。等桑博到了以后,他把"天赐"叫来,带到他的老师面前说:"您看,我是管教不了他了。要是让他一直跟着我的话,恐怕哪一天我气昏了头会把他给打死。请您把他带走,给他戴上脚镣,在他学完古兰经以前都别给他摘掉。嗨,就算是他学完古兰经了,我还要看看他的性情是不是变好了,再决定是否还他自由。您不必宽容待他。所有其他孩子要做的活,也都让他做,别因为他是我儿子而优待他。"

桑博先生说:"嗯,这事可真是奇怪。一个像他这样的人见人爱的孩子,热爱学习,尊敬他人,突然有一天就变坏了。

愿真主帮助我们。"然后,他带走了"天赐",给他戴上了脚镣。

从这以后,他就天天在学校里学习,给其他所有的学生和老师都带来很多麻烦,因为不管他们放个什么东西在外面都会被他顺手牵羊地拿走。这样过了差不多一年,他都快毕业了。这天桑博先生让学生们去割用来盖房子的屋顶的茅草。学生们于是出发了。他们走在路上的时候,其他学生不停地嘲笑"天赐",对他做些调皮捣蛋的事情。等他们到了地方,每个人都开始努力割草。这时"天赐"避开众人,拿起镰刀和石头,冲着脚上的镣铐使劲砸,直到把它砸开。之后他把地上的沙土扫扫平,用手指在地上写道:"先生,这是你的铁玩意儿。你知道该给谁戴,反正不是我。"他把脚镣和镰刀放在那里,然后自己走了。

后来,学生们割完了草,大家各自把自己割的草捆起来,却不见了"天赐"。他们中最大的那个孩子让所有的孩子分散到树林里去找,但是没有找到。后来有个孩子看到地上的脚镣和镰刀。他把这两样东西捡起来,念了念地上写的字。然后他把脚镣和镰刀放了回去,叫其他孩子过来看。这之后学生们赶紧回去把事情告诉了桑博先生。

这孩子又逃跑了

得知"天赐"逃跑的消息,桑博先生很生气,他立刻来到谢胡先生家,说:"我来是要告诉你,我让这孩子和其他孩子一道去割草,结果他跑了。"

谢胡说:"别说了,我们尽力避免的事最终还是发生了,先生啊。现在这孩子是离我而去了。我明白,即便是真主让我和他再次相见,也必定是充满了悲伤和羞愧的。怎么办呢?"

他成了一个店员的仆人

"天赐"开始独自闯荡。他父亲派人到处找他,但是连一点他的音信都没得到。谢胡只好自我安慰说:"我知道只要他没死,就算我呆在这里,一样会有人来告诉我他干的坏事。"

"天赐"一直走一直走,直到有一天来到一座像贾尔马那样的大城市,这城距离铁路不太远。他到那儿以后,找了个小葫芦瓢,每到下午就到城里去乞讨。早上的时候,有时他能找到那种沿街叫卖的活儿做。有时候他会想法私吞卖得的钱,被人发现就是一顿暴打,然后再把他给放了。

一天他来到一个店员的家里,对他说他希望能住在他们家,帮她妻子打水,再帮男主人干些其他的活儿。男店员见他像个知书达礼的男孩,长得还挺英俊,就回答说他要和自己的夫人商量一下,如果她同意那他就雇佣他。

这之后"天赐"就经常来这个男店员家,后来有一天那人对他说:"那就这样吧,你来我家里住吧。"

男店员问他:"你老家在哪里?"

他回答说:"我老家离这里很远,我也不知道具体在哪里。因为我小的时候父母亲就都死了,人们把我交给我祖母照顾。后来她也在外头某个城市死了,所以我就开始流浪了。"

此后他就住在男店员家,那人和他的妻子都很信任他,他随时都可以到店里去。如果男店员要回家吃饭,就把店铺交给他照看。"天赐"又开始小偷小摸,不过他隐藏得很好,一直没人发现。

他准备行骗

这样过了一段时间,一天他对男店员说:"我听说毯子和布料在萨姆城卖得很火,你应该给我些毯子和布料去卖,没准能赚到钱。我要是在那边卖掉了,就再采购些花生运回来。"

男店员说:"好,明天要是有火车来我就给你称些货,你拿去卖,我再给你些钱。"听到这话,"天赐"很高兴。

当天下午,那人就给他准备了价值二十镑的货物。到了早上,他另外拿来十镑交给"天赐",让他在卖掉货物之前用这个钱去买花生,然后还帮他把货运上了火车。

结果"天赐"一出城,首先就开始用这十镑钱消费,其他卖货得的钱他也都花掉了,什么也没买。男店员一直没听见他的消息,就派了个仆人去看"天赐"到底是什么情况。不过这世上的事常常是这样:只要人有了钱,就肯定少不了支持者。有个人就赶在男店员的仆人到达之前跑去告诉了"天赐",说男店员派人来验货了。"天赐"听到这个消息赶忙把手头剩下的货都藏了起来,把他住的房子一把火烧了,然后躲了起来。

男店员的仆人找到他的时候,发现他身无分文,连衣服都烂成了破布,就问他:"货物呢?"

他说:"货物都给火烧光了,钱叫人给偷走了。"

男店员的仆人什么都没说,直接回家把这事告诉了他的主人。男店员立马又派人过来进行调查,结果听别人说"天赐"把带来的钱都挥霍掉了,而房子是他自己亲手放火烧掉的。当仆人回去把情况告诉男店员后,他到当地的酋长那里告了"天赐",酋长立即派人把"天赐"带了回来。酋长听了双方的口供,断定"天赐"是个品行不端的少年。他问"天赐"是什么地方人,"天赐"回答说自己是贾尔马人,他的父亲是谢胡先生。

酋长说:"愿真主诅咒你!你已经彻底堕落成了一个废物,尽管我以前就听说过你的那些事。"他立刻写了封信寄到贾尔马,告诉"天赐"的父亲他的儿子行骗被抓住了,要他赶紧过去。

他的父亲被叫来了

信被带到谢胡那里,他看了以后生气地说:"我就知道,除了因为这些让人生气的事情,我是没法见到这孩子的。"

当天他就做了准备,带上了要付给别人的钱,以及给"天赐"的衣服和钱,以便能劝他回家。他和他的随从走了几天,来到那座城市。当地的酋长派人安顿他们住下。第二天天一亮,"天赐"从看守所里被提了出来。谢胡也来到酋长的宫殿请求觐见。酋长见到他后对他说:"谢胡先生,你儿子多大了?"

他回答说:"愿陛下长寿,他十四岁零三个月了。"

酋长说:"依照法律他还没有成年,不能给他判刑。不过你是他的监护人。他从店员那里骗取的钱,你要还给人家。等你付过钱,我们会把你儿子交给你,你把他带回去好生看管。你要是管不好他,以后会麻烦不断的。"谢胡付了钱,拜谢了酋长,然后就带着"天赐"回到了下榻的地方。

当天晚上,谢胡整个晚上都在努力规劝儿子改邪归正,并且承诺只要他们回家后"天赐"能痛改前非,那么他什么都愿意给他。他还拿了努佩地区产的袍子、缀有装饰品的裤子和漂亮的头巾给"天赐"。"天赐"也承诺等回家后就努力成为一个好孩子,再不像以前那样了。

天亮后,谢胡去向酋长告别,然后就带着自己的儿子和随从上路了。走了几天,最后还差一个驿站的路程就到贾尔马了。这天晚上,夜深人静的时候,"天赐"摸进他父亲的房间,拿了他的钱和衣服,然后跑掉了。

这孩子又逃跑了

天亮后谢胡见人都还没起来而"天赐"却不见了,再一看自己的衣服和钱都不见了。他叫来仆人,问他:"我的东西被偷了。那孩子呢?"

仆人说:"从晚上就没见着他了。他跟我说要去城里逛逛,我跟他一起去的,但我比他先回来。"

谢胡听完后念了一串祷文,向真主报告了这件事,自己却是无话可说了。人们找遍了下榻地周边和城里面,都没找到"天赐"。谢胡只好骑上马忧心忡忡地回到家里。他心里乱糟糟的,都不知道怎么办才好。他派仆人到处找"天赐",找了好几个月,都没得到一点消息。仆人们只好回来了。

原来"天赐"逃跑后直接去了卡诺城。他把从他父亲那里拿走的钱财都挥霍掉了。然后又把他父亲送给他的衣服裤子给卖了,换了钱接着花。再后来又开始到处偷东西。这样过了很长时间。

一天晚上,等城里的人都睡觉了,他跑到街上去寻找偷窃的目标。他来到一户人家门口,然后偷偷钻了进去。其实有几个值守的警卫已经看到他了,不过他们先放他进屋,然后跑去又叫来了两个人,这样警卫这边一共有五个人。四个人每人守住房子的一个角,剩下的一个人跑去把房主人的佣人叫了起来,跟他说:"我们刚才看见有小偷进了这家,快进去叫你家主人起来。"

佣人刚跑进去,就迎头碰见"天赐"从里头出来,他背着一个布包裹,里面装着偷来的女人的首饰和衣服。佣人一把抓住他,大喊:"小偷!小偷!""天赐"赶紧把东西扔了。警卫们在外面听见里面的动静,立马冲进来抓住了"天赐"。当晚,人们就把他扭送到负责治安的官员那里,让他在那里过夜。

天亮后,人们把他押到法官那里,法官判处他两年监禁。

有人带来了那孩子的消息

又过了很多天。一天,一个卡诺人运货来到贾尔马,住在谢胡家。宾主聊天的时候,他说:"卡诺城出贼了。不到六个月前,人们抓到了一个小孩,长相如何如何。他摸进一个人家里,偷走了那人老婆的衣服首饰。后来被判了两年监禁。"

谢胡听了那个卡诺人的描述,心里想:"哎呀,这小孩多半就是我儿子。"于是他就叫来了一个自己比较信任的仆人,对他说:"你知道现如今这城里的人们全都在议论我。因为这孩子,我已经沦为每个人的笑柄。我想让你去卡诺。我会给你一些卖的货,你就去那里待着。你要留心观察、仔细打探,也许真主会让你在当地的监狱里找到这孩子。要是你看见他,就写信告诉我。"

仆人说:"好的,愿真主使我见到他。"谢胡就交给他一些货。他买了三十袋木薯,给那人装到火车上,然后那人就出发了。那人到了卡诺后就住在城里,一边卖货,一边打探消息。等木薯卖完了,他给谢胡写信,告诉他自己目前还没见到那孩子,并请他再发些木薯过去。谢胡又给他发了五十袋木薯。这天那人出了城去车站取货,却碰见"天赐"和囚犯们一起正要被押去干活。

"天赐"看见他就把头扭了过去。那仆人就去和司机打了招呼,告诉司机他在囚犯中看到了他在贾尔马城的主人的儿子,这孩子离开家很多年了。司机就喊"天赐",说:"这是你父亲的仆人。""天赐"就过来和仆人打了招呼,问了他家里的情况,还有他母亲的情况。

那仆人就问他:"你的刑期还有多久?"

他说:"还有六个月。"但实际上再有一个月他就能出狱了。

那仆人偷偷地给司机塞了点钱,又给了"天赐"一些钱。然后囚犯就回去干活了。那仆人也离开了,去车站上取了木薯。

每当他想见"天赐"的时候,就来到路边站着,当装囚犯的车路过时,他们就能打个招呼。他给谢胡写了信,告诉他自己见到"天赐"了,还和他说了话,再过六个月他就刑满释放了。但没过多久"天赐"就出狱了,那仆人却不知道。这天,他又来到经常能见到"天赐"的路边等着。等他见到那个司机,就问他:"'天赐'今天去哪儿了?是换班了吗?"

司机说:"他昨天出狱了。我还以为他会跑来找你呢。"

仆人说:"哎呀,我可没见着他。"

得知这一消息,仆人立刻就回到住处,整理好货物就回到了贾尔马城。他告诉了自己的主人"天赐"是如何跟他玩消失的。他出狱了,但是没人知道他去了哪里。

他跟着多贡·亚罗走了

"天赐"刚从牢里放出来就遇到了一个名叫多贡·亚罗的小偷。那人说他要坐火车去伊科①,因为他就在那里居住。"天赐"说他正好想和多贡·亚罗一起去那里看看,因为他以前只是听说过那个城市,但从没去过。那小偷帮他买了票,他们乘上火车来到伊科。他们就这样开始在伊科生活,一有机会就去偷点东西。多贡·亚罗常把偷来的东西交给"天赐",让他拿到北部高地地区去卖掉,再把钱拿回来给他。他们一直这样操作,到了后来连"天赐"自己也成了一个臭名昭著的大盗。他不断地寻求偷盗的秘诀,并且得到了真传。他们两人成了伊科知名的盗贼,甚至在国外都有名气。

有一次,他们在加纳的阿克拉干了一票大买卖,然后逃了回来。他们逃回了高地地区,住在那里尽情享乐。人们到处找他们,什么也没有找到。其实他们回来后没有住进城市,而是住在了原始森林里。从那里他们时不时地到城里去偷东西,然后又回到森林里住着,就这样一直也没遇到什么麻烦。

那孩子的父母的决定

谢胡一直为那孩子的事情烦恼,没办法静下心来。他每

---

① 豪萨语地名,指尼日利亚南部海港城市拉各斯。——译者注

时每刻都处在悲伤和恐惧当中,因为他不知道人们可能会给他带来什么样的消息。他住在城里却不好意思出门,每当看到人们在一起聊天,他就觉得那些人是在议论他儿子的事情。每当他因为要去某个地方而在路上碰到一群孩子时,他总觉得那些孩子在对他努嘴示意,说:"看那个小偷的父亲走过来了!"每当他在路上遇见某个知道他儿子的事情的人,他总会把脸转过去,避免和那人目光接触。这样到了后来,他的羞愧让他断了出门的念头。他整天在家里一言不发地坐着,陷入沉思。

而扎伊娜布在家中也是不得安宁,因为她和她丈夫的其他几个老婆之间,不管是为什么事情争起来了,还是根本没什么冲突,那几个女人总是不断地嘲笑她,还各种指桑骂槐。她们说:"结婚就结婚呗,偏得娶这么个女人,生这么个坏东西!与其生个贼出来,还不如当初流了他呢。"听到这些话,扎伊娜布常常气得在地上翻来滚去地哭,心里觉得这日子实在是了无生趣,一片黑暗。终于有一天,她去找自己的丈夫,把事情如此这般地说了一遍,然后说:"当初我一再拒绝,你非要逼着我嫁给你,现在看看是什么后果。我要是早知道跟你结婚后事情会变成这样,我连见都不会见你,我现在还不如跳到水里头淹死呢!我活着还有什么意思?其他我和你之间的恩怨就由真主来裁决吧。"

扎伊娜布说的这些话让谢胡难过了很长时间,到后来他产生了一个强烈的愿望,那就是离开这座城,抛弃他的家、他的所有财产,到一个没人认识他的地方去,在那里平静地生活。

有一天,他把扎伊娜布叫来,屋里只有他俩,他说:"我之所以叫你来,是因为你之前跟我说的那些话我一直记着。你以为人们对我们的那些议论我听着就不觉得难受吗?让我来告诉你吧,我已经决定要离开这个城市,抛弃一切,去一个没人认识我的地方,在那里安静度日。你跟我去吗?"

扎伊娜布说:"我扎伊娜布是不会离开自己的父母去别的地方居住的。如果你要走,那就再见吧。"

谢胡说:"看来你在这个地方过得还挺舒坦的,都不愿意离开啊!你难道不明白吗?要是我走了,所有这些对我们七嘴八舌的议论都要落到你一个人头上。人们会一直称你为受诅咒的女人,说你丈夫抛下财产和整个家自己走了都是因为你的缘故。"

扎伊娜布说:"不管别人要怎么叫我,全都怨你。"

谢胡一直劝一直劝,费了好大劲才说服了她。他说会告诉众人自己去麦加朝觐了,免得让别人知道是怎么回事。

他们要离开这座城了

这天,谢胡把他的几个老婆都叫来了,告诉他们:"我决定要去麦加朝觐,不过我只带着扎伊娜布走。请你们几个原谅,真主会让我们再次相见。"

他拿了很多钱和食物留给他们,又叫来管家,把家里所有的事务都交给他负责。然后他去和当地的酋长道了别。他手下的那些佣人一个他都没有带走。他把路上吃的干粮等东西放在一头驴背上驮着,又牵来一头骆驼供扎伊娜布骑乘,然后就上路了。城里的人们都来送他,同时为他的离开感到很惊讶。

他俩一直走,走了一天又一天,差不多两个月。谢胡见已经远离那些有人知道他的地方了,就在一个叫噶卢杰的大城市住了下来,那是一个商人汇集的地方。他去见当地的酋长,告诉他自己是一个外地人,想让酋长给他一个地方居住,因为他觉得这里是一个商贸中心。

酋长见到他很高兴,问道:"你叫什么名字?"

他说:"我叫乌斯曼。"

"你从哪里来?"

他就挑了个酋长应该没听说过的地名说了。

酋长给他安排了住处。他在那里住下,开始做贸易,渐渐地赚了不少钱,就把房子装修得漂漂亮亮的。慢慢地他的财富越来越多,成了当地知名的暴发户,还养了不少仆人。

他们来到一个新地方

这样过了很久,有一天,"天赐"和他的朋友多贡·亚罗到处游荡,来到噶卢杰边上的一个村子住了下来。这天他们去城里闲逛,在街上碰到一个人聊起来,他们说:"哎呀,这城里尽是些有钱人,可不像我们那里!"

那人说:"感谢真主,这地方还不错。"

他们问他:"我们路过那边有一户人家,院墙很高,四周围绕着栀子树,好比酋长的宫殿。是某个大官的家吗?"

那人问:"在哪边?"他们指给他看了。

那人说:"不是某位官员的家,是个有钱的外乡人的家。他的名字叫乌斯曼,在这个城里呆的年头不长,但是已经发了财了。"

他们又问:"为什么他把房子建成这样,还种了栀子树?在我们那里只有在酋长家才能见到栀子树。是因为害怕遭贼偷吗?"

那人说:"是的,要知道他是个有钱人。我听人说,他的仆人或是来访的客人中,要是有谁说话时提到小偷,都会不受他待见。"

他们说:"也许曾经有人偷过他的东西。好了,我们要去买东西了。"

他俩往前走,然后又绕回到乌斯曼先生家附近,来来回回地观察这座房子。他俩绕了很多圈之后才离开,说:"嘿,咱们要是走运的话,能从这家偷到不少钱。为了防贼,他把房子修成这样,结果反而招贼!"

到了晚上夜深人静的时候,他俩对白天看见的那栋房子下手了。他们躲在围墙的阴影里偷偷摸摸地走。走到了房子跟前,就开始绕着它寻找能进去的地方。他们摸了摸院门,感觉很牢固,于是商量道:"我们先转两圈,没准能找到个梯子。"他们走了几步,在一户人家的院墙后面看到露出来一截梯子。他们赶忙跑过去,"天赐"弯下腰,多贡·亚罗爬到他背上,然后抓住墙头爬了上去,翻进了院子。接着他把梯子靠在围墙上,踩着梯子爬上了墙头,然后把梯子提起来递给"天赐"。他俩扛着梯子跑回来,把梯子靠在乌斯曼家的围墙上,然后爬上了墙头,再把梯子放到院墙内侧,顺着它爬了下去。他俩仔细研究了一下这座房屋,了解了它的布局,然后就向房主人的卧室走去。他们把耳朵贴在卧室门上,听见房主人在里面打鼾。

于是"天赐"让多贡·亚罗在门口站着,自己进去,这样要是多贡·亚罗听见有什么动静就能告诉他。要是他没听见任何动静,那么"天赐"找到什么财宝就从里面递给他。

"天赐"慢慢地推开门,进了房间。他站在那里不出声,等了一会儿,见房主人没有动,就进到里面躲了起来。这时他碰到一个金属瓶子,那东西"哐当"一声掉在地上。房主人惊醒了,问:"哎,你是谁?""天赐"赶紧躲了起来。

这孩子杀了他的父亲

这时房主人看到了门边上"天赐"的影子,就扑了过来。"天赐"一下子抓住那人,把他摺倒在地上。多贡·亚罗立刻从外头进来,把那人的嘴给堵上了。那人不停地挣扎,于是"天赐"拔出刀来,深深地插到那人的心窝里,然后拔了出来。他俩一直按住那个人,直到他的身体松弛下来。这时他们听到外面有人咳嗽,他俩害怕了,赶紧出来,就听见有个女人在问:"屋里头是怎么回事,没事吧?"

"天赐"回答道:"没事,我在这转转。"

那女人说,"嗨!你一说话让我想起阿卜杜拉西来。"她擦着火柴一看,正是她的儿子。"天赐"也认出来这正是他多年未见的母亲。

他和母亲交谈

他母亲说:"阿卜杜拉西,你回来了?""天赐"一句话也说不出来。他俩站在那里互相看着对方。多贡·亚罗躲在一旁,等得不耐烦了,就说:"嗨,你不知道我们做了这事正处在危险当中吗？还站在那里跟一个女人说话！"不过"天赐"听了这话就像没听见一样。多贡·亚罗生气了，他说："好，你自个儿站着吧，我走了。"

扎伊娜布说："你大晚上的到这房里来是要做什么？"

"天赐"说："你忘了我是干什么的了？"

扎伊娜布说："你偷东西偷到你老子家来了吗？"

"天赐"说："我爸！你们什么时候从贾尔马搬到这里来了？"

扎伊娜布说："我们在这个城里住了不少年了。"

"天赐"说："真主啊！我做梦也没想到这会是我父亲的家。"这时他全身都开始颤抖。

他妈妈听到这里害怕了，说："怎么了？"

他说："我们进到一个房间里偷东西，有个人袭击了我们，我们就捅了他一刀。"

扎伊娜布说："你们拿刀捅了人！伟大的真主啊！是谁丢了性命啊！快带我去看看。"

他俩进到房间里。扎伊娜布点着火柴，看见一个人面朝下趴在血泊中，她感到自己的心在往下沉，说："把他翻过来。"

"天赐"把那人翻过来一看，正是他的父亲。扎伊娜布走上前去摇晃他的身体，但是他一动不动。扎伊娜布放声大哭，她想起阿布巴卡尔对她说过的话，他曾说她的儿子会杀掉他自己的父亲。

当"天赐"看到这一幕时，心里极度痛苦，简直要疯了，他拔出刀来就要自杀。这时扎伊娜布抓住他的手，说："住手，别伤害自己，先听我跟你说几句话。"于是她就把她夫妻二人和阿布巴卡尔之间的事情都告诉了"天赐",以及阿布巴卡尔是用什么手段害得"天赐"堕落成一个小偷的,以至于他杀了自己的亲生父亲。扎伊娜布说:"你明白了吧,所有你做的这些事从一开始就不是你的错,这都是真主的安排。现在我们只能等待,看真主会给我们什么样的报应。"

她刚说完,就听见房子后面有人在呼喊"抓小偷!抓小偷!"他俩面面相觑。扎伊娜布说:"听,他们抓住了你的同伙!你赶快出去,别让他们发现你在这里。"然后她就抓着自己儿子的手,带着他绕过墙角来到院门口,然后她把门打开,把儿子推了出去。接着扎伊娜布回到自己的房间把门关上。过了一会儿,就有一群人叫喊着来到院门口。他们敲了门,一个佣人把门打开一条缝往外看,发现门口有很多人,就问:"怎么了?"

人们说:"我们抓到个小偷。我们见他从这个房子的院墙上翻下来,就追上去把他捉住了。快去把你主人叫起来。"

那佣人撒腿就往主人的卧室跑,到跟前发现门开着。他站在门口叫,"主人,主人!"没有动静。他更大声地叫,还是没有动静。然后他就进到屋子里,刚进去脚下就绊到一个人。他赶紧喊:"快来人啊,这里有小偷!"他一边往门口跑,一边喊。外面的人们听到呼喊赶紧冲进院子,来到主人的卧室前面,一时间谁都不敢贸然进去。然后他们点着了灯,远远地就看见屋里有个人四肢伸展着躺在血泊中。他们走进去一看,发现是这家的主人。

"就是他!就是他!"

见到这一幕,在场的人们"轰"地一下都开始念祈祷文,他们说:"肯定就是这个小偷干的。"然后人们对着多贡·亚罗一通拳打脚踢,他疼得直叫唤,说:"别打了! 不是我杀的他,是我的同伙干的。"

人们说:"撒谎! 他在哪儿?"

多贡亚罗说:"他没出来,现在还在这房子里头呢。我出来时把他留在里头了。"

人们说:"你是在撒谎。都是来偷东西的,怎么可能你都出来了,他还留在后面不走? 你把我们当傻子?"

多贡·亚罗说:"老天作证我说的绝对是真的。你们自己去看,他就在里头没出来。"

于是人们进到房子里分头搜索,每一个角落都搜遍了,没有看到一个人。人们问房子里的女人们,她们中有没有人出来,她们回答说没有人出来,她们都是听到有人喊叫才出房间的。人们都说:"我们早就知道他肯定是在撒谎。"

于是人们把多贡·亚罗带到酋长那里,酋长当晚就叫人把他关进了监狱。人们转回来把乌斯曼收敛下葬,接着就各自回家了。

天亮后,人们把多贡·亚罗从监狱里提出来,问他他的同伴叫什么名字。他说:"我想他应该叫噶尔巴。"

"你连他的名字都不知道?"

"我觉得这就是他的名字。"

"他是什么地方人?"

"我不知道他是什么地方人。"

"你叫什么名字?"

"多贡·亚罗。"

"什么地方人?"

"伊布。"

我们不知道有这座城市

"骗子!这世上哪有什么叫伊布的城市?把他押回去,我们再做调查。"

多贡·亚罗被关在监狱里,人们一直在调查这个案子。在监狱里面有一个井,非常深,里面的水也很满。有一天,多贡·亚罗傍晚的时候出来汲水,不小心一个跟头栽到井里。人们过来时发现他已经死了。

人们把他捞出来,接着跑去告诉酋长这个人死了。酋长说:"那就这样吧,真理显示了它的力量。"

"天赐"那天从他母亲家出来之后,哪也没去,径直穿过这座城市,踏上了去贾尔马的路。他一出城就碰上了狂风暴雨,雨点直打在他身上。但是他毫不在意,一心向前走,毫不停留,头也不回地往前,好似一条疯狗。他为他所做的事感到痛苦,不停地在心里琢磨着母亲告诉他的话。他现在只有一个愿望,那就是见到阿布巴卡尔,向他复仇,报复他对他做的这一切。

他去报仇

天亮了他还在走。日上三竿,天热起来,他还在走。一直到下午,到了傍晚,他一直在走。他就这样走了一天两夜,几乎没怎么吃喝,只是偶尔在路边的小市场买点吃的,然后一边走一边吃。觉得困的时候就稍稍打个盹,然后又起来继续赶路,这样走着走着就到了贾尔马城。进城后他直奔仇人阿布巴卡尔的家而去。他进了院子,也没跟人打招呼,径自往里走,然后就遇到一个女人。这女人看见他邋里邋遢的像个疯子,又脏又长的头发挡在面前,非常吓人,手里还握着拔出鞘的剑。

他向那个女人喝道:"你,阿布巴卡尔在哪儿?"

那女人很慌乱,吓得说不出话来。"天赐"一把掐住她的脖子,说:"没听见我问你话呢吗?"

女人伸手指向一间屋子,还是吓得说不出话来。"天赐"把她扔在一边,朝那个房间走去。这时那女人站了起来,赶在他前面挡住了房门,说:"你不能进去!主人得了重病,已经命在旦夕了。"

"天赐"说:"让开,我的惩罚比真主的先到!今天就是他的死期。"

他把那女人推开,走了进去,说:"你在哪儿?"他没听见什么动静,只听到一点呻吟声。

等他的眼睛适应了屋子里的黑暗,便看见床上有一个人,脸朝着墙侧躺着。他走过去,按住那人的肩膀把他转过来面朝自己,然后问:"你就是阿布巴卡尔?"

那人艰难地发出声音,说:"你是谁?"

他说:"我就是'天赐',谢胡的儿子,今天就是你的报应来到的日子!"

阿布巴卡尔听到这话挣扎着想起来,结果却一下子躺倒在床上,浑身颤抖。他想起了多年前告诉扎伊娜布的那些话,一下子陷入了沉思,心里想:"嗯,我知道会有这一天的,以前也有人也跟我说过,我会遭报应的。"然后他拿眼睛瞪着"天赐",说:"你是来报仇的,是吧?不过真主安排的命运都已经实现。我对你做的那些都做完了,我的愿望也实现了。"

你来晚了!

这时他的体力恢复了,他一下子坐了起来,拿手指着"天赐",向他喝道:"你来晚了!想报仇的话就审判日再见吧![①]"接着他便翻身倒在床上,断了气。

"天赐"走了出来,没人看见他。他一边走,一边在心里说:"真主是伟大的!是万能的!人类卑微的命运只有任他安排!"

他出去之后,那个女人带来了许多邻居,他们问道:"那个人呢?"

她说:"他在主人的房间里。"

人们进屋发现主人已经死了,屋里没有别的人。他们检查了整座房子,没发现任何人。

他们问:"那人长什么样?"

女人说:"我没法形容他的样子,我一看见他就吓得连话都说不出来。"

人们都说:"她肯定是见着死亡天使亚兹拉尔了!"

整个屋子里一时间充满了哭声。

"天赐"来到城外一条小溪边,在一棵树底下坐下,恢复了

---

① 伊斯兰教的神学观点认为存在"末日审判",所有的死者会在世界末日复活以接受真主的审判。——译者注

理智。他为他从小时起做的种种坏事、为他杀了自己的父亲感到深深的后悔,他感觉这一切就好像是一场噩梦。他说:"真主啊,你是万物的主宰,请你饶恕我吧!"

他回到他父亲的家

然后他站起身来,去溪水里洗了个澡,接着进城理了发,买了件衣服穿上,之后来到他父亲家。他见到了他父亲安排留下来照看房子这么多年的仆人,但是家里的女人们都离开了。他告诉仆人自己就是谢胡的儿子"天赐",以及他的主人谢胡已经去世了。那仆人感到很惊奇,因为这么多年他已经不再指望能听到他主人或是主人的儿子的消息了。

之后那仆人就带着他来到酋长的王宫。在互致问候之后,酋长问他从哪里来。

他说:"从我父亲那里来。"

酋长说:"原来他还活着?自从我和他分别后,这么多年过去了,我都没有听见过他的消息。"

"天赐"说:"他离开这里以后,去了一个叫噶卢杰的城市,过去这么多年都住在那里。不过现在他去世了,所以我就过来看看房子的情况怎么样,然后准备和我母亲一起搬回来住。"

酋长说:"你改过自新了吗?"

"天赐"说:"愿您长寿,陛下,我实在是羞于说起这件事。过去的事情都过去了。"

酋长给他祝福

酋长听他这么说很高兴,他祝福了他,说:"如果你对我说的是真的,我希望你回来居住,而这都是看在我和你父亲多年的情分上。"

"天赐"说:"多谢陛下。不过等我回来了,我先得偿还我之前对父亲犯下的罪过,不然我是无法心安理得地继承他的财产的。"

然后他就向酋长告辞,起身走了。他父亲房子里的东西他一样也没动,连一口吃的都没拿,就离开了。连着走了几天,来到噶卢杰城。

他来到他母亲扎伊娜布那里,把分别后发生的事情都告诉了她,然后说:"现在我应该带你回家,使你可以和亲戚们生活在一起。"

扎伊娜布说:"那就这样吧,你知道,想当初我也是没办法才来到这里的。"

然后她母亲就去见当地的酋长,告诉他自己的儿子来了。酋长说:"原来乌斯曼先生有儿子啊?把他带来让我看看。"于是她母亲就回去把儿子带到酋长面前。

他走进房间后,酋长看了看他,说:"毫无疑问就是他的儿子。"然后他又转向扎伊娜布问道:"只有他吗?他还有别的兄弟吗?"

扎伊娜布说:"只有他一个。"

酋长接着问"天赐":"你来是想住在桑卡①吗?"

"天赐"说:"不,我来是想带我母亲走。"

于是酋长就让人带他去看属于他父亲的所有货物,估算

---

① 此处应为噶卢杰,应该是作者笔误。——译者注

一下价值,然后课税。酋长的手下把事情办完后,把余下的所有货物都交给了"天赐"。

然后"天赐"请人把城里所有的经学院师傅都请来,让他们为他的父亲祈祷。一时间在他父亲家门前聚集了很多人。这时他把父亲留下的货物都拿出来一一分给众人,直到把东西全部分完。人们一起祈祷,祈求真主同情宽宥乌斯曼先生,之后人们就散去了。

第二天,他叫人把城里所有的乞丐都叫来。等乞丐们都聚到一起后,"天赐"把他父亲房里剩下的东西拿出来一样一样地分给他们。分完了钱分衣服,分完了衣服分家用的物件,最后分牲畜。由于他父亲生前积累的财物很多,分到最后,可以说城里的每个人都分到了。而他把这些东西都分了个干净,自己连一根针都没有留下。

这一切都做完以后,"天赐"去向酋长道别。城里所有的人都为他的行为感到非常惊讶,他们从没见谁这样做过。他让自己的母亲走在前头,自己在后面跟着,就这样走到了贾尔马。他把自己的母亲安置在父亲留下的房子里,然后去见酋长,告诉他自己和母亲回来了。之后酋长让人帮他办理了继承财产的事宜。他把所有的财产都给了他母亲,对她说:"这些财产你想怎么处置就怎么处置吧。而我要去寻找能让我赎罪的方法,希望真主能宽恕我。"然后他就走了,随身只带了一个棍子、一个书包、一个小的葫芦做的水壶。

(汪渝 译 陈利明 审)

谢胡·乌玛尔

阿布布卡尔·塔法瓦·巴勒瓦(Abubakar Tafawa Balewa)

真主安拉是世间至高的主宰,也是万物中至圣的存在,世间万物,唯有安拉。在包奇城的旁边,有一个叫做劳塔的小城。在这座小城里,有一位通晓天文、古兰经和各种经典以及宗教的智者。真主赋予了他洞察世间事物的特殊能力。他的名字叫做谢胡·乌玛尔。因为博学和多才,他声名远播。很多国家的人都慕名而来向他求教。不久后,来找他的人越来越多,以至于他的家门庭若市,甚至很多到他这儿的人因为找不到住处,而不得不在劳塔城附近的小村子里找住的地方。

来向谢胡·乌玛尔求教的人从来没有见过他发脾气,也从来没有他们来向他求教而他说累了的时候。甚至是他病了,只要不严重,他都会出来讲学。谢胡·乌玛尔是一个世间难得的智者,遇到再坏的事儿,他也只会说:"真主会帮助我们的。"他从来不生气,总是和颜悦色,从来不会掺和跟他无关的事儿,也从不和别人起争执。可以说,像他这样有优良品德的人这个国家基本找不出第二个,很多人都说:"他不是一般人,是圣人。"

一天下午,讲学结束后,谢胡·乌玛尔和他的学生们坐在一起闲聊,一个学生问他:"老师,我有一个小小的问题想问您,但是我又担心您会不会觉得这样是对您的冒犯。"

谢胡·乌玛尔回答说:"再有学识的人也有回答不了的问题,世上没有无所不知的人。因此你想问什么就问吧,不要有什么顾虑。愿真主让我能够答得上你的问题。"

这个学生说:"老师,我的问题有两个。第一个是,您能不能告诉我您是从哪儿来的,那里什么样?那里的人是不是也像您一样?因为您让我很好奇,不光是我,认识您的人都对您很好奇。第二,您能不能告诉我您的国籍,因为您看起来不像是我们国家的人,而且您很博学又有阿拉伯人的口音,但我看您似乎从没去过那儿。"

乌玛尔回答说:"你的问题很有意义,毫无疑问我可以回答。同时,你将要听到的事儿会令听到的人都感到惊奇和怜悯。现在,我会尽我所能告诉你我的国家和我自己的故事,包括在我到这儿之前所走过的路以及吃过的苦。"

我是卡加拉人

谢胡·乌玛尔说,我是这个国家的人,尽管如此我并不是在这儿长大的。我在一个阿拉伯国家长大。我原本是比达旁边的一个国家的人,我所在的城市叫做卡加拉。我的父亲是个高个子的白人,他是一个皮革匠。我的母亲是法迪卡人。在母亲怀着我的时候,我的父亲就去世了,他给我留下了六头牛、三只羊和一匹马,这匹马当时还怀着小马驹。所有这些东西当时都交给了我的母亲,父亲让她代为保管,因为是他留给未出世的儿子的遗产,而他没有其他可以继承的亲人。

就这样,不久后我出世了。举行命名仪式的日子,我的母亲让人宰了父亲给我留下的一只羊,并且给我取名乌玛尔。这样,到我两岁的时候,我的奶奶把我接过去抚养,我们就和她一起生活,直到有一天,我母亲要改嫁了。

我的母亲对奶奶说:"您看我在这个城里没有亲人,除了您就是这个孩子。现在我想改嫁,向我求婚的人很多,他们让我挑一个最喜欢的结婚。我想征求您的意见,这些来向我求婚的人我现在还没想好该选谁,我想听听您的意见。在这些人当中,有一个酋长身边的人,他的名字叫马考。"

奶奶听说马考也在追求者当中,就和我母亲说:"你真是幸运。有明眼人,难道你还要去嫁给瞎子吗?我的建议是除了马考,你不用考虑别人了。他是一个好人,没有什么可挑剔的。你如果嫁给他一定会幸福的。"

于是我母亲便接受了这个建议,第二天就订了婚,并且定好了过门的日子。后来,我母亲过了门,我就和奶奶生活在一起。我和奶奶生活得很幸福,直到有一天奶奶病了。她感到自己的病已经回天乏术,于是差人把我母亲叫来并嘱咐她说:"我这病看来是好不了了,所以我希望你能接过这个孩子,让他和你一起生活,因为如果他受苦,我会非常难过的。"

母亲说:"好的。"

母亲走后不久,奶奶就咽了气。很多人来到我家吊唁,之后我们安葬了她。

一切结束后,我就和我的母亲和马考生活在了一起。一天,酋长召集所有大臣到他面前,并对他们说:"我叫你们来是想让你们做好准备进攻瓜利国。我有一个重要的计划,希望你们赶快回去准备并凯旋而归。"

大臣们听了酋长的话都发疯般地兴奋,他们高兴地说:"这事儿正合我意!"他们之所以兴奋是因为战争能为他们带来包括牲口和奴隶在内的很多战利品,并且酋长会把其中四分之一赏赐给他们。或者比如抓到三个奴隶,酋长自己会留下两个,剩下的一个就会赏给抓到奴隶的人。

酋长之所以发起这场战争,是因为想要把抓到的一些奴隶和自己原来的奴隶一起派到卡诺,为他购买衣物和马的配饰,另一些则把他们派到比达为他买枪械。

酋长挑中的勇士中就有马考。启程的日子到了,酋长去找巫师为他们祈福后,马考回到家中把家人都召集到身边并对他们说:"我要去出征瓜利国了,也不知道什么时候能回来,或者还能不能活着回来。所以我想在此和你们告别,如果过去有对不住你们的地方,请你们原谅我,因为人与人相处,摩擦总是难免的。"

家人齐声说:"你绝对没有对不住我们的地方。我们希望你一路平安,凯旋归来。"我们所有人都哭了起来,彼此的哭声不绝于耳。

所有出征的勇士都做好了准备,清晨他们就出发径直前往瓜利国。他们走啊走,最后到了位于大山密林深处一个叫做阿尔那的小村落。下马后,他们就埋伏在树木茂密的枝叶下面,谁也看不到他们。这时候,天上下起了雨,农民们开始耕种自己的田地。这些阿尔那人种的庄稼还不够他们一年吃的,所以不得不从他们的家乡来到这里开荒种地。尽管如此,因为害怕侵略者,他们在这里的农活也总是做不好。

这些勇士们到了村子后,就藏在农田边。到了早晨,阿尔那人从他们的村子出来到田地里,而侵略者们则埋伏在周围,观察着他们的一举一动。等到所有人都出来并放松警惕开始干活,侵略者们就一拥而上,他们抓走妇女和男丁,甚至还有小孩。阿尔那人还来不及反击,他们已经大获全胜。其他的阿尔那人出来准备迎战想要抢回自己的同胞,然而侵略者们早已走远。他们紧追不舍,然而却回天乏术。

酋长和马考生嫌隙

这些侵略者在甩开追兵后就上了大路。之前他们担心阿尔那人发现自己,所以一直都不敢走大路。之后他们就一路疾驰,并互相吆喝着"快啊、快跑啊!"就这样他们平安回到了家。进城之后,他们就都带着自己的战利品径直前往酋长的宫殿。他们有抓到两个奴隶的,或者三个甚至四个的。每个人都向酋长展示自己的战利品。但是马考除外,马考回来后并没有直接去酋长的宫殿,而是先回了家,但其实他并没有别的意思。

所有的人都到齐后,每个人都向酋长敬献了自己的战利品,酋长这时问道:"咦,马考在哪儿? 他是不是牺牲了,你们却瞒着我?"

所有人都答道:"不是的,陛下,您知道人心难测。我们一直什么都不说是因为您看重他,所以我们也不好说什么。因为我们知道真主自会惩罚那些失信于人的人,更别说像马考这样您诚心诚意对待的人。让我们拆穿他的真面目吧,在这个城里再找不出像他那样毁您名誉的人了。马考在那些尊敬爱戴您的老百姓面前说您的坏话,而且您跟他说的秘密也没有老百姓不知道的。您知道吗,从我们这次出发直到我们回来,他就一直在指责您。他的所作所为甚至激怒了您的侍从官,要不是他的侍卫拦着,侍从官当时就拔剑杀了他了。他现在之所以不在这儿,是因为想回家先藏起几个抓到的奴隶。

他总共抓到了四个奴隶,两个女孩,两个男孩,其中一个已经成年。但是我们不知道他会给您献上什么。"

听了这话后,酋长说道:"原来如此,马考长本事了。"

不一会儿,马考带着自己抓到的两个奴隶来了。他并不知道这些人给他下的套。他原本就只抓到两个奴隶,说他抓到四个奴隶完全是无稽之谈。马考快到宫殿大门的时候就远远地看到酋长坐在外面处理朝政。朝臣们看到他都开始说:"快看马考只带了两个奴隶来,就是说他藏起了两个?"马考来到酋长面前跪下向酋长请安,但是酋长却并不理他。所有人都只是默默地看着他,那些设计陷害他的人高兴地在一旁看好戏。

过了一会儿,酋长说:"马考,你现在才回到这里?"

他回答说:"不是的,陛下,我先回了趟家,把我的马拴起来,并且换了衣服,这才来见您。"

酋长于是说:"那你这次抓到了几个奴隶?"

马考说:"两个。"

酋长说:"是吗?你就只抓到两个?那你敢让我去查查,如果不是两个的话任我处置?"

马考说:"绝对没有问题。"

说完这番话,酋长就把侍从官叫来问道:"马考这次出征抓了几个奴隶啊?"

侍从官原来就想看到事情这样发展,于是说:"四个奴隶,但是他只带了两个回来,因为他在路上卖了两个给去包奇买槐豆的卡诺人的商队。"

酋长于是说:"好了,马考你都听到了吧。"

马考回答说:"陛下,我现在也无话可说了,因为这些人已经混淆了是非,我也没有什么证据能让您相信我。"

马考被抄家

酋长大怒,他命令朝臣们去抄马考的家,并且让他们连块毯子都不要给他留。朝臣们于是把马考的家抄得干干净净,连房顶的茅草都给掀了。马考在城边一个村子里有几头牛,也被他们给牵走了,并且他们还把我父亲给我留下的牛和羊以及马和马下的小马驹都牵走了。抄完了家,他们就把这些查抄到的东西都献给了酋长。

马考看到后就站起来对酋长说:"陛下,我祈求您,这些东西里,有一些并不属于我,比如这匹马和它的小马驹,以及羊和其中的几头牛,它们是属于我妻子和前夫的遗孤的,因此我祈求您能把这些东西还给他。"

听到这话,朝臣们异口同声地说:"大家听听他又开始扯谎了。一个孤儿的财产怎么会在你那里?真主保佑您酋长,他在说谎。他所说的这个孤儿的财产其实不在他那儿,而是在孩子的母亲那里,只有她才知道把东西藏在了哪儿。"(那时候,我还是个小孩儿,什么也不懂,更不用说所发生的一切。我只是看到我的父母在被抄家的时候不停地哭泣。)

没有做任何的调查,酋长就立即同意了朝臣们的话。之后他对马考说:"好了,你看这就是因为失信于我,真主对你的惩罚。现在我什么都不想说了,你所受的惩罚也够了。除此之外,只要我还是这里的酋长,我就不会允许你留在我的地界里。所以现在我要把你赶出我的土地。尽管如此,我不会阻止你带走你的家人。你的任何一个妻子,只要她愿意都可以跟你走,但如果她不愿意,那你就只能留下她。"

马考说:"陛下,我听从您的命令。但是我祈求您能给我几天的时间准备路上的干粮,因为您知道我现在要去一个我自己都不知道的地方。"

酋长抬头想了以下,然后对马考说他同意,但只能给他四天的时间准备。

马考对他表示感谢,然后就回到家中。他把家里所有人男女老少,都召集到一起,对我们说:"你们看这就是真主的旨意。酋长要我离开他的土地,但是他同意我带走愿意跟我走的妻子,此外他还说四天之内我必须离开。现在我想知道的是你们中有人愿意跟我走吗?"

我们所有的家人都开始放声大哭,并且说:"向真主起誓,不论你去哪里,就算是地狱,我们也陪着您。"

马考问了我们三个问题,但是我们没有人改口。

流亡之路

马考和家人说完这番话,就走到庭院里坐下思考要去的地方。他的很多朋友都来慰问他,很多人来了后都哭了,有一些还给他带了点钱来,让他在路上买水喝。

傍晚的时候,马考起身做了小净然后就去礼拜。这一天正好轮到我的母亲做饭。和人们聊完后,马考就回屋准备睡觉了。经过我母亲房间的时候他看到她在无助地哭泣。于是他对她说:"这件事儿没什么可哭的。你是穆斯林,你应该这么想,一切都是真主的旨意,因此我们最好也要遵从真主的安排。"

母亲回答说:"马考,现在还有什么值得我高兴的呢?你看这个城里我连一个亲人也没有,除了这个孩子和你。除此之外,发生在你身上的这件事儿也令我难过,因为你的事儿也就是我的事儿。但现在最让我担忧的还是这个孩子,我不知道该拿他怎么办。我原本打算你们出征回来后,你能让我回乡探望父母然后我再回来。但是看看都发生了什么。"

马考听了这话后就开始静静思索。过了一会儿,他对母亲说:"其实你真是个不幸的人,尽管如此,真主还是会帮助你的。擦干你的眼泪,如果这一切是真主的旨意,就没有什么可难过的。至于你说的去探望你的父母,我给你一个建议。现在既然事已如此,考虑到我们的处境,而且我还没有想好要去哪儿,所以我同意你回家探亲,我一旦找到落脚的地方就会告诉你,然后你来找我。至于孩子你不能带着他一起走,你应该把他交给一个信任的人,等你回来再接他。"

母亲说:"好的。"

就这样,酋长给马考的四天期限到了。一大早酋长就差人告诉他,是时候兑现诺言了,准备好等着和酋长派来押送他出境的人出发吧。马考早就准备好了,但酋长派的人直到午后才来。马考坐着看着马路,就看到酋长的侍从官和巡逻队长骑着高头大马来了。他们来到他面前说:"请吧!"

马考站起来,他们就问他:"你想要我们把你送到哪儿?"

他说:"就去扎扎乌那个方向吧。"

他们于是说:"走吧。"

他们让他走在前头押着他一直走到边境。他们把他留在这里并对他说:"现在你知道要去哪儿了吧,酋长命令我们只能送到这儿。我们要离开你了,你可能会死了,也可能会被侵略者抓走,这我们都管不着了。"

马考说:"是的,你们回去替我谢谢酋长,真主保佑你们平安回去。"

路遇猎人

他们离开后,马考就在一棵大树下坐下开始思考,他呼唤着真主和他的使者,直到他感到筋疲力尽。当他抬起头看到一个猎人正走过来,身上还背着弓箭。时近傍晚,马考这时候渴得要死。猎人看到了他就朝他走来,猎人看到马考头抵着膝盖。就走到他跟前,向他问好,马考抬起头也问候了猎人。

之后,猎人对马考说:"你从哪里来?为什么会在这个时候来到这里?你们是不是因为打了败仗然后逃到森林里来?"

马考说:"我现在只想要你给我点水喝,等我清醒一点就告诉你为什么来这里。"

猎人把水递给马考。马考喝了,一会儿就感到有了精神,就对猎人说:"伟大的真主!非常感谢你,你这么帮我,真主一定会回报你的。现在你就听听我来这儿的原因。"

猎人听了他的故事感到非常惊讶,他说:"真主怎么会让这样的事请发生呢,但是诚实的人总是有好报的。"

马考问:"你为什么这么说?"

猎人说:"你要是遇到的不是我,而是我的那些同伴,那么你早就成了他们的奴隶。但你看因为你的诚实,真主保佑你没有遇上那么糟的事。真主会帮助我们完成我们的目标,也会帮助我们战胜敌人。那么你现在打算去哪儿?"

马考说:"我原本打算去位于扎扎乌和卡诺之间的一个小

村庄住下。但是我希望我所居住的这个村庄有适宜耕种的土地。因为安顿下来后我想要从事农耕。收拾好房子,我还打算把我的家人接过来。"

去马加尔非吧

猎人说:"既然你选择了要从事的职业,那不如我给你一个建议吧,听不听你自己决定。在从扎扎乌到卡诺的路上,有一个叫做马加尔非的小城。这个地方的人都以农耕闻名,在那儿做农活儿能赚到钱,那儿的作物总是丰收。我认为你最好去那儿住下。在那儿呢也没有人会打扰你。那儿的人因为都有一定的收入,所以都不会干涉彼此的事儿。你知道是非总是起于贫穷。"

马考低着头,过了很久他抬起头说:"你所说的我都同意,因为我能看出来毫无疑问你是为了我好。最后我还想问你要一个能保佑我在抵达马加尔非前逢凶化吉的东西。"

猎人于是拿来了一个带着链子的符咒交给他,并对他说:"这就是我给你的能帮到你的东西,我希望你能平安到达,真主保佑你。"他们于是互相告别,然后就分开了,两个人都哭了。

前往扎扎乌

马考和猎人分开后就直挺挺地站着,这样站了好一会儿,因为他不知道去扎扎乌的路。猎人看到这个情形就折回来拉着他的手一起走,一直走到一个小村庄附近的一条小路。

到那儿以后,猎人对他说:"你看到我们面前的这个小村庄了吗,你要从这儿走,但是千万不能进去,因为你一旦进去就再也出不来了。你最好从村子边上绕着走,并且要小心一点,不要从北面走,因为在村子的北面有一块田地,这块田地的主人会法术。陌生人,或者是出逃的奴隶,只要到了这个地方,站下来不知道该怎么走,就一定会走到这块田地里。这个人从来没有离开过这块地。因此,当他看到有人站在田地边张望,他就会去把他抓了当奴隶。"

马考说:"好的,我知道了。"他们再次彼此告别,马考向前走,猎人往回走。

马考上了路一直走到猎人所说的这个地方。但是他没有进去,他按照猎人告诉他的去做。他在路上都没有回头去看这个城,直到他确定自己确实已经过了这个地方。然后他在一棵树下坐下休息,并吃了一点东西。

坐了没一会儿他就听到右边传来马蹄的声音,并且听到一些人在谈论他们征伐一些地方的事儿。听到这些,马考就爬到了树上,藏在了树的枝叶里面。

到了这个地方后,这些人中的一个说道:"你们看我们曾在征战回来的路上在这个地方和别人干过仗。那天除了一个不到七岁的小男孩,我们什么也没有得到。我们还是三个人。"

"到这个地方停下来休息的时候,我们中有一个人就说:'那么现在我们要拿这个男孩怎么办?不如我们每个人都从当中分自己应得的那一份吧。'"

"听到这话后,这个男孩的主人立即说,'你说这话什么意思?你算哪棵葱?我一个人受罪抓到的这个孩子,你凭什么要从他身上获利?你想要怎么自己不去抓一个?'"

"另一个听了这话后,立即就拔出了剑,他说:'我现在就让你明白这个孩子不是你一个人的。'"

"他拔出剑后立刻把男孩的脑袋砍了下来,并对男孩的主人说:'好了,既然你说是你抓的这孩子,那你就把他的身子拿去,我们两个要他的脑袋就够了。'"

这些人说完休息了一会儿,就站起来上了马,然后就疾驰而去。马考看到他们走远了就从树上下来。他下来的时候看到树下有一个东西,原来是那几个人落下的一个包,包里除了一些硬币,什么都没有。于是他拿上包,踏着那几人的足迹走了一天,中途都没有休息,更不用说停下来吃东西。

看到城墙

他走着走着突然就看到了前面有城墙。这个时候,那几个骑马的人已经进了城。马考就一直走进城门,对城门的守卫官说,"请问这是什么地方?"

守卫官说:"我的朋友,这里是扎扎乌城。"

听到这话马考就放心了,他说:"真主保佑,万能的真主!"

马考就和守卫官交了朋友,守卫说:"看到你我很高兴,你就到我那儿去做客吧。"

马考很高兴,就这样住到了守卫官家中。晚上,他们一起吃饭。吃完后他们洗了手,就开始聊天。马考把发生在他身上的事儿都一一对守卫说了。

守卫官问他:"现在你打算去哪儿?"

马考说:"我听说这个地方有一个叫做马加尔非的村庄,我想去那儿看看是不是能住下来,因为我听说那儿很适合耕种。"

守卫官说:"好的,我正好有一个熟人在那里,他的名字叫塔尼姆,你如果要去的话,我就给他写封介绍信。"

天亮后,马考找到守卫官说他要启程了,但是希望他能派一个随从跟他去市场买些东西。守卫官就派来随从和他一起去。马考买了锄头、斧子、镰刀等农具,买完后就回去了。守卫官给他准备了干粮,并且写了一封信给塔尼姆,信中说:

"见信好。这个人叫做马考,是一个很好的人,我让他去找你。你听听他的故事以及他背井离乡的原因。他说他想找个地方住下来种地。我希望你能好好待他,给他田地和盖房的地方,因为他的家人之后也要去。"

写完后,他把信交给马考。马考再三感谢,他们就互相告别了。守卫官叫来他的随从和马考一起上路。马考走啊走一直走到马加尔非。他向人打听塔尼姆的家,人们指给他,他就去找到他并把信交给他。塔尼姆读完信后对他的到来表示欢迎,让他在自己家住下,并给他准备了吃的。马考吃完后向他讲述了自己的经历。

塔尼姆说:"好的,明天我就带你去看田地。我的母亲前些天去世了,如果你愿意的话可以把她的房子收拾一下然后住下。"

家人团聚

马考在马加尔非住了下来,开始耕种。他收拾了屋子,又用捡到的钱买了两个奴隶,渐渐地他开始富足起来,心情也放松下来。然后他就去找塔尼姆,对他说他想把家人接来。

塔尼姆说:"你这样是对的,这件事很重要,像你这样的绅士怎么能不和家人住在一起呢。我有一个随从是卡加拉人,他叫伊萨,你如果没有合适的人选,就让他去接。"

马考花了几天时间做准备。他在塔尼姆那儿买了上好的衣物,用布包起来交给伊萨,让他交给卡加拉的酋长。然后他拿出一些在扎扎乌时人家送他的东西,让他带给他在卡加拉的朋友。他还交给他两顶帽子,让他一个给酋长的侍从官,另一个给巡逻队长。最后,他又拿了些钱给伊萨,让伊萨在路上给他的妻子们买吃的。他还对他说:"在我的妻子中有一个是来自法迪卡的。我出来的时候她请求我让她回家探望父母。如果你去发现她已经走了,就给她留个信儿,让她尽快来这儿找我和其他家人。另外,让她带上她的儿子。就这样吧,真主保佑你平安回来。"

到了卡加拉,伊萨直接去了酋长的宫殿,把马考的礼物交给酋长,并告诉他马考想要接走家人的事儿。

酋长说:"好,把他带到马考家,等马考的家人准备好了就和他一起上路。"

伊萨到马考家住了下来。傍晚的时候,他把马考托他带的帽子交给酋长的侍从官和巡逻队长?并且把马考嘱咐他送的其他礼物也都送了。分完这些东西后,他就找到马考的家人对他们说明来意。这些人都乐开了花。

然后,伊萨问他们:"法迪卡的那个女人在哪儿?已经走了吗?"

马考的妻子们说:"没有,她在这儿呢,她一直在等着人来接她。"

伊萨对她说:"马考说你可以去了,但是让你快点去和他会合,并且让你带上你的儿子一起去。"

她对伊萨说:"好的,真主保佑我们平安团圆。"

马考的家人花了四天时间收拾准备,第五天的时候,伊萨就去向酋长辞行。第二天,他们就上路了,留下了我和我的母亲在卡加拉。马考的家人出发后,我母亲就准备回法迪卡。走的前一天,她把我交给我一个叫布哈里的索科托人,这个人曾经是我生父的邻居。

从白天开始,我就看到我的母亲在房间里踱来踱去,我感觉这一天她连水都没怎么喝,连坐都没有坐一下,只是不停地张望,就这样一直到了晚上。然后她就回到布哈里的家里躺下开始哭泣。我那时候什么都不懂,只是在一旁和小伙伴们愉快地玩耍。

托　孤

夜晚时分,城里静悄悄的,我的母亲去找布哈里的一个妻子,她名叫阿米娜,我就待在她的屋里。母亲对她说:"阿米娜,我现在想和你告别,因为我想在宣礼前出发。你知道小孩子的脾性,如果他要吃东西你不给他他就会一直哭,但如果什么都依着他也不好,所以你要多教导他。我们算是有缘人,所以希望你能像对待自己的孩子那样好好照顾这个孩子。"

阿米娜说:"你说得对,希望真主帮助我承担起这个责任。"这样她们就一直聊直到屋里的孩子都睡了。

聊着聊着,她们也困了。我母亲就回房躺下,但是她一会儿都没睡着,因为担心回家路上会发生的事儿,也为把我留在这样一个无亲无故的地方而感到担忧。她就这样想着想着就听到鸡开始打鸣,于是起身拿起东西上路了。世事难料啊,我再见到她已经是很多年以后了。

被拐走

我对于所发生的这一切都懵懵懂懂,因为当时我只有四岁。母亲离开卡加拉后,对于我来说什么都没有改变。我有吃有喝,还有一起玩耍的小伙伴。被托付照顾我的布哈里的妻子阿米娜,待我也非常好。她觉得我所做的都是对的,就算是做错了事儿惹她生气,她抬起手要打我,想想也还是会放下,然后说:"真主啊,这只是一个傻孩子。"

她一会儿都不愿意和我分开,总是喜欢和我待在一起。每当我在外逗留时间久一点,她就会很紧张,走出房间去把我从一起玩耍的孩子那里带回来。

这天,我们大概九个孩子一起在家门前玩,然后就看到一个穿着大袍子拿着大袋子的人朝我们走来。我们都停下不玩了,呆呆地看着他向我们走近。

他走到我们面前,我们就说:"叔叔,您好!"

他说:"爸爸在家吗?"

我们中一个年长些的孩子说:"不在,他出城了,但是明天回来。"

这人就站住了,一直在一旁看我们玩,过了一会儿他就问我们的名字。我们每个人都说了自己的名字。当他听到我的名字后就一直盯着我看。我在这些孩子中是最小的。没一会儿他就对我说:"你好,乌玛尔,你现在认识我了? 你妈妈在哪儿? 爸爸呢? 我带你去找你爸爸,听到了吗?"

我说:"好的。"

我看他立即就把手伸到一个小袋子里,拿出一块烤肉和一点钱给我。你们知道小孩子就是这样的,我接过东西高兴地蹦蹦跳跳。他抓住我的手就带我走了,说是要带我去找爸爸妈妈。我手上拿着他给的钱和肉,边撕着肉吃,边跟着他走了。他就这样牵着我的手走到了郊外。我们一直走啊走,直到我走累了。看我快要哭了的样子,他就把我扛到了他的肩上,并且又给了我一些烤肉。

他扛着我从午后一直走到了黄昏。和我一起玩儿的孩子看不到我就开始哭。家里的大人听到后就打发了一个仆人来看出什么事儿了。仆人过来问他们为什么哭,他们说乌玛尔不见了。他们说他们白天玩的时候,有一个拿着大袋子的人来把我带走了,说是要带我去找爸爸妈妈。仆人听了后立即捶胸顿足,赶紧回去把这事儿告诉了家里的人。

阿米娜听说后立刻放声大哭,她说:"这下糟了。是人贩子拐走了乌玛尔。我该怎么办呢? 如果他的母亲回来后找不到他我该怎么说?"她倒在地上滚来滚去,又哭又喊,城里的人都听到了她的哭泣。于是大家把人召集起来,在夜晚到来之前,所有城里的男人都到郊外去找我了。

但是我和这个把我拐走的人并不知道所发生的一切。他看到天色晚了,就把我从肩上放下来,把我安置到一个山洞里,然后他也进来了。他从包里拿出了烤肉和糍粑递给我,还给我水喝。我们就在山洞里坐着,那时候我什么也不担心,因为我的肚子填得饱饱的。他打算让我休息会儿就带我继续赶路。

我坐着,他吃着东西,然后我就看到他突然放下手里的食物,并且突然停止了咀嚼,一动不动就好像马儿听到了什么动静。这样过了一会儿,他拿着一个木棍起身,然后跪着向外张望。不一会儿,我听到北面传来人说话的声音。他也听到了,于是从他的包里掏出符咒敲在我的头上。然后他取出刀,对我说:"你看这些人在森林里专门抓小孩儿吃。其中可能有你认识的人,但如果他叫你,你千万别答应。你如果答应,我用这把刀割断你的脖子。"他对着我亮了亮刀子。我看到刀子在月光下发着晃眼的光。我浑身颤抖,尿都被吓出来了。

这些找我的人到了我们所在的山洞附近后,有人就说:"别落下这个地方,我知道这里有一个山洞,之前我们曾在这里找到一个人贩子和被他拐走的一个小女孩儿。我们先去看看这个地方吧,如果没有我们再往前走。"他们说的我都听到了。然后这个人把刀横在我脖子上,他说如果我敢出声或者动一下,那他就宰了我。

人们没有找到我

这些人边走边说话,一直到了我们所在的洞口。然后有人叫我的名字:"乌玛尔,马考的儿子!"(阿米娜总这么叫我)他一直叫我,我听到了,但是因为害怕我没法儿回答他。他们一直叫到累了,没听到有人回应,他们也没有去洞口张望一下更别说进去了,然后就这样回家了。其他人在森林里找啊找,可是什么也没有看到,找累了也就回家了。他们边走边说,这个孩子的母亲要是听说这事儿不是气疯就是气死。

人们到家后对阿米娜说没有找到我,她于是放声大哭。周围的人都在劝她,对她说天命难违。于是她擦干泪进到屋里去。可是当她看到为我准备的吃的,还有我睡觉的地方,她就感到自己的世界一片漆黑。于是她倒在床上开始哭泣。从我走失的那一天起,她就一直内心难安,直到她在法迪卡遇到我的母亲。

狼把人贩子吃了

找我的人走后,已是夜半时分。拐走我的人听到森林里一片寂静就对我说:"休息好了吗?我们继续赶路吧。"然后他就把我架到脖子上,带着我在森林里走,直到我们看到了一间农舍。我们到那儿的时候已经是早晨了,他把我从脖子上放下来,对我说他累了,于是我们就走到农舍里去打个盹儿。他拉着我,我们进去躺下。不一会儿他就睡着了。可我一点也不想睡,因为路上他架着我走的时候已经睡过了。睡着后,他的鼾声如雷。他睡前把我放在他的身后,但是他的鼾声吓坏了我,于是我就起身躲到一个被农民遗弃在农舍里的筐里。

不一会儿,我听到屋后传来不知道什么东西的嚎叫声。原来是一匹狼。这匹狼直到早上都没有捕到任何猎物,正打算回它的洞穴,正在这时就听到了人的鼾声,并且看到了他。我们所在的这间农舍,窗户连个遮挡都没有,门也是敞着的。狼来到农舍门口就站住了,犹豫着是进去还是离开。天马上就要亮了。最后,它还是决定探身进来,并且看到了在门口的这个人。它站到他身上,嗅着他的气息。然后我就看到它咬住他的喉咙,说时迟那时快,就像剪刀剪开一片刚发芽的嫩叶那样轻易地把他的头咬了下来。

这个人都没来得及醒来这一切就已经发生了。生命逝去前总是要先经历痛苦。风轻轻吹过这个人身首分离的地方,他开始抽搐起来。狼在一边等着,等到他停止抽搐后,就叼着他的身子回到了它的洞里,剩下他的脑袋和我一起留在了农舍里。

天亮以后,我起身走了出来。走到田里一棵槐豆树下,我坐下开始玩小石子。到上午的时候我感到饿了,就哭起来,嘴里叫着:"爸爸,爸爸。"没人答应我。哭了好一会儿,我就看到有几个人向我走来,原来是田地的主人。然后我就哭得更起劲了。他们走近后看到了我,然后就问我发生了什么。那个时候我还不太会说话,所以我是像这样对他们说的:"爸爸,狼……森林里……吃了……夜里,头还在屋里。"

听我说完,其中一个女人叫道:"哎呀,他的意思是说昨天夜里,狼把他的爸爸吃了,把头留在了屋里。"

其他人说:"是真的吗?孩子,你爸爸在哪里?"

于是我指了指我们过夜的农舍,他们立即就朝那个地方走去。他们刚走到门口,就看到了墙上的血迹,就好像那儿刚宰过牛一样。

当家的来了

就这样,我看到围着我的这些女人的丈夫来了。他来的时候我们站在门边,这些女人正在不住地扼腕叹息。看他来了,她们向他讲述了所发生的一切,他也不住地叹息,然后他拿起狼留下的那个脑袋,埋到了田边。然后他看到了那人留下的衣物,就查看里面的东西。打开衣服,就看到一个大大的理发师用的口袋,里面除了一点烤肉、一些炒面和一个小的葫芦瓢之外什么也没有。然后他看见口袋里的一个小袋装着两个符咒,其中一个用豹子前额的皮包着,还用链子穿了起来。另外一个用电鳐的皮包着,并用猴子的筋缝起来。第二个符咒还用一小块布包了起来,并用人的脂肪涂抹过,上面还有婴儿的眼睛。

他仔细查看了那人留下的东西后放下心来说:"这个人不是孩子的父亲,毫无疑问他是把这个孩子拐到这儿的,因为这些东西都是人贩子才会有的。"

说完后,他就转过来问了一些我后来怎么也记不起来的问题。他说了些什么我都没仔细听,我只顾和他的几个小孩一起玩泥巴。

我再次被托付给了别人

当他看到我并没有注意听他说话后,就对他的一个妻子说:"你没有儿子,看来今天真主要赐给你一个,你就好好抚养他吧,愿真主赐福于我们!"这个妻子跪下来表示感谢,然后把我抱起来问我的名字,我告诉了她,她非常高兴。

之后他们就开始干农活,他们一直忙碌着,我们小孩子则一直在旁边玩到午后。做完农活后,他们就去到小溪边清洗身子。洗完了他们就回到我们所在的槐豆树下,坐下喝水,然后再回家。这时候我看到有人打开了一个葫芦瓢,从中拿出酸奶,拌上面,并加上水,然后分给每一个人吃。我们小孩子大人就用勺分给我们,我们用手蘸着吃得津津有味。

吃完饭,每个女人就背上自己的孩子。我的妈妈也背上我,上路回家。当家的身上挂着弓箭走在最后,他的两个弟弟则佩戴着自己的武器走在前面。孩子和妇女走在他们中间。

离开农田不一会儿,就听到森林里传来马蹄声,还有人在说:"抓住他们,今天他们谁都别想回去了!"

我们并没有留意他们说的话,只是走我们的路。尽管如此,每个人还是紧张起来,都迈开大步往前走。我们听到马蹄的声音和人说话的声音,但是却什么人都没有看到。

过了一会儿,我们看到一个骑着马穿着盔甲的武士策马向我们奔来,嘴里还说着:"今天你们谁都别想回去了。"

听到这话,当家的说:"真主的旨意,回不去的是你们。"

他立即把手放到了弓上,抽出一支毒箭搭在弓上,蹲下身等着武士。武士丝毫没有放慢速度。看到武士越来越近,当家的就把弓拉满,把箭射了出去。但箭被武士的盔甲挡了回去,他还来不及抽出另一支箭,武士就把他撞倒在地。他躺在地上奄奄一息晕了过去。

这个时候,我们每个人都傻了,只是怔怔地看着眼前的一切。不一会儿,我们看到其他七个人骑着马朝我们奔来,看到他们,我们每个人都急忙逃走。其他的女人都跑了,只剩下我的妈妈背着我,由于脚上有伤跑不动。

武士抓住了我们

把我们当家的打倒的那个武士看到这个情形就从马上下来,把背着我的妈妈拉到她的丈夫跟前,并把我们牢牢地用缰绳拴住。其他武士则继续策马去追我们的同伴。我不知道她们最后有没有被抓到,但我想应该是被抓到了,因为他们每个人还都背着孩子。

武士给我们松了绑,然后押着我们走在他的马前,朝着他家乡的方向走去。我们一直走到天亮。早上的时候,因为可怜我的妈妈,他把我从妈妈背上接过来。我们就这样走了大概三天,然后就到了卡诺。这个人原来是酋长的一个奴仆,因为生活拮据才去干这个。我们到城里的时候一幅饱受摧残惨兮兮的模样,谁都不愿多看我们一眼。

母亲失去了我的消息

我的母亲对于发生在我身上的这一切一无所知。她到法迪卡后得知她的父亲因为巫术被抓了起来,还被带到了扎扎乌。于是她就在那儿等着他回来,并打算之后再带着我去马加尔非找马考。在家乡待了两个月零十天,她的父亲终于获释回到家。审判的时候,酋长斥责那些陷害他的法迪卡人,说这个世界上根本没有所谓的巫术。然而酋长是因为外祖父许诺给他两头奶牛才这样判的。他要离开扎扎乌的时候,酋长就差一个仆从随他去把牛牵回来。到家后,我的外祖父就把牛给这个仆从,他却说:"有没有搞错,你就打算这样让我离开吗?"我的外祖父也没有争辩就把一头母牛也给了他,他这才赶着牛回家了。我的外祖父只剩下了一头小牛犊和一只毛长及地的公羊。

家里人都因为外祖父平安回来而高兴不已。很多友人上门问候他。这些人走后,我的母亲到房间问候他。进到房间后,她就开始哭泣,你们都知道女人高兴的时候也会哭。外祖父问起母亲的情况,她从头到尾一字不落地对他讲了一遍。外祖父就让她过几天回卡加拉接上我,然后去找马考。

然后她就开始做准备。准备好了,在启程回去的前一天,她去求外祖父派一个人送她回去。

外祖父说:"那就让达波送你吧。"于是他把达波叫来,让他陪我母亲回卡加拉。

傍晚,母亲拿着陶罐去位于通往卡加拉的一条商道边的一口井里汲水。她把桶扔到井里正准备打水,就远远看到几个蒙面的妇女和一个骑马的人从卡加拉的方向走过来。她立即把水桶拿出来,定定地站在那儿看着他们,直到他们走近。走到面前,她才认出骑马的人原来是布哈里。在这些女人中,她看到了阿米娜。她激动地上前抱住她,一边哭一边欢迎她的到来。她把陶罐扔到了一边,接过阿米娜的东西,和他们一起来到布哈里下榻的地方。看到他们都安顿下来,她就回家为他们准备食物。当时,她并没有注意到我不在这些人中。

回到家,母亲对外祖父讲了这件事,她说要为客人准备丰盛的饭食。于是家人立即杀了两只鸡,然后拿出米春碎后做成窝头。

晚上,母亲拿上准备好的食物到阿米娜他们的住处放下,然后又回家吃了自己的。她吃完后,想着他们也该吃完了,就到他们的住处去问问他们的情况。到那儿以后,她却看到阿米娜哭得眼睛都肿了。看到这种情景,她就静静地到一边蹲下。

过了会儿,阿米娜擦干眼泪停止了哭泣。寒暄过后,母亲就问她为什么哭。

她说:"没什么。"

母亲说:"有什么事儿你一定要告诉我。把事儿藏在心里是解决不了问题的。"

母亲于是就在心里想,是不是在她离开卡加拉后我死了。可是阿米娜什么都不说。

这时,布哈里进来问候我的母亲,却看到她们默默地坐着。他进来坐下,母亲和他寒暄了几句,就问他为什么要离开卡加拉,以及打算去哪儿。你们知道男人就是这样的,他对她说:"卡加拉一切安好,我打算去豪萨地区瞻仰谢胡.乌斯曼.丹.弗迪奥的墓地。然后我想去图雷塔看看我的几个叔叔,从那儿再去丁格雅迪看我的母亲,因为我们很久没见了。因为想要告诉你你离开卡加拉后发生的事儿,我才来到这个地方。你离开后第九天,你的孩子就被人拐走了。我们尽力去找了,却没有发现任何踪迹。当时我也不在家,我去乡下看望一个生病的朋友。回来却听到这个消息。但是我们从酋长跟前一个叫阿马度的随从那儿打听到,乌玛尔在卡诺,在酋长跟前一个叫古木祖的奴仆家里,而且听说古木祖在和一个叫阿布杜卡里姆的阿拉伯人商量,这个阿拉伯人想要收养这个孩子,然后把他带到埃及给他的妻子抚养。这就是我所能告诉你的关于乌玛尔的消息,也是我到这里的原因。现在你只能听从真主的安排,而且你得明白忍耐比什么都重要。"

我的母亲沉默了很长一段时间后说:"世人都得忍耐,要不这日子就没法儿过了。愿真主保佑我们。"

布哈里说完后就出去了,留下她和阿米娜两人聊天。她们一直聊到半夜,然后我母亲就回家了。回家后,她告诉了我的外祖父母所发生的一切,他们都说:"这是真主的旨意!"

天亮之后,母亲又来到阿米娜的住处。然后她看到她的一个弟弟飞奔而来,说家里叫她快点回去,她有客人从扎扎乌来。于是她赶快起身回到家,看到原来是伊萨,就是马考命他把家人带到马加尔非的那个人。她对他的到来表示欢迎,并给他拿来水喝。她告诉父亲这是自己丈夫的一个随从。家里人立即为他打扫了房间,她把他带到房间。他休息了一会儿就对她说:"你还记得我吧?"

她说:"我就是死也不会忘记你的。"

他于是对她说:"马考想要你赶紧带着孩子去找他。他让我们马上就走,你和我一起走"

我的母亲说:"好的"。然后她对他讲述了他们分开后所发生的一切,这些令伊萨感到非常惊讶。

他们聊完后,她就把他带到了我的外祖父母那儿,因为想要他亲口告诉他们马考的口信。伊萨告诉了他们所有的事,然后就回房躺下了。我的母亲则高兴地回到阿米娜的住处,告诉她这个欣喜的事情。这事儿令她们都非常高兴,几乎都忘了我失踪的事儿。我母亲回家前,就和阿米娜告别,因为清晨他们就要启程了。告别后我母亲就回到家里。清晨的时候,阿米娜他们一行就出发前往豪萨地区。

母亲回家后丝毫没有耽搁,就开始准备去找她的丈夫。在阿米娜他们走后的第五天,我的母亲和伊萨也出发了。他们路上很顺利,第五天就到了马加尔非。

他们到的时候马考不在家,他去看郊外的一块新田地了。伊萨把我母亲带到其他家人那儿,就回家洗澡换衣服了,然后他从家里出来去郊外找马考,告诉他平安归来的消息。马考听说后迫不及待就回家了。回到家,马考高兴地看到自己的妻子,并把她请进房间。

休息了一会儿,她精神了许多。马考就着急地问起我的情况。母亲告诉他我丢了。然后他问了她一些问题,她告诉了他所知道的一切。马考就开始感到恐惧,整个人都慌乱了。

这就是发生在我母亲身上的事儿。尽管如此,她坚信,如果上苍垂怜,只要她还活着,总有一天她会找到我。

我被卖给了阿拉伯人

古木祖抓住我们的时候,卡诺城里正好有一个来买奴隶的阿拉伯人的商队。这些商人大都会和酋长的仆从搞好关系,因为他们有搞到奴隶的路子。这些商人也不是总来,而是有固定的时间。而且他们买了奴隶要回国之前,总是会让他们的这些朋友再给他们找奴隶,并许诺还会再来。古木祖的这些阿拉伯朋友当中,有一个叫做阿布杜卡里姆的,他来自埃及。

在我和古木祖整整生活了两年后的一天,我看到一个个子高高、留着长胡子的白人来找他。我看到古木祖从座位上起身,并请他坐下,不停地说:"欢迎,欢迎你来!"寒暄过后,他就叫我去给客人倒水。我给他沏了蜂蜜水,来到他面前跪下递给他,他接过来喝了,并向我道谢。然后转向古木祖问道:"我不认识这个男孩儿,是你的儿子吗?"

古木祖说:"不是的,你听听我是怎么把他还有他的父母一起抓到的。"

他们就一直聊,我和他们一起待了好一会儿,然后客人就回家了。这个客人的家和古木祖的家离得很近。酋长在他刚来的时候就把这地方给了他,以便他每次来的时候住。每逢吃饭时间,家里人做好了饭总是让我送到他的住处。这样我们就熟悉起来了。有时候我给他送饭,他就会问我喜不喜欢他。每次我去,他都会摸摸我的头为我祝福。有时候我要回去了,他还会拿来枣和别的吃的送给我。

就这样过了差不多十六天,第十七天的时候我就看到古木祖带着他去了酋长的宫殿。去之前,阿布杜卡里姆就问古木祖能不能在他回来之前让我去他那儿帮他看着东西。古木祖把我叫来给我吩咐了这件事。我就去阿布杜卡里姆家里坐下,他们就离开了。他们从早晨出去,一直到昏礼后才回来。我坐在屋里,然后就听到有人在呻吟,还有古木祖的声音。过了一会儿,我就看到阿布杜卡里姆进了屋。我向他问好,他则对我说:"好了,你回家吧。"

从他的房间出来后,我看到一群戴着枷锁的奴隶暴晒在烈日之下。我仔细看了看他们,发现和我一起被从农田里抓到这里的我的爸爸妈妈也在里面。这时候我感到非常恐惧,于是低着头从他们跟前走过,而我的眼眶里盈满了泪水。我回到家中,有人给我吃的,虽然我饿了,可是我还是把它放到了一边,因为那些奴隶一直浮现在我的脑海中。我非常忧虑,感到生无可恋。我只想要去妈妈的房间躺下,就好像得了绝症一样。我抬起头看着房顶陷入了沉思。

正在思索中,我看到我的主人古木祖回来了。他一进屋就叫我的名字,我听到后从沉思中回过神,站起来说:"我在这儿呢。"

我朝他走去,他拉着我的手走向阿卜杜卡里姆的住处。到了阿卜杜卡里姆家里,我们看到他正在读古兰经。看到我们来了,他合上书对古木祖说:"你找到他了?"

他回答:"他原本就不像其他孩子那样到处跑。"

然后他们就开始说一些我听不太懂的话,有的我听过,而有的听起来像是方言。最后我听到古木祖说:"阿卜杜卡里姆,让我和这个孩子分开实在是令我难过,因为我从没见过像他这么有头脑这么会照顾自己的孩子。从他到我这儿后,我就没有听过谁说过他的不是。"

阿卜杜卡里姆回答说:"阿拉伯人就喜欢这样的品质,不论是谁,白人也好黄种人也好还是黑人,如果没有这种品质,就跟畜生没什么两样。因为人的智慧和才学都是从这种品质中来的。"

听到这番话,我就开始寻思:"看来阿卜杜卡里姆是真的要把我带到他的国家。"

正想着,古木祖就转过身对我说:"乌玛尔,你看阿卜杜卡里姆跟我要你,说他很喜欢你。他并不是想要你做他的奴隶,而是如果你同意,他想让你做他的儿子和他生活在一起。他没有儿子,连亲戚的儿子都没有。我已经同意你跟他走,现在就看你的意思了。"

听完后我抬起头想看看阿卜杜卡里姆的国家有多远,我在想我的妈妈在世间却不知道我在哪里。我感到世界一片漆黑,不知道什么时候眼泪就流了下来。看到我这个样子,阿卜杜卡里姆就问我是不是不喜欢他?我对他说,不是的,我只是不想离开自己的祖国。如果跟他走,不知道什么时候才能再回来。他对我说,每年只要他来,都会带上我来看看家乡的亲人。

我说:"好,我同意。"因为我不想让他们觉得我恃宠而骄。说完这番话后,古木祖就让我回家。我起身准备走,阿卜杜卡里姆拿来一块很大的花生糖递给我,还有一些特别甜的干枣。

我跪下接了过来,然后站起来把他们装到古木祖给我买的一条大大的编织的腰带里。我回到家中闷闷不乐,于是就去了我妈妈那里,在墙根蹲下,头抵着膝盖缩作一团。看到我这个样子,她大哭起来,问我到底怎么了。我把事情的经过都告诉了她,她哭着说:"没关系的,乌玛尔,你要记住万物非主,唯有安拉。"

我们就这样一直聊到古木祖进来亲口告诉她,我要和他的一个阿拉伯人朋友去埃及。

她说:"愿真主多给我们一些时间在一起。"

他说:"阿门。"

这之后的第十七天,阿卜杜卡里姆就打算要走了。因为他已经都准备好了,这次来的目的都达到了,奴隶该买的也都买了。除了奴隶之外,他还买了黑色的缠头和黑色的裙子以便路上用。准备好后,启程头一天,他就把我叫来,告诉我他已经准备好了,第二天一早就出发,让我去和朋友以及古木祖的家人告别。

我说:"好的。"回到家中,我和所有人告了别,然后把我的一块小毯子夹在腋窝里就朝他家走去,因为怕第二天迟了就准备在他那儿过夜。我在黄昏的时候找到他,他数了自己的奴隶,还有另外十个拴着的是酋长赏给他的。夜晚我就和他一起进屋,我们同榻而眠直到清晨。

离开卡诺

清晨的时候,我听到号角吹响的声音,还有人在敲战鼓。这让我很迷惑,然后我就迷迷糊糊地起来,并叫醒了阿卜杜拉卡里姆。他告诉我这是要出发的信号,表示他的其他朋友都准备好启程了。他立刻开门出去,牵过来一头白色的双峰骆驼,然后去牛圈里把像牲口一样关在里面的奴隶叫醒。

我们在一个星期六的早晨离开卡诺,那是伊斯兰历的九月三号,同时也是穆罕默德先知流亡后的整一千三百年。所有要前往埃及的人都先在城门前集中。我现在已经记不起城门的名字了。集合完毕,我们就出发了。出发之前,卡诺酋长派来了大概五十名骑手陪同我们。上路前,阿卜杜卡里姆把我叫过来并抱我坐到他的前面和他同骑一头骆驼。我们走啊走,我不知道我们要去哪儿,太阳升起来又落下去大家都没有停下来歇脚。事实上,自从离开卡诺后,我们一直到库卡城才停下来过夜休整。从库卡出来后,直到抵达一片平坦的沙地前,我们都没有停过。那里连一户人家都看不到,只有几个小茅屋。队伍在这里停下来,为在进入大沙漠前做好准备,储备饮水。我们在这儿待了两天,这期间这些阿拉伯人一直在修理调试自己的武器,还有就是把水罐都加满驮到骆驼身上。出发前,一个阿拉伯老人来到阿卜杜卡里姆跟前对他说,要让大家都准备好,因为我们将要进入的地方非常危险。这让我紧张起来,我在想我们是不是要去打仗,所以我才看到他们调试枪支和刀剑。

过了一会儿,听到战鼓敲响的声音,我们所有人就在黄昏时出发,进入到广阔的沙漠中。在这里,我感受到了大自然的神奇,对真主安拉报以无限的敬畏,我也开始相信人类是可畏的存在。

进入沙漠后,我们连一棵大树都看不到,视线所及之处除了沙还是沙。那里没有雨,更别说繁盛的花木。那里有风,但不是我们所习惯的那种风,而是夹带着沙砾的风。

见过沙漠里的风的人都不会想要在沙漠里遇到这种风。沙漠里的风简直是灾难。我的一个阿拉伯朋友跟我说,有时候驼队在沙漠里遇到风会迷路,在沙漠里越走越深。沙漠中再宽的路,一阵风后也可能不见了踪迹。进入沙漠后,我开始深深地同情这些奴隶。我看到他们弓着背在沙漠中深一脚浅一脚吃力地走着。在沙漠里行走确实是一件痛苦的事儿。

我们就这样在沙漠中走了一天又一天。从我们停下来打水的那一天起,我们就再也没见到水源。直到三天后在一座小城的路边我们看到了掩在沙地里的几口水井,这个城很有趣,这里不论大人还是孩子每个人都缠着黑色的头巾。基本上所有人都不戴帽子,而是缠着头巾。而且他们大多数还会拉下缠着的头巾蒙住自己的脸。这里的女人则个个都披着头巾,并且用它蒙住脸。我听说这些人都非常好斗易怒。在听到他们是如何急躁地说话后,我就完全同意这个观点了。

行　　商

到了这座城后,我们就在井边停下来,从井里打水喝还用井水洗澡。不一会儿,城里的男男女女就朝我们涌过来。看到这个情形,我们驼队里的商人就卸下自己的货物,把他们在卡诺买的头巾和女人的缠裙拿出来。人人都忙着做买卖,这个地方一下就热闹起来。直到太阳逐渐落下去,这些商人才把自己的货物收起来捆好。天黑的时候,战鼓再次敲响,我们就又出发了。

我们在沙漠里不停地行进,过了两个月零八天才走出这片沙漠。这天,在经历了艰辛的长途跋涉后我们抵达了位于尼罗河西岸的埃及小城贝尔库法。这里是阿卜杜卡里姆的家乡,也是后来我生活了很多年的地方。快到的时候,阿卜杜卡里姆就对我说这是他的家乡,离他的家已经很近了。又往前走了一点我们就进到了城里,这真是我有生以来从未见过的城市。路过三户人家后,我们就到了阿卜杜卡里姆的家。我们和他的奴隶就在这里住了下来,其他的人则继续前进各自回家。

这个时候,这些奴隶已经筋疲力尽。人们给他们拿来饭食,他们却累得碰都不碰一下。到家后,阿卜杜卡里姆把我带到了他的妻子跟前,然后他就出去了。奴隶们休息够了,渐渐恢复了精神,个个狼吞虎咽,风卷残云般把食物消灭得干干净净。阿卜杜卡里姆坐在奴隶们身旁,看着他们吃完,然后他进到屋,我和他的妻子正在用豪萨语聊天。由于他曾带着自己的妻子去豪萨地区经商,并且在卡诺待过三年,所以他的妻子会说豪萨语。进来后他对她讲了我的故事,并说了他的打算。听过之后她非常高兴。

就这样过了七天,我和阿卜杜卡里姆的妻子已经非常熟悉了。这天他对我说要去沿海地区把奴隶卖掉。最初他是带着八十个奴隶回来的,但在路上死了二十五个。出发前,他对他的妻子说希望把我送到邻居一个有学识的长者那里学习,他也把我叫到跟前对我说了这番话,然后他就出发了。这天早上他出发,下午他的妻子宰纳布就把我送到了谢胡·马斯乌德那里,我就是要跟着他学习。她对他说了她的丈夫交代的事儿,然后我们就一起回了家。她说从明天开始我就要去上学了。

第二天一大早,她给我穿上新的衣裤和帽子,拿给我食物。吃完早饭,她就让我去上学。我出门去了谢胡·马斯乌德家。哎呀,从那天开始,我就深深迷上了学习,求知若渴,除了吃饭我都不想回家。开始上学不久,学习就成为了我生活里不可或缺的一部分,不论到哪儿我都在学习。不到一个月,我已经开始学写字了。阿卜杜卡里姆从海边回来之前,我就已经能背诵古兰经的第一章到第十章了。

在伊斯兰历的三月七日,即饱腹节(豪萨地区的传统节日)开始前的三天,阿卜杜卡里姆就回来了。回来后,宰纳布跟他说了我的事儿,他非常高兴,还叫人宰羊施舍给穷人。从这天开始,我要什么他都立即满足我。绫罗绸缎我都穿过。

一年过去了,阿卜杜卡里姆决定回卡诺,他说为了兑现自己的诺言他会带我一起去。这令我兴奋不已,终于可以回去看看我的祖国了。一切都准备好后,有消息从苏丹传来,说穆罕默德·艾哈迈德对埃及宣称自己是救世主马赫迪,苏丹人民都效忠于他。埃及于是对他发起了战争。

得到这个消息后,阿卜杜卡里姆就说,不如我们等等吧,先看看形势的变化,因为苏丹是我们的必经之路。那时候所有人都觉得这事儿很快就会结束,然后我们就能出发了。我们就在这儿等啊等,结果消息传来说战事更加激烈了。穆罕默德.艾哈迈德取得了胜利,全国都沸腾了,埃及派出了更多的军队,但是形势已经非常危急。这样我们就更没有机会走了,只能留在埃及了。

小孩子就是这样的,渐渐地我忘记了自己的国家还有亲人,甚至我的母亲。两年后我毕业了。我在伊斯兰历的一月十九日一个星期三学完了古兰经。这一天,人们为我举办了也许穷尽我这一生也不会再见到的盛大仪式。清晨,人们宰了三头牛、两头骆驼,还有大概九只羊和火鸡。食品丰盛到难以形容。阿卜杜卡里姆从房间里拿出一件像银子一样闪闪发光的阿拉伯式样的衣服,长及脚踝的裤子,还有一顶带有白色毛球的帽子,丝绸做的长袍以及黄色的头巾。他递给我让我穿上。穿好后他就让我去学校,很多学者已经等在那里了,我要向他们展示一下我的学习成果,之后他们还要为我祝祷。到学校后我坐下,大家都满怀好奇地看着我。谢胡·马斯乌德拿来两页古兰经经文让我读给大家听。每个人都静静地竖起耳朵准备听我诵读。我流利地诵读完了两页经文,连个磕巴都没打。我读完后,所有人都齐声说感谢真主!人们为我祝祷，然后就开始分享丰盛的食物。

　　学完古兰经后没几天，阿卜杜卡里姆就给我拿来几本各类知识的书，有关于宗教的，有关于医药的。我接过来就去找谢胡·马斯乌德。我把书递给他，他接过来扔到了床上，然后拿了一本叫做阿什马维的书递给我，让我从这本开始学，因为这是第一本向人们教授宗教事务的书。我很快就学完了这本书。就这样短短几年内，我就成了贝尔库法城里仅次于谢胡·马斯乌德的学者。从这之后人们就开始称我为谢胡·乌玛尔。很多人从埃及各地来拜访我。他们见到我总会因为我是黑人而感到惊奇，然而真主确实赐予了我智慧和学识。后来，谢胡·马斯乌德去世了。毫无悬念地我就成了他的继承者，他的学生也都成为了我的学生。

母亲的寻子之路

然而,远在我的祖国,我的母亲自从得知我被拐走后就一直内心难安。独自一人的时候,她总是在心里默默地说,只要真主允许,就算是天涯海角她也要找到我。自从我们分开后,她就吃不下东西,人也因此日渐消瘦,脸总是苍白得像鬼一样。马考想了很多办法想要分散她的注意,但是一点用的没有,慢慢地他也就放弃了。

在我和她分开了大概一年后的一天,她请求马考允许她去找我。马考开始不同意,但看到她的情形越来越糟也就同意了。他给了她很多衣物和钱,于是她就出发前往卡诺了。到了卡诺后,她就打听古木祖的家,有人就把她带到了那里。她向他询问我的下落,他也毫无隐瞒地告诉了她,跟她说了我去的国家和城市,以及我所在的那户人家主人的名字。听完后她悬着的一颗心也就放下了,她赞美真主,然后就向他打听怎样才能到那个地方。

古木祖对她说:"你来得真是时候,现在正好有商队三天后要出发去那里。但是要注意这些商队分成两批,一批是去穆尔祖克的,另外一批则是去你儿子所在的那个地方。"

说完这话后的两天,我的母亲就去市场打听第二天要出发的商队在什么地方。有人给她指了要去穆尔祖克的商队的所在地。在这个商队里,有一个叫做阿多的卡诺商人。她找到商队后,就到他的跟前跪下,向他询问什么时候出发,他告诉她第二天出发,然后问她:"你也要去吗?"

她回答说:"是的,我想去找我的儿子,他在埃及一个叫做贝尔库法的地方。"

阿多听后,就开始在心里盘算骗我的母亲跟他们一起走,然后让我的母亲做他的小妾。他对她说:"好吧,没问题,你回家拿上你的东西。你能找到我真是幸运。路上你就跟着我,直到真主保佑我们平安抵达,我们要去的地方正好要经过你说的那个地方。"

母亲听后就回到住处,取来东西交到他的手上对他说:"既然真主让我遇到你,我就完全信任你。"下午她把东西交给他后,第二天一早他们就出发了。他们走啊走,晚上在小城镇里住一夜,第二天又继续赶路,这样一直到了加特。在那里他们打算待上几天做做生意。直到这时候,我的母亲还不知道阿多的诡计。其他人看到她和他在一起,都以为她是他的妻子,因为他们看到路上他对她流露出的爱意。

又要出发的前一天,阿多去市场买路上需要的干粮。我的母亲就遇到一个卡诺女人,她是一个阿拉伯人的奴隶。她们坐在一起聊天,她就向我母亲问起离家的原因,母亲告诉了她。然后她捶胸顿足地说:"真主啊!这个人骗了你。你们从出发到现在,走的不是去埃及的路。"

母亲沉默着不知道要说什么。过了一会儿她说:"天哪,我该怎么办?我们已经走了这么远,我不可能回去了。我从家里带来的钱也都花完了。"

卡诺女人说:"你听我的,别让他看出你已经识破了他的诡计。你们到了穆尔祖克之后,你就去告他。"

抵达穆尔祖克

黄昏时分,阿多从市场回来,天色黑下来后他们又出发了。他们在路上走了很多天,最后终于来到了穆尔祖克。这些阿拉伯商人都回到了各自家中,阿多原来在这里也有家,于是就带着我的母亲和他的货物回到了家中。两天后,阿多对我母亲说:"你可别觉得我不会带你去贝尔库法。我只是想先在这儿做生意,然后我们再一起回家。"

他自顾自地说,我的母亲则什么都没说,直到他说完,我的母亲还是什么都没说。看到他准备回家了她才说:"我要去法官那儿告你。"

阿多说:"行,你去吧,我倒要看看他能不能把你从我身边带走!"

然后阿多就出去了,他哪儿也没去而是径直去了法官家,并对他说:"我从豪萨地区带来一个女奴,但是我发现她的情绪很激动,她也不会跟我回去了,因为她说要到您这儿告我。"

法官说:"好,我明白了,等她来吧。"

阿多回家的时候,母亲就出门来找法官。法官问她来意,她说:"我要告一个叫做阿多的人,在卡诺的时候他答应带我去找我的儿子,但我们在路上很多天了,我却没看出他有要带我去找我儿子的意思。我在这儿举目无亲,不知道谁能帮我。"

法官问:"你的儿子在什么地方?"

她说:"在埃及的贝尔库法城。"

法官听后就明白她不是一个聪明人,于是就说:"如果是这样的话事情很简单。你就在我家住下,我给你去找能带你去那儿的人。"

到了下午,法官就差人叫来阿多,给了他一些钱后说:"好了,回家吧,事情解决了,祝你平安。"

我的母亲就这样待在法官家中,直到一个名叫艾哈迈德的来自塔拉布鲁斯的人看到她,并对法官说他想把她买走。于是他们就做了这笔交易。

法官叫来我母亲对她说:"我找到了能带你去贝尔库法的人,他会带你去找你的儿子。"母亲很是高兴,并且对他表示感谢。

第二天他们就出发了,他们走啊走,最后在一天日落时分到了塔拉布鲁斯。这个人直接回了家。天亮了后,他叫来自己的女奴对她说:"我给你找来一个同伴,以后你们就一起干活吧。"

母亲听到这话后说:"不是吧!先生,穆尔祖克的法官是让你带我去找我儿子,现在你却说我是你的奴隶?"

他说:"事情从来不是这样的,我是从穆尔祖克法官手里把你买来的。"

她说:"天哪!"她回去后不停地说:"我究竟是造了什么孽要遭这样的罪。"

她就这样在这里表现得逆来顺受,直到人们对她放松了警惕。这天她被派去市场,她就趁机去法官那儿告状。法官差人叫来了艾哈迈德。来了后她又把告他的话说了一遍。他则说:"她在说谎,我是从穆尔祖克法官手里把她买来的。"

法官说:"这样吧,你先回去。我会给穆尔祖克法官写信,等他回信了我再叫你们来。"

他们走后,法官写了信给穆尔祖克法官寄去。过了些日子,回信来了。法官就把他们叫来,对她说:"穆尔祖克法官回信了,他说你在撒谎,他把你卖给了他。这样你还是回去服侍你家主人吧。"

她对法官说:"我明白了,只有真主才能做出公正的判决。"艾哈迈德起身告辞,带着自己的女奴回家了。

回到家后,他对她说:"你既然这样,我就不能让你好过,我要把你拴起来,直到你回心转意。"他叫人抽她耳光,让她干最重的活儿,给她吃的也是有一顿没一顿。因为抑郁和苦闷,母亲瘦得都没了人形。除了干活儿就总是哭泣。

看到这个样子他在心里想:"这个女奴太坏了,只能靠打收拾她。"于是他总是打她,尽管如此,她却并不屈从。他这样折磨了她一年。然而不论受什么样的苦母亲都不在乎,她所关心的只是能不能和她的儿子在一起,这让她整天以泪洗面,甚至活儿都干不了。

她的主人对她也无计可施,只能说:"我要是忍不住,就会把她杀了,可那样我又会损失了买她的钱"。他于是放了她,尽管如此,她的内心依旧难平,她的情况也越来越差。

噩　梦

　　我在贝尔库法过得无忧无虑,渐渐忘记了家乡的一切。这天做完最后一次礼拜后我起身去做了小净,然后就跟平时一样开始诵读古兰经,然后我就感到困了。睡着后不久,我就开始做梦。梦里我在一座高山上的一个洞口边,山洞里有一只母狮和它的幼崽。之前我是和一些猎人在一起,可不一会儿我回头看却发现其他人都不见了,只有一头母狮及它的幼崽。然后我看到母狮从山洞里出来走到森林里捕猎。不一会儿,它就回到山洞。可刚进洞她就转身奔了出来,喉咙里发出焦躁的吼声,原来它的幼崽不见了。它围着山转来转去,可还是没有找到自己的幼崽。在梦里我看到了很多乱七八糟的东西。快醒的时候,我却看到母亲站在山洞口叫我的名字。

　　这时候我就惊醒了,我困惑地站起来,心中非常不安。我不停地在心中回想这个梦,很长时间都没有告诉别人。最终我还是决定去告诉阿卜杜卡里姆。我对他说:"今天我非常难过,心中总会想到母亲在找我。我还很想念我的国家,但是我觉得我永远都回不去了。"

　　阿卜杜卡里姆就对我说:"我也在考虑怎么才能够回到豪萨地区,苏丹现在已经不行了,我们之前轻视了形势,马赫迪的人在那里占了优势,我看埃及不可能重新夺回那个地方了。我本来准备要去那儿卖的货物也一直积压在这里。但昨天我听一个去塔拉布斯做生意的朋友说,从那儿可以去豪萨地区,而且是很大的一条路,比我们之前走的路还要好。所以我现在盘算着去海边坐船到塔拉布斯,再从那儿加入去豪萨地区的商队。这样,如果真主允许的话,我打算带上你,并且带你去你母亲所在的地方。但是我有一个条件,我想要你发誓如果我带上你,那么你也会跟我一起回来。如果你想跟我回去却不想再回来,那你最好现在就跟我说。我想让你知道,即使你说你去了就不回来,没关系,我也不会逼你。因为你知道我把你当作自己的儿子,所以我只想要你好。"

我仔细听阿卜杜卡里姆把话说完,然后对他说:"在这个世界上除了你我没有父亲,你抚养我长大,是你让我有了今天的声望,我为什么要离开你呢?现在虽然不乏以怨报德的人,但绝不会是我。如果我对你做这样的事儿,真主也会质问我的。"

我和阿卜杜卡里姆一直聊到早晨,然后他就让我回家,因为我的学生们已经开始来了。我回去看到家门前的树下已经聚了不少来求学的人,每人都打开书本在复习。于是我就回家洗澡,然后出来给他们讲学。讲学完毕后,我们站起来,每个人都去做小净,然后去做礼拜。做完礼拜,我告诉他们如果真主允许的话,这个月我要和阿卜杜卡里姆回家探亲。我看他们听了这话都不是很高兴,于是就问他们原因。他们说怕我回去后就不会再回来。我告诉他们这绝不可能。

在伊斯兰历的七月九日,我们准备完毕就出发了。我们坐船沿着河一直到了埃及。我们在亚历山大换乘大船。几天后就到了塔拉布斯。

下船后阿卜杜卡里姆向一个人打听这个城里是否有人经

常去豪萨地区做生意。

那人对他说:"这里没人比艾哈迈德更有名了。"于是他带我们去艾哈迈德家。艾哈迈德对我们的到来表示欢迎,安排我们住下,热情地招待我们。

休息好了,这天阿卜杜卡里姆就来向他打听去豪萨地区的路,艾哈迈德把所知道的都告诉了他。阿卜杜卡里姆说:"明天我们就出发了。"

艾哈迈德于是对他说:"我有一个豪萨女奴,是我去年从穆尔祖克买来的,但她的脾气实在太坏了,从我把她买来,她就因为想家在我这儿成事不足,败事有余,我如果再不把她打发走,我就要蒙受损失了。你是做生意的,又会他们的语言,也许你能治住她,这样我也就清净了。"

阿卜杜卡里姆说:"她在哪儿?"

艾哈迈德进屋把她叫了出来。看她出来,阿卜杜卡里姆就说:"你好!"

当她听到有人用自己的语言跟她说话,就在他面前跪了下来,伤心地哭泣。他问她:"你怎么了?你是哪里人?"

她说:"我是法蒂卡人,我的丈夫在一个叫马加尔非的城市,我们在那里分开。"

他说:"你怎么会来到这里?"

然后她就开始向他讲述她离家寻子的故事,以及如何不幸被人卖到这里。听她说完,他对她说:"你现在有什么打算?"

她说:"我就想实现我离家时的愿望,找到我的儿子,然后就死而无憾了。"

他听了后对这个女人的执着和倔强感到震惊,于是说:"你知道你儿子在什么地方吗?"

她说:"是的,因为我听说有人把他带到了埃及一个叫做贝尔库法的地方。"

他说:"贝尔库法!他家主人叫什么?"

她说:"叫阿卜杜卡里姆。"

他说:"阿卜杜卡里姆!你儿子又叫什么?"

她说:"乌玛尔。"

听到这话,他说:"伟大的真主啊!你该高兴,真主眷顾你,你所遭受的苦难已经到头了。"

然后他转身对艾哈迈德说:"我要给你多少钱才能赎她?"

他说:"你看着给吧。"

他去拿了钱给他,然后把我叫过来对她说:"这就是你要找的人。我就是阿卜杜卡里姆。"

母子团圆

她看了看我说:"乌玛尔,是你吗?"然后就开始放声大哭。

我只是愣愣地站着,然后感到身体有些发凉。我问阿卜杜卡里姆:"她是谁?她为什么哭?"

母亲说:"我是你的母亲,这些年一直在找你,今天真主终于让我们团聚了。"她突然抱住了我,我则一句话都讲不出来。

然后阿卜杜卡里姆说:"我们回住处吧。"路上她渐渐平静下来,给我讲述了发生在她身上的一切,我也对她讲了我的故事。

然后我说:"现在我要带你回家,如果真主允许的话。"

母亲说:"哎,我身体越来越差。我知道我已经回不去了,但能见到你我就已经心满意足了。愿真主保佑你平安回家,这样你就能见到其他家人了。"

我说:"你别这样说,真主会让你好起来的。"

其实,因为所遭受的苦难,她的精力已经耗尽,又因为见到我太过激动,从这之后她就再没有起来过。真主保佑让我们有幸再见,但没过几天她就去世了。我们给她换上了寿衣,头七过后我们就离开了这里。我失魂落魄地走着,脑海中一幕幕回放着发生在我身上的一切。过了一天又一天,我们最终平安抵达了穆尔祖克。

在穆尔祖克住下后,我们找不到来往的商队,于是在这儿待了几个月,直到我们找到商队才出发。

继续前行

从穆尔祖克出发后,我们又走了三个月,然后就来到一个叫穆贺塔德的小村庄。到这儿以后,我们就找人问路。但我们所问的人都说路不好走,这一路不是打劫的就是部族间的冲突。于是队伍里的头人们就聚到一起商量对策。这时,他们之间起了分歧,有人说要回去,有人说要继续。哎,我从中看出了人对财富的向往。他们所有人其实最关心的还是如何从中获益。

主张继续前进的人最终占了上风,于是大家都同意了,然后大家决定晚上就出发。

晚饭后,鼓声再次响起,我们就出发了。由于担心战事,我们改变了路线,决定横穿沙漠。然而这个决定却让我们后来蒙受了巨大的损失。我们夜里从穆贺塔德出发后一路上一个人都没见到,什么动静也听不到,天亮的时候,我们来到了几座沙丘附近。走到沙丘跟前太阳出来了,首领就让大家休息,等到凉快一点再出发。我们就驻扎下来,把鞍子从骆驼身上卸下。喝了水吃了饭之后我们就躺下了,我们在这儿休整,有的人出去走走,有的人在睡觉,有的人在读古兰经,还有的人在聊天,每个人都在干自己的事儿,直至日升中天。

正当每个人干着自己的事情时,突然听到那些出去走走的人的惊叫声传来,我们看到他们远远地像羊群般跑过来。东边升起一团漆黑的风暴一般的东西,从地上一直升到天上,并朝我们的方向移动。我一点都不知道是什么东西,只看到其他人都开始哭叫着收拾自己的东西。我只是站着看,不清楚是什么状况。不一会儿,我抬头,就看到前面好像要下暴雨了。其实不是暴雨,是大风,大风卷着沙尘。风刮到我们所在的地方,立即一片昏天黑地,我什么都看不见,更不用说我的同伴了。我非常担心,却又不知所措。

唯一的幸存者

过了很长时间,风才渐渐弱了下来。当我的眼睛能睁开的时候,我看到只有我一个人在这片旷野里。我们刚才休息的沙丘也踪迹全无。我的心中充满了恐惧,心想也许这就是我的结局吧。然后我想起我的父亲和其他和我们一起来的人,我猜想他们可能是被沙暴给埋了。我到处奔走呼唤他们,可是一点回应或动静都没有。筋疲力尽后,我只能坐下放声大哭。天黑了下来,我就这样过了一夜,一夜没有合眼。

天亮以后,我又起来四处查看,想找到哪怕一个幸存者,可是一点迹象都没有。我漫无目的地走着,这样一直过了三天,我水壶了仅有的一点水也喝完了。口渴难耐,却又烈日当头,连躲荫凉的地方都找不到。我站都站不住了更别说走。于是我就躺下来,等着死神的来临。

第四天大约傍晚的时候,躺着躺着我突然听到了骆驼的叫声,我抬起头,远远看到一头骆驼驮着东西正朝我走来。我说:"万能的真主啊!"我目不转睛地看着它走近,它嗅了嗅我,站住了。我仔细看了看它,原来是我的骆驼。然后就看到它在我面前跪了下来,我朝它挪过去,拿下水壶,痛快地喝了起来。精神恢复了一些后,我又吃了点东西,并向真主致以诚挚的谢意。我就在这儿和骆驼一起过了一夜。

天亮后我感到体力恢复了,就收拾好东西骑上骆驼,骆驼站了起来。我正在考虑要去哪儿,就看到骆驼自顾自走了起来,于是我也就任由它走。走啊走,这一天我远远看到了一些枣树。走近了我才看到原来是一座很大的城市。骆驼一直把我带到一口井边,然后就站住了。我从骆驼背上下来,从井里打水给它喝,我自己则来到一棵树下,在一些商队的旁边坐下。他们正在聊天,我听他们说下周的这个时候,如果真主允许的话,他们就将抵达博尔诺国的库卡城。他们聊着,我在心里感到很高兴,我终于找到要去我的国家的人了。

我们坐在树下正聊得欢,突然听到城里传来吼叫声。立刻就看到人们从城里往外跑。不一会儿,就看到城里乱开了,大火吞没了房屋。我们坐着并不知道发生了什么,只是直觉告诉我们不是什么好事儿。我们全部站了起来,人人都开始准备逃离这个地方。我们骑上自己的骆驼,站到自己的货物上面。刚准备好,就看到一些全副武装的战士。然后我们四散而逃。大多数人逃往他们来时的方向,也就是逃进了沙漠。我则是骑着骆驼迎着这些战士跑去,并且和他们擦身而过。我跑啊跑,最后来到一座满是面包树的城市。我找到一户人家,从骆驼背上下来,感到自己魂不附体。

这家的主人出来,问我:"你这是从哪儿来?"

我对他说:"我们被一些战士从一座城里驱逐了出来。"

他说:"他们是拉贝人,自从法兰赛人抓住他们的首领并杀了他,他们就四处逃散开了。"

来到劳塔

因为我的骆驼病了,所以到那儿以后我没有再走。过了六天,它就死了。又过了两天,我出发步行前往我的国家。走了一天又一天,我就到了你们的这座城市劳塔。到这儿后我听说马考去世了。我也没有其他的亲人,于是就在这儿住下来讲学。这就是我为什么会到你们的国家来的原因。

感谢真主。我祈求真主宽恕我们过去及将来的罪恶。愿真主保佑我们远离世间的险恶,阿门。

(雷霞 译 程汝祥 审)

提问者的眼睛

穆罕默德·瓜尔佐(Muhammadu Gwarzo)

序　言

　　提问者的眼睛是一篇用豪萨语书写的文章,作者希望读者能够通过阅读此文,加深对这门语言的了解。穆罕默德·瓜尔佐先生创作并出版了这篇文章,我们对故事的结尾进行了补充。

扎里亚翻译局

1934 年

伊多·玛坦巴依是一名勤于思考、有容忍精神的人,他有着美丽漂亮的大眼睛和长长的脖子。由于真主的眷顾,他得到了别人没有得到的幸运。但是真主就是这样,在给予人们优点的同时,也会赋予每个人身上的缺点。这些缺点,只有在人们去世以后,才能被发现。伊多平时很胆小,跑得像兔子一样快,可是当他遇到了道科和夸谢这两兄弟时,他才变得强大起来。

在成长的过程中,伊多在家里养成了小偷小摸的习惯,慢慢地,他开始去邻居家偷东西,由于邻居们都不好意思向他的父亲提起这件事,渐渐地也就没有人去理睬他。

直到有一天,伊多的爸爸听说了这件事情。于是他让其他的孩子们把他叫过来。当伊多过来的时候,爸爸说:"你真是该打。你现在就离开这个家吧,你走吧,不要改天做出什么事情,让我更难受。"

听了这一番话后,伊多把原来想说的话收了回去,他站起来,什么也没说,就去了医生那。他说:"我听说您了解我和我父亲之间的关系,我希望您能帮助我,给我一些有助治疗心理疾病的药。"

医生说:"你这个孩子,这么好,只要不超出我能力的范围,不论你说什么,我都会帮助你。没问题,你过来吧!"

他们来到了一个狭窄的储物室。医生说:"你坐这里吧,我去去就来。"

伊多坐下了以后,医生就出去了,留下了他自己在这里静静地等待。医生走了没多久,伊多就发现这间屋子变得一片黑暗,宛若深夜一般。没过一会,突然他听到了房间角落里好像有什么东西打碎了,还来不及发现声音是从哪里传出来,所以也就更谈不上害怕了。伊多循着声音走了过去,原来好像是一块大石头从上面掉了下来。而此刻的房间里静静地,鸦雀无声。伊多的身体开始发抖,慢慢地他也开始害怕了。可渐渐地,他发现整个屋子好像亮了起来,房间里充斥着香水的味道。伊多看了看这,又看了看那,他寻着刚才石头落下的地方望了望,发现石头已经不见了。正在他疑惑地时候,医生出现了,他说:"好吧,我回来了。"

"欢迎你回来,医生,不过这个房间太可怕了,你知道吗?你走了之后我看见了什么,听见了什么吗?"

医生说:"好了,我想问问你,看了之后,你做了什么,说了什么?"

"我什么都没说,我就静静地看着。"

医生说:"世界上没有治疗害怕的药,如果你想干什么,不要因为困难或者害怕,就提前放弃。你要按照自己的想法,选择的道路去做,相信你就不会害怕了。"

伊多说:"好吧,医生。谢谢您,再见。"

"不客气。"

伊多从医生的家里出来以后,直接来到了市场,他走到了草席旁的摆摊处,悠闲地逛着,让人感觉好像是要买做饭用的杵。突然,他抓起一把硬币就跑了,大家一边追,一边喊:"回来,你给我回来。"而伊多一溜烟就跑到了人群中,让大家抓不到他,还大声地说:"你过来呀,你过来呀。"跑了一会,他找到了一块空地,就不跑了,于是又开始重复地去另一户的商家去闹事,他经常这样做,就连长者们都拿他没有办法,大家只好对他不理不睬。

一天,伊多离开了城里,来到一个村子住下了,去市场买了吃的喝的,酒足饭饱以后,他就来到一个茅草房呼呼大睡。第二天天一亮,起来后,伊多又是一顿胡吃海喝,然后又开始闲逛,直到天渐渐地热了起来。他发现在不远处,有一颗大树下有一大片荫凉,于是他在树阴底下坐了下来,开始乘凉。可他万万没有想到,这条路上竟然有劫匪,而且太阳也渐渐下山了。他坐着坐着,突然一支箭就射到了他的面前,他东南西北四处望了一下,谁也没看到,他抬头一看,发现两个人正在一棵大树的树枝上坐着,他们每个人都跨着弓箭。于是伊多朝他们微笑着说:"原来是你们想要射杀我啊?如果你们想要钱,那就下来吧,我给你们。"

听到了这番话,两个人从树上跳了下来。他们一下来,伊多朝其中一个人的肚子上就是一拳,他一下子就躺在了地上,晕了过去。而另一个人看到了这种情形,马上拔箭就射,箭不偏不倚,正好射在了伊多的腿上,还好那箭没毒,于是伊多奋力用手一拔。劫匪一看伊多这么勇猛,于是说:"你过来追我啊!"然后便开始撒腿就跑。伊多紧追不舍,直到把这个劫匪都跑累了,站在了那里。劫匪一边停下来,一边说:"你饶了我把,别杀了我,我想要去看看躺在那边的那个兄弟。"

伊多答应了他的请求,他们开始往回走。

那个被留在那边的劫匪没过一会就醒了过来,他四处看了看,直到正午之前,都没有人来。刚过了正午,他就远远望见有两个人朝他走了过来。虽然两个人已经离他很近了,可是他还没看出来这两个人就是他的同伙和伊多。直到他们走到了眼前,他说:"天啊,道科,你是回来和我分东西了吗?"

"对啊,我们回来了,夸谢。"

听说了他们俩的名字,道科和夸谢,伊多心里想:天啊,我还是先别杀了他们俩,听一听他们的名字为什么和一般人的名字不一样。于是伊多说:"我要回城里,在那边我留了很多钱。"当一听谈到了钱,哥俩希望和伊多一同前往。

于是道科问:"我们怎么办?你要杀了我们,还是留下我们?"

伊多思索了片刻,什么也没说。过了一会他说:"我先不杀你们,但是你们要告诉我,为什么你们的名字和其他人的名字不一样?"他抬了头说:"喂,夸谢,为什么你要取这个名字。"

夸谢摇了摇身子说:"之所以取名叫夸谢,也没有什么特别的,就是因为我看见别人带什么我都去抢,抢过来就带着东西跑呗。"(因为夸谢在豪萨语中的意思是抢。)

伊多大笑说:"好了,我知道了,那你呢,道科?"

道科抿了抿嘴说:"我之所以叫道科是因为无论大家带着什么东西,我都要夺过来,不管是直接夺,还是使用计策。"(因为道科在豪萨语中的意思为夺。)

伊多安静了片刻,心里盘算着:真主赐给了我这两个帮手,来帮我偷东西,这样我就可以大敛钱财了。等哪天,要是这两个人没什么用了,我再把他们杀了吧!

于是他开始对他们两个说:"你们也看见我了,我的名字叫伊多·玛坦巴侬,在这世上也没什么家业。我和你们两个一样,也是个小偷,所以我决定不杀你们了,但是我想你们和我合伙,咱们一起偷,怎么样?"

他们俩赶快齐声回答:"谢谢!谢谢!真主保佑我们一起发大财,我们有福同享,有难同当。现在就去我们家看看吧,而且现在天也快黑了。"

于是他们就开始上路了,夸谢走在前面,伊多在中间,而道科跟在最后。他们在夜路中行走,他们穿过了水坝,走过了红土,三个人径直地向前走,彼此什么都不说。伊多还在想着自己的钱,直到他们他们来到了两块大石头之间的家。大家才刚到,夸谢就进来了,他对伊多说:"请。"伊多走进了房间,道科紧紧地跟在他们身后。

一进屋,伊多就发现了房间里很舒适,有一间屋子还紧靠着大山,屋子的里面还有一个山洞,兄弟俩把偷来的东西都放在了里面。夸谢对他说:"您看呐!"他用手指了一下屋子里的一边。原来已经备好了烤鱼、烤肉,还有各种美味。而屋子的另一边,则明晃晃地摆放着各式各样的弓箭、长矛、宝剑、刀具,发着亮光。当伊多看了这些后,他心想,今天我算是知道这些小偷的厉害了。我要是早认识他们,早就应该把他们给解决了。现在赚钱的机会也没了,又被他们带到了这儿,我还是算了吧。要是这么就没钱、没地位地死去了,我就白在这世上走一回了。

过了一会,他们来到了房间中间的一块空地,大家点起了灯,坐了下来。刚一坐下,道科就问:"我现在伤口这边有点疼,你们那,都怎么样了?"

伊多本来刚想回答,可是为了不让两个人想起之前打仗的事,伤了和气,于是他话锋一转问:"你们这个家叫什么名字啊?"他有意避开受伤的问题,尽管他的伤口也很疼。

夸谢说:"这个房子叫'过来分',意思是任何一个进到这个屋子的东西,不管是不是偷来的,我们都必须平分。"

午夜时分,突然道科起来了,好像要去厕所。紧接着,他又拿来了烤肉,大家又一顿吃喝。吃饱后,他又拿来了香烟,大家边抽边聊了许久。过了一会,大家准备躺下了。道科拿来了被子和枕头给了伊多,他们躺下准备睡觉。

天一亮,伊多就发现这个房子基本看不到阳光。起床后,他们洗了洗脸,继续坐在一起聊天。十点左右,天开始渐渐热了起来,道科拿来了蛋糕和小点心和大家一起分享。正午时分,夸谢说:"我们今天一起要做点什么?我们三个人去找个人多的地方吧,看看今天真主会给我们安排?"

夸谢的话一出,好一会,没有人回应他。过了一会,伊多说:"没有什么你们觉得我们比较适合干的事情吗?"

夸谢说:"就按我刚才说的做吧。"

于是夸谢和伊多相互一合计,两个人就决定去人多的地方去碰碰运气。而道科呢,则先在家里呆到中午,然后去离家比较近的卡菲镇去买点晚上吃的东西,而且在卡菲镇那边还可以瞧瞧,说不定能够遇上一个有钱人家,可以在晚上的时候下手抢一下。于是三人一拍即合,马上按这个方案去办。

伊多和夸谢磨了磨刀,他们背上了弓箭好像弓箭手一样,两人匆匆地离去了,他们来到了一条大路旁边的小溪。夸谢说:"我们就在这里下手吧。他指向了河边的一个位置。"

伊多奇怪地问:"为什么在这?"

夸谢回答道:"你别打断我,这样会坏了我的好事。我们打劫快一年了,没有哪天我们是空手而归的。我们一直在这边,只要我们和行人说,让他们快点给我们掏钱,他们肯定会吓得浑身发抖。所以,伊多,这边是我的福地。"

伊多说:"真主保佑!就算我们不在福地,我们也能从别人的手里面抢来东西,无论是在任何情况下,抢谁都可以!"

夸谢有些不耐烦地说:"好了,伊多,你别这么说了!只要说真主保佑,就够了。"

他们来到了选中的位置,蹲在了一处大树丛的后面。每个人都张好了弓,放上了箭。等了一会,他们发现这条路连狗都没见到,就更别说是人了。夸谢说:"今天我们算是倒了霉了,原来这边总是人来人往。"

伊多问:"什么样的人啊?"

夸谢说:"别提了,今天我们算碰不上了,你没看见过那种身上背着货物或大包的人吗?"

伊多说:"好,再等等,我们就这么做,有人以来,我就跳出来告诉他们留下过路费。他们要是不给,我就设点陷阱给他们看看。如果我实在招架不住了,你再出来帮我。"

夸谢说:"好,就这么办。我今天也要抢点东西。"

他们刚讨论完,突然他们听见"哎哟!"一声。伊多问:"他们还没看见我,怎么就开始叫了,这些人有点可怕。"

夸谢大笑着说:"嗨,不是在对我们说,你瞧瞧,是他们的行李掉了!"

伊多跳出来一看,就发现有一群人背着东西的人站在那。

这群人里面的一个人说:"我听说这片林子里面有劫匪。"

他们还没到之前,伊多就把脸扭在了一起,睁大了眼睛,想要吓唬他们一下。他们刚一到,伊多就说:"喂,赶快留下过路费,不然今天你们就都得死在这,听明白没有?"

他们开始集体默不作声,每个人的身体都在发抖,于是其中一个胆小鬼开始说:"听明白了。但是我们得给您多少钱?"

夸谢躲在一旁目睹了整个过程,但是这些人却不知道他的存在。

伊多说:"这样吧,把你们所有的袋子都放下,就可以走了。"

大家说:"好。"

于是大家开始纷纷卸下背着的行李,赶着毛驴陆续离开,突然有一个倔强的人说:"实话告诉你,我是不会留下我的东西的。"

于是他的同伴说:"这是东西,又不是你的命,你觉得东西比你的命都值钱吗?如果是,你就在这和他较量一下吧,我们明天或者改天再上路。"说完了,大家就陆续离开,把他自己留在了那边。

听完了这个人的回答,伊多马上开始朝那个人的肚子上射箭,可是奇怪的是,箭射到了他的肚子上,却突然掉了下来。于是伊多后退了几步,又射了一箭。难道这个人是刀枪不入,箭都是在他的身前就掉了下来。伊多感到非常奇怪,于是他抓起大刀,朝他砍去,可是刀竟然都碎了。夸谢就在那静静地看着他们,什么都没说。

那个人对伊多说:"你还有什么武器,赶快都使出来吧。"

伊多听他这么一说更生气了,他觉得这个人肯定有神力。于是他抓起这个人,就想把他摔倒。可当伊多马上就要把这个人摔倒的时候,他马上一跃而起;而当这个人马上就把伊多摔倒的时候,伊多也跳了起来。突然这个人逮住了机会,把伊多举了起来,狠狠地往地上一摔。正在这时,夸谢马上跳了出来,上去就扇了他好几记耳光,瞬间那个人开始头晕目眩,仔细看了看夸谢,可是身体还是不听使唤地倒下了。这时候伊多爬了起来,他们拿起了他的行李,对这个人说:"快滚,今天看你这么有种的份儿上,饶你一命。但是要是改天,如果你再落到别的劫匪手上,可就不是这个下场了。"于是那个人赶快爬了起来,径直逃跑了。

那个人走远了之后,夸谢说:"我现在别的不愁,关键是家里已经放不下刚才我们抢来的这些东西了。而且这些东西太多了,咱们俩也抬不回去啊?我们现在要怎么办?"

伊多说:"这是什么难事?我们找个有树洞的地方,我们把东西都藏在里面,等改天我们有时间,我们再来把他们运回去吧。"

夸谢说:"好,咱们就这么干吧。"

两人商量好之后,于是开始在森林里找来找去,希望能找到一个可以藏东西的树洞。谢天谢地,突然他们找到了一个隐蔽的地方。于是他们开始回头把东西搬过来。可是直到这时,两人还是没有打开看看,这行李里面到底装的是什么东西。直到东西都运来之后,于是哥俩才开始打开包裹,看看这行李里面的东西。他们发现一包里除了衣服,什么都没有;而另一包里,也只有一些硬币,二十镑,五个库布和一个先令。

当看到这些钱时,夸谢说:"嗨,我们找这地方也太穷了。咱现在就带着这些钱走吧,剩下的东西就放在这把,明天叫上道科,咱们三再回来取吧。"

伊多说:"好的,听你的,不过谁知道明天真主又能让我们碰上什么人呢?说不定明天的比这个多。"

夸谢说:"这谁也不好说,只有真主知道了。"

傍晚前,两个人带着钱就回家了,一回到家,他们家发现门关着。伊多奇怪地问:"怎么回事,道科还没回来吗?他还好吧?"

夸谢说:"嗨,没事,一会你就看见他了。不过话说回来,我们在一起这么长时间了,他从来没这么晚回来过。"

他们打开门,进了房间,继续等待着道科的归来。可直到午夜,道科还没回来,伊多问:"道科今天怎么了?难道被谁抓住了?"

夸谢说:"怎么可能,伊多,他去进城买点东西,怎么可能被人抓住。再说了,你要这么想,他今天是带钱出去的,难不成有人看见了,还想要跟他分?你到现在还不了解道科。"伊多听了这番话之后,稍微觉得好了一些。

两人等累了,躺下睡着了,道科还是没有回来。就在两个人熟睡之时,道科回来了。刚一进门,就发现两个兄弟已经睡着了。他进门没一会,伊多就猛地起来后,说着梦话:"你是谁?"

"是我啊。"

"你是谁?"

"我就是我啊。"

夸谢听见了两个人的对话,他说:"怎么回事,伊多,你推一下看看,是不是有人骗我们。"

道科一看,如果还不告诉他们是谁的话,这俩人真有可能杀了他,于是他说:"是我,我是道科。"

他们问:"道科,欢迎你回来。怎么今天这么晚才回来?"

道科说:"嗨,别提了,今天运气不好,就是因为太贪,惹了太多麻烦。"

两个兄弟赶快着急地问:"赶快告诉我们,给我们买什么吃的了?"

"买了,可是也不太多,我给你们买了点肉串。"

于是几个人坐下了,开始吃肉串和家里剩的食物,酒足饭饱后,发现天已经亮了。伊多和夸谢开始询问道科前一天事情的始末?他们说:"好了,道科,昨天怎么了,那么晚才回来。"

道科说:"别提了,我从出生到现在,从来没受过像昨天的苦。昨天你们刚走没一会,我也出去了,到了卡菲城,我就在里面逛逛,想要找一户有钱人家,进去打劫。于是我从早上走到了中午,一直走到了下午,就发现了一户人家。四处看了一圈,也没发现能进去打劫的方法。高高的城墙上插满了灌木尖,谁也别想从上面翻过去。城门是用铁铸成的,听说这间房子里面住的不是当官的,而是一个有钱人,他的名字叫穆萨。"

当时道科还在门口的时候,一个人从门前走过时,他正盘算着进门的方法。于是他叫住了那个人说:"喂,您好,能帮忙打听个事吗?"

"什么事?"

"这是本地酋长的家吗?"

"不是,这是特别有钱的一户商人家。"

"噢,原来如此,他是做什么生意的?"

"他家在西边有柯拉果园,而且经常把皮革和花生卖给欧洲公司。听说他还经常买牛,然后运到拉各斯去卖呢!"

"他是本地人吗?"

"我也不知道,没骗你,确实是我也不知道。因为我也不是本地人,昨天才刚过来找活的。"

"噢,这么回事啊。"

于是道科想赶快甩开他,尽量不要让他觉察到什么。道科说:"那得了。"

可谁知他又问道科:"你为什么这么关心这家人啊?"

"也没什么,我正在找镇长家呢,因为我要去那边住!"

"那走吧,我带你去镇长家里吧。"

为了不让他识破我,于是道科赶紧说:"不用了,谢谢,你给我指一下路就好了。"

那人给道科指完了路,于是他们开始告别。

道科心想,感谢真主,总算是摸清了这家人的底细。

夸谢和伊多说:"好,那改天我们就去他们家把财宝抢过来。"

道科继续说:"你们先好好听着。当我和那个人告别后,太阳就快要落山了,我就去了市场,想要买点晚上吃的食物。进去之后,我就来到了卖羊肉串的地方,先花了几先令买了点肉串。卖羊肉串的拿纸一包,就递给了我、就在我从他手里接过来的时候,一个人从我身边走了过来,袍子上面的口袋上漏了个洞,我想这个洞可帮了我大忙。于是他走到哪,我就跟到哪,直到来到了人群密集的地方,我来到他的一侧好像要路过一样,我推了他一下,然后把手伸进了他的口袋里,我拿了钱包就走了。还不错里面有现金,可就在我数里面现金的时候,有人在大喊:'小偷,小偷。'整个市场里面的人都看着我。在这种情况下,我只能逃跑了。于是我赶快弯下腰就开始逃,市场里所有的人愤怒地看着我,我把钱紧紧地攥在手里。"

听到了这,伊多也回想起了他在市场时的情景。于是他就笑着说:"我们同病相怜啊,前几天我也是这样,但是后来谁也没抓到我,我还是逃了。"

道科于是继续说:"我不停地跑,直到跑累了,我坐在城外边休息了一下。我就把钱包放在我的身边,过了一会,我又起来继续跑,直到快逃到了家,可是我却突然想起来,我把钱包忘在了刚才休息的地方。于是我又开始飞快地向回跑,跑到了那边之后,却发现钱包已经不见了,紧接着我就开始不停地找,直到找累了,只能回家了。"

道科叙述完了自己的遭遇,两个兄弟安慰说:"没事,既然真主已经让你成功地逃回来了,还让你知道了那个有钱人的家,我们可以改天去他们家抢点东西。再说了,人又不是每天都走运。"

"是啊,也对。"

当大家谈论到这时,伊多心理一直在盘算着怎么去穆萨家里偷东西。他反复地在脑袋里面构思相关细节。

道科说:"你们怎么样啊?昨天你们抢到什么了?"

他们说:"别提了,我们昨天也白祷告了。"

于是他们也开始跟道科分享他们的经历,还给他展示了他们抢来的钱和一些财物。

道科一看到钱就开心地笑了起来,可当他们告诉他,他们把抢来的部分行李放在了森林里时,道科的笑脸就渐渐地收紧,变得紧张起来,他担心有人会过去把东西拿走,于是他问:"你们为什么要把东西留在那边,那个位置在哪里?"

夸谢说:"你也知道我们家里没地方放这些东西了。所以我们找了一个没人能找到的地方,我们把东西藏了起来。"

当道科听说他们把东西放在了一个比较安全的地方,于是他开始稍微放心了。

于是他们又聊了一会,伊多对他们俩说:"嗨,我们今天就这样了吗,不出去抢点什么吗?"

他们说:"咱今天不去了,明儿再去吧,今天可以休息一下,我们吃点饭睡觉吧。多睡一会儿,还可以磨磨刀和钝钝剑,我们还可以准备一些毒箭。"

于是直到日落,他们什么都没做,都在精心地准备武器。到了晚上的时候,他们开始出去转转,他们射中了小鹿,开始用鹿肉做饭,吃饱喝足后,他们开始回头躺着。第二天天一亮,他们起床后,开始洗脸,穿衣服,整装待发。

道科问:"你们这是要去哪里抢劫啊,夸谢?"

夸谢说:"我们去那个大树旁,离我们经常去打猎的地方很近,你想起来了吗?"

道科回答道:"我想起来了,你们在那边留的东西不多吧?那边离我们经常打猎的地方不远嘛?"

夸谢说:"对,就是那边。"

道科说:"我想咱们还是现在就去看看吧,到时候怎么运这些东西。我觉得反正不能把他们扔在森林里。"

伊多说:"我觉得也是这样,我们总不可能把东西扔在森林里面!而且现在弄点钱财多难!万一有人比我们先去,把那些东西抢走,咱们怎么办?"

虽然夸谢了解弟兄们的心情,希望早点把这些钱敛到身边,可是家里确实没地方放东西。于是他解释道:"伊多,你也看见了,咱家真没地方放那些东西,道科之所以这么说,因为他也没看见这些东西。"

道科说:"哼,别管我们有多少东西,我们也都得想想办法把东西拿到离我们更近的地方,而不是把它放在那边,你们怎么觉得?"

伊多说:"要不我们现在那边挖一个深一点的坑。"他顺手指向屋子后面的一个地方,我们把上面盖住,把下面踩实,然后在把东西放进去。

夸谢想了想说:"可以,不过虫子会不会把东西给咬碎了?"

道科说:"夸谢,你总是这样,虫子能咬坏吗?再说就算咬坏了,也总比放在那么远的地方不见了要好啊!"

伊多回应说:"对,是这个道理。"

当夸谢发现两个兄弟已经合计好了,于是他也只能顺着他们的心意,尽管他内心并不想这么去做。伊多让他们拿上了锄头等工具,于是三兄弟一直挖了三天,才挖好了洞。完成之后,他们又像伊多建议的一样,用东西把上面盖好,在把深坑的下面踩实。

第二天一早,他们就开始上路了,三兄弟来到了之前藏东西的地方。他们一到就惊讶地发现,除了一件行李,其余的东西都不见了。他们找了又找,终于发现了人的脚印和拉货物时留下的印记。伊多奇怪地说:"怎么回事,今天活见鬼了。难道世界上还有另一个人知道我们把东西放在这边了吗?然后还过来把东西拿走了。"

三个人一边在那边站着,一边奇怪。由于夸谢这么一来,什么都没有了,于是他一边一个人在那边生着闷气,一边愤愤地说:"今儿就这么办,你们把东西都带回家,我要跟着脚印去看看,到底谁拿走了东西?"

剩下的两兄弟沉默了片刻,伊多说:"我觉得不妥,因为我们也不知道到底是谁把我们的东西带走了,而且也不知道他们是干什么的。我觉得可以肯定的是,拿走我们东西的人,一定有很多。你还是不要轻举妄动,别被他们抓住。你说对不对,道科?"

道科说:"对,我觉得你说的有道理,肯定不止一个人把东西拿走了,再说那天要不是你们两个人,可能那个人就把你给杀了。因此,你还是别去了,夸谢,我们等以后再说吧,你再忍一忍。"

夸谢说:"好吧,那就算了。"

当他们回家之后,打开行李一看,发现里面除了努佩人的大衣什么都没有。

第二天天亮以后,夸谢说:"我们今天去抢穆萨的家吧,但是我们怎么才能找到他?"

道科说:"我现在就担心一件事,不知道要不要和你们去一起去他们家,万一那天在市场上的人认出了我,把我抓起来了,我们怎么办?"

伊多说:"嗨,这事难吗?不如我们这样,我们穿得体面点,好像是商人去那边买东西。道科你就走在前面,我们两跟在你后面。你用裹头布把脸都包上,就露出两只眼睛。至于武器嘛?我看就我们就各自带自己的吧,留一个人在城外接应,怎么样?道科走在前面,踏着步慢慢走,这样卡菲城里的人肯定都会觉得你是王公贵族的。"

大家都同意伊多的这个办法,于是他们选了三把锋利的砍刀和一把小弯刀。道科带上了黑色的裹头布,把整张脸都给裹上了,只留下了眼睛。而另外两个兄弟,他们也都穿上了衣服,准备出发。

走着走着,道科就说:"真主让我们赶快找到那个人家。"

另外两个兄弟附和说:"阿门。"

他们一直走到了卡菲,道科在城门外,指着一个地方说:"我们在这歇一会,我们把东西放在这边,留一个人在这边把守。另外一个人和我一起进去吧。谁要跟我进去?谁坐在这候着?"

伊多说:"我们一起进去吧,让夸谢在这里等我们回来吧。"

夸谢说:"好吧。"于是他开始拿出之前准备的大刀,又拿出了一条方巾,把它们系在一起。为了不让别人看见,于是他直接坐在了上面。

道科说:"好吧,伊多,咱们走吧。夸谢,等我们回来。"

"愿你们平安回来。"

"阿门。"

于是伊多和道科走进了卡菲城。道科在前,伊多紧跟在身后,他们四处绕了一下,直到远远地望见了穆萨的家里。道科对伊多说:"你看见那个高楼了把?"

"看到了。"

"对,就是那一栋。"

他们开始继续走,直到来到了穆萨家的门前,两个人站住了。道科对伊多说:"你觉得我们怎么进去这个房子?你看看那么高的墙,墙上还有灌木棘,再看看,这大门紧闭,咱们怎么办?"

伊多说:"我们再转转,到厕所那边看看吧。"

伊多继续说:"要想去别人家偷东西,还得做足准备。我们现在也没有什么别的办法了。我们先去夸谢那边吧,我们跟他说说这个情况,然后我带他来看一看,你坐在外面,接应我们吧。"

道科毫不迟疑地说:"好的,就这么办。"

他们回到夸谢那边,已经是下午了。他们刚一到,夸谢就问:"怎么样?我们现在去穆萨家,还是等到晚上去?"

于是道科把打探的结果简单地告诉了夸谢,夸谢听了之后,心里十分不快,但是生气也没用。伊多说:"现在我们别相互埋怨、生气,这都是真主的安排。"

听了之后,夸谢稍微好一点了。伊多这才准备把相关细节向夸谢娓娓道来,特别是有关于房子的情况。

夸谢恍然大悟地说:"原来他们家是这样啊!"

伊多说:"对,所以现在我们让道科坐在这,你和我再去看看那个房子,我们看看能不能偷点什么!"

道科说:"现在也只能这么办了,但你们得记住,这里离我们家还有一段距离。"

伊多回答说:"要不今天就我们离开这里吧,明天再过来。道科你去市场看看,给我们买点枣带回来,我们今天吃吧。"

于是夸谢和伊多又去穆萨家转了一圈,在深夜的时候回到了大门外,和道科相聚后,三兄弟开始摸着黑往家走,他们边走边聊,直到快到了家门口。他们翻过一个大坝后,发现了一个老人独自在那里走路。他什么东西都没带,只是在腿上绑了一个短棍。所有人一见他,就能猜出他肯定是一个臭名昭著的小偷。但是当这个老头儿从三兄弟身边走过时,什么都没说,直接就走掉了。于是没过一会,伊多就说:"这是在歧视我们吗?为什么大半夜在森林里看见我们,什么都不说?至少也说一句你们好啊!"

道科说:"也许是这老头儿太害怕了,所以不敢和我们说话。"

夸谢说:"害怕什么啊?我看不是害怕,是自大吧!我最了解他们这些没事找事人的脾气,可能觉得无论白天、夜里都一样,所以更不用说晚上看见我们还要和我们客气一下。而且他可能觉得我们在他面前都是小孩儿。不过仔细想想,也不一定,说不定深究起来,他可能还不是小偷呢!"

伊多说:"如果他真这么想,那么我们今天就让他看看我们的厉害,你们小心跟在我后面,因为我比你们跑得快。"

说完,伊多就一路小跑追了过去。没一会,他就看见那个人还在向前走。伊多说:"走路那位,说你呢!给我站一下。"

那个人站住了等伊多追上来后，伊多就问："你从哪来啊？大半夜的，你这是要去哪里啊？"

那人回答说："我从哪里来，好像跟你没什么关系吧，更不用问我要到哪里去了？是你派我的吗？你是觉得我是和你们一样的小偷吗？"

伊多听了这话开始大笑起来。没一会，夸谢和道科就赶到了。

夸谢问伊多问什么笑成这样。伊多回答说："别提了，夸谢兄弟，今天我算是知道什么是自以为是了！"

那个人对伊多说："住口，你们是想让尝尝我的厉害吗？实话告诉你，你们三在我面前都太嫩了，但是今天就看在你的面子上，我就放过他们俩。"

道科说："哎哟，是谁这么大言不惭啊？可别原谅我们，我们还是用拳头说话吧。你如果想让我们饶了你，说两句好听的，我们也许现在可以考虑放了你，别给我们在这捣乱。"

那个人听了道科的话大怒，于是说："有什么看家的本领就使出来吧，让我也见识一下。"

听了这话以后，夸谢拿着大刀就冲了出来，朝着那个人的手臂砍去。道科也跑过去开始准备把他绊倒，可是那个人的身体就一直像糖一样黏住了他的身体。伊多则朝着他的肚子就是一拳，却被他的手给挡住了。这个人就眼睁睁地看着他们三使出浑身解数，于是他问："你们现在知道了吧？你们什么也不是！"

"对，我们知道了，强中自有强中手。"

那人说："如果今天不是看在真主的分上，我早就把你们解决了,让你们知道我的厉害。"

他们说:"谢谢,谢谢您。"

伊多急着说:"爸爸,我们错了,您饶了我们吧!"

"没事,我的儿子们!"

没事了,那人把手一甩,他们三个都跪在了地上。

那人继续说:"你们也知道我的厉害了吧,现在也别小看我了,还以为我是什么不知名的小混混!"

伊多问那个人的姓名,他回答说他叫:"巴佐卡纳。(豪萨语里的意思是'别挑衅我')"紧接着他们又问:"巴佐卡纳先生,现在能问您,这么晚您去哪里吗?"

他说:"我要去卡菲办点事。"

伊多看了看说,如果巴佐卡纳也是小偷,说不定可以帮助他们一起去抢穆萨的家。于是他劝巴先生和他们一起回家过夜。但是夸谢和道科还不知道伊多的想法,他们觉得伊多想彻底坏了大家的好事。

不过想要劝说这个人,还真是需要下一番大功夫。三兄弟感觉巴先生好像不太喜欢和他们在一起,所以不论他们说什么,他都能猜出他们的用意,因为也许是因为巴先生见多识广,而且豪萨人也经常说:"相由心生。"

一番努力后,最终巴佐卡纳先生同意了伊多的建议,他说:"好吧,我可以跟你们走,但我有点担心,人心说变就变、反复无常。"

伊多说:"真主保佑,我们不会做出那种事的。"于是他们开始带巴佐卡纳先生一起回家。

当他们一回到家,就开始吃饭。饭后,差不多天也快亮了。大家在一起闲聊。道科问："您知道吗？我们想要去卡菲城穆萨家偷东西，可是至今为止，我们还不知道怎么去下手？"

巴佐卡纳说："我早就知道那家了，昨天我们四个人一起去的，我们从里面卷走了不少财物。你看你们小心翼翼地，难道一个房子就把你们难倒了？偷东西其实不难，难的是你们自己。"

伊多不解地问："为什么我们会被难倒？"

巴先生说："我想告诉你们，想要去抢穆萨的家，肯定不是永远那么困难。同样的道理，从他们家把东西搬出来也一样。第一大困难是那家的安保是全镇最好的，而且卡菲镇的警长特别聪明，如果小偷不加小心，都会落入法网。"

伊多说："希望真主保佑我们去穆萨家盗窃成功！"

巴佐卡纳先说："好吧，现在我们需要做的是，你们当中的每个人都去卡菲偷一次，看看怎么从萨尼警长那边逃出来，然后你们就知道应该怎么办了？"

道科和夸谢听了巴佐卡纳的想法，什么都没说。过了一会，道科说："如果人有贪婪和欲望，那就一定得经得起困难的考验。我们可能会被绑起来，也可能受伤，甚至可能被人用刀架在脖子上。世界就是这样，成了就是成了，不成就什么也没有，甚至成为阶下囚。"

夸谢说："但愿真主保佑我们万事顺意，总能成功。我看不如我们把萨尼那家伙杀了，这样大家就都可以安心了。"

伊多说："我们杀了他，万一再来一个比他更厉害的警长，怎么办？"

巴佐卡纳先生开始问道："你们当中谁先去卡菲试试

手气?"

夸谢说:"我去吧。"

没过一会,夸谢就准备了一下,出门前带上了弓箭和柏柏尔人的宝剑,还有两把大刀,急匆匆地就离开了家门。一到了卡菲城,夸谢就听说了这里新颁布的法律。该法律极其严格,听说只要是被别人看见了,哪怕是酋长的儿子犯罪,也要被判刑。于是夸谢独自漫无目的地走在路上。他发现一个人也在街边走着,原来是保安。真主保佑,他没有发现夸谢,而是看见了另外一个女孩,跟了过去。夸谢赶快绕道而行,不要遇到刚才的保安,不一会他就来到了一户人家的门前。两个人在门前闲聊着,夸谢开始不知所措了。突然他想到了一个办法,他闭上了眼睛好像瞎子一样,他说:"行行好吧,真主保佑,谁能来帮帮我,你们有什么吃的,能分给我这个瞎子一点吗?"他边说边提高了嗓门,让别人以为他是一个乞丐。

其中的一个人说:"乞丐,大晚上乞讨?"

另一个人说:"嗨,肯定是小偷吗。我们还是先过去看一看吧。"

他们一走到夸谢跟前,反而开始觉得他可能真的是乞丐,因为夸谢紧闭双眼。于是两人说:"你是新来的吧?都已经有新的法律了,谁还敢在这乞讨?"

夸谢哄骗他们说:"天啊,我都不知道我会来这个镇上,可是我实在是太饿了。"

他们俩听了夸谢的话,于是拿了些东西给他吃。夸谢吃了东西后,两个人可怜他,留了一间房,让他在那边过夜,夸谢熟悉了房子里的地形之后,就躺下睡了。第二天凌晨的时候,夸谢来到了另一个房间,他发现大门紧闭,于是他轻轻推开木门,不让别人听见推门声。慢慢的,门被推开了,他先是一动也不动地站了一会。他又轻轻地把门合上了,而在这个过程中,看门的人一直在熟睡。于是,他点燃了火柴,看清了屋子里的全部。他偷偷地找来找去,直到他找到了一个铁箱子,他试着抬了一下,发现比较沉,他又试着抬起来掂量一下。正在他还在想要如何把这个箱子运走时,看门的人醒了过来,他开始做穆斯林醒来之后的祷告。夸谢一听这人醒了,撒腿就跑。看门人于是开始大叫,全家人都出来了。还没等他们出来,夸谢已经跑了老远,为了不被别人在路上轻易抓住,夸谢来到了大桥下。巡逻的保安听见有人大叫小偷,便飞快地跑过来。他们不停地搜寻着房子周围的区域,几次经过了夸谢隐藏的那个大桥,他们大声说:"今天我们必须要抓住你。"夸谢一直听着他们的动静。直到他们找累了,才开始离开。

从凌晨起,夸谢就一直呆在桥下,直到天亮了,他就一路跑回到家。到家一看,发现他的兄弟们,正坐着聊天。他们一见夸谢归来,马上问他卡菲之行的情况。他一五一十地告诉了他们事情的经过。他们拿来了吃的,夸谢吃完东西后,也坐在那边和他们一起聊天。

巴佐卡纳先生说:"你们看看,其实夸谢的办法很妙,我想你们每一个人都和他好好学学,如果大家都能像他一样,我们肯定能想出去穆萨家偷东西的方法。我们从产生要去他家偷东西的念头以来,大家已经浪费了不少的时间,或许我们还是别在试验了,现在有的本事就已经够了。"

当巴先生说完这番话,他自己心里面也更加坚定了想法。

他说:"除了萨尼警长外,还有什么能够阻止我们的吗?"

他自己回答道:"没有。而且我觉得现在卡菲城里的人们肯定已经开始研究小偷了。因为我了解他们的性格,如果有一个小偷去偷了一户人家,他们会用五个月的时间来拼命找到那个小偷。"

道科看了看其他兄弟说:"我今天去卡菲吧。真主保佑,我肯定平安归来。如果有机会能带回来点钱,我就弄回来一点。"

大家说:"真主保佑。"

道科说:"那就等天一黑,我就出发。"

"好的,真主保佑。"

天一黑,道科就带上工具和武器准备要去卡菲。临行前,他和兄弟们说:"好吧,我现在要走了。如果直到明天上午,我还没回来的话,那肯定是他们把我抓住了。"

其余的人说:"不会,真主保佑你平安归来。我们不希望不好的事情发生。"

道科于是开始上路了,一路上,道科连条狗都没遇见,很顺利地就来到了卡菲。进城后,他来回地走了走,跟在了一个女人的后面。没跟多久,他就听见有人轻声对他说:"儿子,你这弓箭不错,一会等他来了,你给他戴上吧。"

道科听了这话之后,开始吓得发抖,于是他开始换了一条路去走。走着走着又听见南边传来声音说:"那边走路的人是小偷,如果不是小偷,没有人会这么晚出来在街上走的。可能他就是昨天藏在桥底下的小偷。"

道科听到了这些话,开始四处打量,看看哪里可以藏身。

他发现两个墙之间有一个小空可以藏身,于是跳了上去,连大气都不敢喘,刚躲了没一会,就发现两个保安说:"我们刚才明明看见这边有人?怎么可能这么快就不见了?"

其中一个人说:"可能是躲在那边了,我们过去看看。"

而另一个说:"好,我们去那边。"

他们走后,道科依旧藏在那里,还是没动。等确定他们彻底走远了后,道科这才感觉,应该换个地方了,因为如果他们在那边没有找到他的话,很可能再回头过来。于是他赶快逃走了,他一边跑,一边无缘无故地感觉心快跳出来了。他心想:"可能不会无缘无故地心慌,我还是去清真寺里面躲到天亮吧。"

他刚刚进入清真寺,就听见了街边传来的脚步声,有人说:"明明我们刚才把他甩在了后面,他可能就在刚才的拐弯处。"

"警长万岁,警长万岁。"萨尼警长来了。

"你们在这里干什么?"

"警长,我们刚才在这里追一个小偷,结果刚才给跟丢了。"

"在哪里?"

"就在那边,我们一直跟着他,我们一发现他。他就跑掉了,我们前后都找了,可是没找到。"

萨尼警长说:"该死的小偷,给我们城里带来了好多麻烦。昨天我就听说有一个小偷去了伊萨先生的家。也许就是刚才你们看见的人。如果你们能查个水落石出,也许这个小偷和其他的小偷都住在一起,我们就能把他们一网打尽。你们没找找他的脚印吗？"

"没有。"

"真是蠢货。从今天开始，你们多注意观察人们的脚印，进清真寺看了吗？"

"报告警长，哪个小偷，那么大胆，偷了东西还敢去清真寺。"

至此，他们开始分开，各自忙各自的去了。

等他们走远了，道科从清真寺里面出来，他在想是回家，还是去哪一家试试手气。他反复想了半天，最终他还是选择去试一试。他走了一会，远远地就望见了保安，于是他赶快换了条路。他不停地躲躲闪闪，走走停停，直到来到了一户人家的门口。这户人家离城墙很近，因此万一被抓到了，还可以一翻墙就逃跑。他看了看紧闭的大门，又前后绕着房子看了看，想找到一个地方可以翻墙而入，可是没有找到。然而他并没有放弃，突然他发现了一处被雨水浇坏了地方，在那边有一个可以登上去的地方，于是他顺着那边很快就翻到了墙内。刚一进去，他就来到了一间屋子的门前，他过去查看了一下门把手，他发现木门关的死死的，反复确认过之后，还是没能找到打开门的办法。

正在这时，他突然想到一个妙计，他想可以用火把房子点着了。如果房间失火，肯定他有机会进去偷东西。于是他拿出了火柴，点燃后，顺势把它丢到了房间附近，而他则偷偷地藏在了另一间房附近。没过一会，大火就着了起来，房主跑到外面一看，大声喊："着火了，着火了，快来救火。"

邻里家人听到了救火的呼救也都赶来了，很多人担心这大火会不会烧到他们的房间,于是大家都急匆匆地把家里的东西往外拿。当道科看到了这种情形,于是他急忙地跑出来,好像自己也是闻讯而来帮忙的人,他转了转,发现了一个小草筐放在边上,他过去掂量了一下,还挺沉,打开一看,里面全是钱。于是他换了衣服带上钱就开始跑。他跑的过程中,看到了路边的保安。

"嗨,你去哪里?"

"我回家啊,我刚从着火的朋友家里出来。"

于是,他成功地骗过了保安,继续赶路。他一回到家,兄弟们就特别高兴,因为他不但成功地回来了,还带回来了东西。他们一晚上都在喝酒庆祝,就好像每个人都加官晋爵了一样。但是自从道科带着钱回来以后,伊多一直在害怕。他经常说:"真主救救我这些兄弟吧。"

卡菲城的人们没能及时把道科放的大火扑灭,因此他们在大火中损失了五间房子和许多财物。火被扑灭后,大家纷纷开始寻找自己不见的财物。

"阿米娜,你把我们放钱的那个小草筐放哪里去了?"

"嗨,着火的时候,我把它带出来了,以防被火烧了。"

"那你把它放哪里了?"

"我明明就把它放在那了。"

当他们来到放草筐的地方时,发现什么都没有,他们开始你看看我,我看看你,着急地祷告,好像失去了生命一样,祈求真主保佑。他们不停地说:"伟大的真主,带给我们财富的真主,唯一的真主,您救救我们吧!那些钱是我们一天一天攒起来的,可是现在没一会就被人拿走了。"他们离开家,一边奇怪,一边难过。

第二天,大家都来对大火和偷盗给他们造成的损失进行慰问。卡菲酋长得知大火和偷盗的事情之后,叫来了被道科放火那间房子的主人。房主一来就跪下说:"酋长万岁。"

酋长的侍从说:"你好,拉瓦尔。"

酋长问:"拉瓦尔,我之所以叫你来,我想知道为什么昨天晚上你们家里面会着火?"

他说:"万岁,昨天晚上后半夜,也就是差不多今天凌晨的时候,我在床上躺着睡觉,我闻到了烟味,于是马上从房间里面出来。我一出来,就发现失火了。于是我就大喊,紧接着我的邻居和家人就都出来了。我们把火扑灭前,五间房子已经都被烧了,这些就是我所知道的。"

酋长问:"你不知道是谁放的火吗?"

他说:"不知道啊。"

"好吧,你回家吧。"

过了一会,酋长说把萨尼警长叫了过来。他一来就立马下跪向酋长请安,酋长问他:"你听说昨晚拉瓦尔家发生的事情了吗?你有什么想法?"

萨尼说:"万岁,我觉得除了小偷,不会有人去故意放火的。之所以会这么跟您说,因为小偷可能是因为晚上有保安,害怕会被抓住,没有什么偷盗的机会,因此才出此下策。昨天晚上我们看见一个小偷,我们正随着他的脚印,跟踪他的时候,就听说着火了,而且我认为小偷还不止一个,他们可能都住在一个地方,如果我们能查个水落石出,一定会从他们中间抓出放火的小偷。"

卡菲酋长说:"好,我明白你的意思了,可是我们怎么把他们抓出来?"

萨尼说:"我们先要找到他们住的地方,把他们一网打尽。前天我们放了一个小偷,发现他朝着'过来分'那条路去了。也许我们过去调查一下,就能抓住他们。"

紧接着其他的保安们也相应回答了酋长的提问。

就像刚才讲得一样,小偷们还都沉浸在道科成功行窃的喜悦之中。巴佐卡纳说:"我觉得你们肯定会成为臭名昭著的江洋大盗,因为你们真的一个赛一个的聪明,而且每个人都能成功逃脱。我相信,我们肯定也能瓜分穆萨家里的财产。现在我就担心萨尼警长,或许他已经在抓我们来的路上了。"

伊多说:"今天是不是我应该走了?"

"对,就是你。你也早点走吧。"

伊多说:"我还是先等等吧,等城里开始安保了,我再走。"

天一黑,伊多就穿上了小偷的衣服,拿着三把大刀和宝剑,和兄弟们告别后,一个人上路了。

他一到了卡菲城,就发现了站在那边的保安。在保安发现他之前,他赶快换到了另一条路上。可是谁知又一走,一下子就遇上了另一个保安。保安问伊多:"嗨,你去哪里?"

伊多一看来者不善,于是他高兴地说:"偷盗!"

"偷盗?"

伊多回答说:"你还不信吗?"

保安用棍子打了伊多几下。伊多特别生气,他飞快地拿出了宝剑,直接把保安的头砍了下来。没过多久,又一个保安过来了,他来了一看,他的兄弟已经死了,而且伊多手里还拿着宝剑,于是他一声不吭地绕道走了。伊多一直来回地走来走去,观察着每一个房子,可是他都没有进去,直到他看见了街边过来了一个骑自行车的人。一看见他,他就心想:"我今天大晚上怎么了?"于是他马上往路的中间一躺,好像睡着了一样。

骑车的人一看见伊多,于是就喊:"喂,起来!"他连续说了五遍,于是伊多慢慢地站了起来。伊多一站起来,于是骑车的人就问:"嗨,你怎么大晚上的躺在路上就睡觉啊?"

伊多狡猾地骗他说:"我啊,我不是本地人,大晚上过来了,谁家也不认识怎么办?"

骑自行车的人说:"你谁也不认识吗？那你为什么来我们镇啊?"

"不,我认识。"

"你认识谁啊?"

"伊迪!"

"瓦什地区的伊迪吗?"

"我不知道他在哪个区!"

"那伊迪是矮是高？是黑是白？是瘦是胖啊?"

当伊多发现这个人不停地提问的时候,他说:"嗨,这些我都不知道,你干吗像欧洲人一样,问那么多问题烦我?"

那个人说:"那你现在想要干什么?"

伊多说:"现在是我想干什么,还是你想干什么？虽然大家叫我伊多·玛坦巴依(豪萨语意思是提问者的眼睛),但是你也不能这么问我吧?"

这时候骑车的人突然喊:"骗子,抓小偷。你来我们这里偷东西,给我们带来了那么大的损失,今天让我碰上了吧!"

伊多说:"真主让你抓到我,还是我逮住你。"

骑车的人说:"哈哈,我就是萨尼警长!"

伊多说:"不是卡菲的警长,而是地狱里的吧。今天真主就让我送你上西天。"

正在这时萨尼拿起了口哨开始吹响,七个保安远远地看到,赶了过来。他们也想要抓住伊多,于是伊多无力招架,只能节节后退,而他们呢?却依旧紧追不舍,没有办法,伊多在后退中,抓住了机会拿出了大刀,当他把大刀拿在手上的时候,于是警长亲自上前,要抓住他。当他一来到伊多跟前,伊多拿出大刀,照着他心角的位置就是一刀,紧接着萨尼就倒下了,剩下的几个保安也相继死去。那些刚刚还想杀死伊多的人们,今天算是遭殃了,只有一小部分还没被伊多杀死的人,还在不停地吹口哨求救。没过一会,又来了十个保安。他们一来,就发现警长和三个兄弟躺在了血泊中,而伊多站在一边又捡起了大刀。可是伊多看见人越来越多,而且他知道在人群中有萨尼·雅瓦,他比萨尼更难缠,于是他撒腿就跑,而那些保安也继续追着他跑,直到追到了城外,还是没有抓住他,大家也渐渐累了,只能无功而返。

伊多跑累了,便坐下休息片刻。谁知道一会过后,他竟然忘了在卡菲遭受到的痛苦,他想再回卡菲,于是便匆匆地回去了。回到城里以后,他打开了一个房子的大门,进入到一间屋内,他发现这间房子没有上锁,只有门帘,于是他拉起门帘,进到屋内,他静静地站着不动,过了一会他才开始四处看看。

房主问:"你是谁啊?"

伊多听到这,好像被水浇了一样,整个人都僵了。可是问完之后,房主又回到了床上,开始呼呼大睡。于是伊多站了起来,一动不动地站了一会,直到他确认房主已经睡熟了。他点燃了火柴,什么都没看见。于是他又点了一根,这次他发现了一个盒子,于是他走了过去,打开了盒子,他发现里面什么都没有,只有一个小袋子。他拿起来晃了晃,听见了钱的声音。于是他暗暗自喜想:感谢真主,这下在兄弟面前不会丢面子了。

他正往外走的过程中,他突然感觉有人在门口抓住了他。有人大叫:"小偷,抓小偷。"直到房主也听见了,开始醒了过来。伊多和两个人厮打了半天,他成功地打倒了一个人,当他把第一个打倒的时候,第二个人已经开始害怕了。可是伊多还是照着他脑袋上打去,为了不给别人抓住他的机会。于是他拿出宝剑就开始逃跑,遇到任何人都是一剑,任何人也别想要挡住他。经过了一番搏斗,伊多终于逃出了卡菲城。

等天亮后,卡菲的人都很担心,因为他们发现了萨尼警长和四个保安的尸体。他们也都知道了萨尼是在阻止小偷偷盗的过程中,被小偷杀死的。他们都说:"现在要怎么办?"

伊多一回到家后,他就发现了他的朋友们在吃早饭,于是他们对他说:"祝贺啊,祝贺你回来!"

"嗯,谢谢。"

于是伊多开始坐下来和大家一起吃饭。巴佐卡纳先生问:"伊多,怎么样?"

"还不错吧。"

他给大家展示了他偷来的钱包,他打开钱包,开始数里面的钱,一共四磅还有一些零钱,紧接着,伊多就开始给大家讲他在卡菲城里的经过。

巴先生问:"伊多才跟我们在一起没几天,没想到他现在也已经变得这么强大、勇猛、铁石心肠了,这是作为一个小偷基本的要求。原来我们担心的人,伊多已经替我们扫除了障碍,现在没有什么能够阻止我们去穆萨家抢钱了。"

卡菲城的人们听到了酋长的召唤,大家一大早就整装待发地来到了酋长家的门前,不一会酋长家已经挤满了人。酋长说:"今天,我们要去'过来分'那座山,我们要去抓小偷,如果大家活捉了小偷,一定要把他们带回来,我们要把他们砍死。"大家听了酋长的话,都很振奋,于是大家纷纷骑上了马出发。

刚才讲到伊多回来后,小偷们并没有特别高兴,因为他杀死了萨尼警长。而大家更没有想到的是大队人马正在朝他们走来。他们每日地寻欢作乐,直到巴佐卡纳先生说:"等等,我好像听见有人过来的动静。"

道科说:"得了吧。除非我们把人带过来,不然怎么可能有人来这边。可能是你听见树叶掉的声音了吧。不过,既然你不放心,我还是出去看看。"

当道科出门一看,他远远望见大队的人马正朝他们走来,他赶紧进屋,向兄弟们通风报信。巴先生说:"嗨,这回我们要怎么办?原来我就有预感,很可能他会跟踪我们,然后把我们都一起杀死。"

伊多说:"我们还能怎么办? 不如,我们趁现在他们还没过来,赶快逃跑吧?"

巴先生说:"对了,我们前段时间挖的洞,你们还记得吗?"

夸谢说:"就在这呢,这里足够我们都躲进去了。"

在卡菲的人进来之前,他们都躲进了洞里面。卡菲人来到了贼窝,他们发现什么都没有。

于是其中一个人说:"怎么一个人都没有。"

另外一个人说:"嗨,这是怎么回事?"

他们一边找,一边找,直到找累了,还是谁也没发现。于是他们又继续这瞅瞅,那瞧瞧,还是不见人影。没办法,最终他们只能回到了卡菲城,向酋长禀报。酋长问:"我问你们,那边有人生活过的迹象吗?"

他们回答说:"有是有,可是我们去他们家里的搜查时候,什么人都没有。"

酋长说:"好吧,大家先都各自回家休息吧,后天再说。大家再想想什么时候,回去抓住他们。而且从现在开始,大家看到任何陌生人,任何一家人都不要留宿,无论是谁都要抓住他。"酋长说完话后,大家都各自散去,回到了自己的家中。

大家都离开以后,巴佐卡纳他们从洞里面爬了出来,他们坐在一起开始合计。伊多说:"既然他们已经发现了我们,我们应该赶快换地方,不然肯定有危险。"

大家都同意他的看法,于是搬上了行李,回到了离"过来分"山比较远的一个山洞里面,那边的环境很好。

伊多问:"我们还怎么去穆萨家偷东西?"

巴先生说:"先等等吧,等卡菲的人把我们忘了再说。"

当他这么说的时候,其他的小偷都觉得巴先生好像害怕了。于是夸谢开始问:"我们放弃?放弃什么?想想都多长时间了？我们在卡菲城那么长时间。真的,我觉得他们永远不会忘了我们的。你们想想道科和伊多干的事情！所以他们怎么可能忘了我们？我想我们要不是早点出来,早就被他们抓住了。所以我们还是早点下手吧,谁知道明天真主还会有什么安排？"

夸谢说完后,巴先生就问道科和伊多:"你们觉得他说的怎么样？"

他们说:"没什么,我们也没什么好说的了。我觉得我们已经费劲了辛苦,才完成了对您的诺言,我们都按您的吩咐去做了。"

直到这时,巴佐卡纳才感觉到,原来他的弟兄们都想去卡菲的穆萨家里抢一次。如果他说不的话,可能他们会杀了他。于是他说:"好吧,如果真主同意,明天我们就去穆萨家吧。"

第二天,卡菲的酋长把子民叫过来,让他们再去"过来分"那边看一下,于是大家来到了酋长家集合,集合完毕后,他们开始集体上路。他们去了之后发现那边一个人也没有,于是回来把情况告诉了酋长。

酋长说:"看来这些小偷是害怕了,每个人都回家休息吧,这回大家可以放心了。"

天亮了以后,巴佐卡纳说:"我们现在要先扮成商人,然后我们去穆萨家,我们就说要从他那里买柯拉果。我就当你们的头儿,我就说你们是我的仆人。但是你们千万注意,不要忘了带各种武器和两磅买柯拉果的钱,因为我们现在都不知道那边的情况。"

大家说:"好。"

于是大家开始纷纷上路,还没到卡菲,已经中午了。由于他们从家里出来的稍微晚了些,而且他们进城时,就一直在问路,好像他们从来没来过一样。直到有一个人告诉了他们穆萨家的方向。他们来到他家的时候,发现家里面有无数的佣人都在数柯拉果,还有一些人在试穿皮革。他们在穆萨家遇到了一个人,开始和他寒暄,他们告诉他,他们是来找穆萨的。于是这个人告诉了穆萨,穆萨请他们进来。

巴佐卡纳对他的兄弟们说:"你们先等等。"

巴先生看见穆萨坐在椅子上,仆人们都围在他左右。巴先生向穆萨问好,并告诉他,他是和三个小弟来买柯拉果的。穆萨说:"把他们也一起带过来吧。"

于是仆人们把三个人叫进来,坐下了。穆萨说:"青年人,欢迎你们的到来。一切都好吗?家里好吗?"

过了一会巴先生对穆萨说:"我还没介绍一下呢!"

穆萨说:"对啊。"

巴先生说:"我是易卜拉欣,我是吉比亚城哈桑的朋友。昨天他带我来过您这。"

穆萨先生确实在吉比亚有个朋友叫哈桑,于是听了巴先生的话后,他信以为真。穆萨想了想,可能是昨天没有看见我的缘故吧。但是确实昨天哈桑过来了。他说:"原来不是客人啊,大家都是朋友啊!那就别给他们另行安排住处了,我来安排住的地方吧。"他吩咐下人们在自家找了一处大房子。过了一会,又差人送来了可口的饭菜。

他们吃饱喝足,于是开始研究晚上的对策。巴先生说:"你们发现了什么没有?"

"我们到现在还什么也没发现。"

巴先生说:"我们每一个人在晚上天黑之前,都必须熟悉这里的环境。"

伊多说:"今天我们什么也别干了,等明天亲眼看看再说吧。"

道科说:"我觉得我们还是早点下手,如果被他们识破,我们都很被动。"

伊多说:"得了吧,我们骗人的招数和诡计还多得很呢!"

等大家都统一了意见后,大家决定今天什么都不干,等到明天再说。可是他们谈话的过程中,被躲在一旁穆萨家里的佣人听得一清二楚,于是天一亮,他就赶快去穆萨那里报告。他发现穆萨正和巴佐卡纳一起聊天。于是他对穆萨说:"主人,我有事情找您。"

穆萨起身,来到一边坐下了。于是这个下人就赶快说:"真主保佑,之所以我把您叫来,是因为我想把我昨晚听见这些客人们说的事情告诉您,他们要抢您家。"穆萨一脸惊奇地说:"小偷!是小偷吗?他们谁是小偷?"于是他一五一十地告诉了穆萨。

等穆萨回到了座位上,巴佐卡纳说:"我们想看看我们要买的柯拉果。"

穆萨说:"你们什么时候走啊?"

"我们今天买完了,准备一下,明天我们就走。"

"好吧,那就明天见!"

于是穆萨安排了他的仆人带着巴先生和他的弟兄们去看了一筐筐地砍柯拉果,就在他们去看货的路上,每个人都在不停地观察着房子里面的格局。当他们看完了货之后,他们过来和穆萨说,已经看好了货,就是他们需要的柯拉果。穆萨告诉了他们价格,他们给了两磅,于是他们开始把柯拉果收起来,然后分成四份。当穆萨发现他们买了柯拉果,很开心,但与此同时,他也特别奇怪,为什么他家的下人要和他说那些事情。于是,他想既然他和吉比亚的哈桑之间从不隔心,于是他开始忘了下人的劝告。

到了晚上,他还像昨天一样给巴先生一行人准备了可口的饭菜。他们吃饱喝足后,巴先生开始问他的弟兄们:"有什么计划吗?"

他们说:"听您的计划。"

巴先生说:"我不知道你们当中有没有人分析今天穆萨的仆人对他说的话?"

"没有,我们不知道。"

"我想昨天那个人已经知道我们谈论的内容了。你们没有发现穆萨回来的时候脸都扭在了一起了吗?"

于是大家都陷入了沉静,没人说话。突然他们说:"真主已经都安排好了。"

之所以巴佐卡纳要和他的弟兄们这么说,是为了让大家分开行事,可是大家听了巴先生的话后感觉他没有什么办法,只想放弃。于是当天晚上,当他去向穆萨请安的时候。夸谢说:"好吧,如果我们不自己长点脑子的话,我看巴佐卡纳只会误了我们的大事。"

伊多说:"我现在也开始讨厌他了。他耽误了我们多少次。我们想想,说不定他是想我们在这里和他一起抢劫,抢完了,等别人把我们杀了,他好卷走我们的财物。"

道科说:"我觉得也是这样,巴先生什么都不会,只会误了我们的好事。我看我们还是甩了他算了。"

他们在这里合计的时候,巴佐卡纳正和穆萨在聊天,他问了穆萨先生一些问题。等大家都说完了以后,伊多又说:"我觉得我们今晚最好就动手,不论是今天晚上抢劫也好,回家也好,都比被巴先生按在这里,什么也不做,最后被人发现了抓住要好!"

道科说:"可能他们会把我们都杀光。"

巴先生回来之前,大家已经同意了伊多的意见。于是等巴佐卡纳一回来,巴先生对大家说:"既然我们还没摸清这个房子的格局,我们再多呆一天吧,这样好吗?"

大家说:"好。"之所以兄弟们会异口同声地同意,是为了不让巴先生起疑心。

过了一会,大家纷纷地躺下了,开始睡觉。等到午夜时分,伊多起来,轻轻地碰了一下夸谢,把他叫了起来,又叫醒了道科。除了巴佐卡纳在呼呼大睡之外,他们三个已经都起来了。伊多用耳语告诉他们说:"我们拿上所有的武器,按计划,我们把柯拉果放在这,然后我们去偷东西,不要被他们抓住。"

经过了精心地准备后,他们慢慢地走了出去。他们在房子里转了转,发现了一条小路。于是他们蹑手蹑脚走了过去,走路的过程中,他们的脚都不粘地,因为害怕会发出声音,吵醒了熟睡中的穆萨和他的手下。他们正在走的过程中,突然伊多望见了什么,他说:"那边那些像棍子一样的东西是什么?"

道科走过去一看,原来是高高的梯子。伊多说:"天助我也。我们自己找到了梯子。"于是他们搬来了梯子,伊多说:"你们两个人在下面按住,我先翻墙过去,去那边看一看,然后你们之中的一个人再跟我过去。"夸谢问:"是我和你过去啊,还是道科和你?"

伊多说:"让我和道科去吧,你在这里等等,可以吗?"

"好的,得了。"

于是伊多抓着梯子爬了上去,道科和夸谢在下面紧紧地按住了梯子,伊多爬到了墙上,直接翻了进去。紧接着,道科也翻了过去。一进去,伊多就来到了一个茅草房里,他发现屋锁着。他一拉,就把门打开了,道科也进去了那个屋子,他们开始在里面翻来翻去。无论他们走进哪个屋子,发现门都被紧紧地锁着,怎么打都打不开。伊多问:"我们的开锁的工具在哪里?"

道科说:"在夸谢那边。"

道科从夸谢那边要来了开锁的工具,于是他们开始在一间屋外把锁打开。真主保佑,这里面装着穆萨所有的钱,里面一个人也没有,因为穆萨相信这把锁很结实。也正是因为这个原因,反而帮了这些小偷大忙,因为如果有人在里面,听见了外面有开锁的声音。肯定就不会这样了。

他们进去以后,不停地在屋子里找来找去,结果什么都没发现。他们正在找的时候,突然伊多发现了墙上的一个装饰,它被刷上了红色。于是他开始用小木条,连续往里面戳了三下,它开始听见嗒嗒的声音,好像是一个小洞被陶瓷器皿给关上了。道科说:"肯定是在这里面。"

伊多继续用力转动小装饰，不一会，小装饰就被打开了，里面的钱哗哗地掉了出来。于是他们开始赶快把钱收起来，然后迅速地把这些钱拿到了夸谢那边。他们拿起了钱，飞快地从穆萨家逃了出来。真主保佑，他们一个保安也没看到，因为天就快亮了。他们数了一下，一共拿到了五袋钱。

巴佐卡纳和穆萨还被蒙在鼓里。巴先生还在睡觉，而穆萨已经起来开始做了小净，准备礼拜。穆萨直到出去做礼拜前，都没有发现财务室的门开着。而穆萨的妻子刚从房间出来准备做礼拜，她向外一看，吃惊地发现装财宝的门开着，而门把手在一边。于是她赶紧向她老公那边冲去问："老公，是你把财务室的门打开，忘记关了吗？"

穆萨一听到这样，心脏开始砰砰砰砰地跳起来，于是他赶忙来到门口一看，他发现装钱的小装饰已经被弄坏了，里面的钱都不见了。穆萨不知道小偷究竟拿走了多少钱。于是他赶快祈祷，并对真主说："原来下人和我说的都是实话，这些客人原来都是贼。"

从那房间一出来，他马上来到了巴佐卡纳和他弟兄们的房间。当他一进来，发现巴先生还在睡觉，而且一袋袋的柯拉果还在那边。于是他没叫醒他，而是叫来了所有的下人，让他们在门口集合。他找了其中五个身强体壮的人，让他们去巴佐卡纳的房间。他们一到巴先生的房间，就叫醒了他。他起来后，被痛打了一顿，直到倒在了地上，紧接着他被带到了卡菲酋长那里。

巴先生特别奇怪，于是心里嘀咕起来："好吧，我今天是自作自受，道科、伊多还有夸谢这三小子挺厉害，偷完了都不告诉我,就把我自己留下了。过不了多久,等我们见面了,一定给他们点颜色看看。"

酋长来到审判处后,大家把巴佐卡纳和穆萨带了上来。穆萨把巴先生和他们兄弟之间的事情,以及自己下人告诉自己的事情,原原本本地告诉了酋长。

酋长问了问身边的大臣:"你们怎么看?"

大臣们说:"你们在抓这个人的时候,他手里又没有拿着你们的东西,怎么能叫偷呢?如果他没有偷你们的东西,你们怎么能把他绑起来呢?而且我们有法律,不让任何人随便留宿客人,为什么穆萨要留宿客人?反倒现在过来告诉我们,客人偷了他的东西?"

酋长说:"我知道了。"

大家看了看巴先生,他假装委屈地说:"酋长万岁,我是吉比亚人,我带我的钱来买柯拉果,我早就来过卡菲城了,我和穆萨先生也比较熟。"

穆萨说:"我不认识你!"

大臣们说:"安静,你先别废话。"

"之所以我说我们很熟悉,因为我有一个朋友叫哈桑,是他把我和穆萨先生介绍认识的。我们聊得很来,正因为彼此熟悉,他才让我住在他家里。刚才他又说跟我不熟,分明是在撒谎。我来的那天,他把我和三个客人安排住在了一起。天亮了,我正睡觉呢,他们就把我叫了起来,他们就一直打我,我还因此一度晕倒了。之后他们就把我绑了起来,带到了这里。"

酋长和大臣们听了就问:"你听清楚了吗?穆萨,他有什么话要说?"

穆萨说:"他在说谎,明明是他带那些人来的。"

酋长说:"你站起来出去,你怎么能抓你相信的人,然后带到我这里说他是小偷?难道你真的不认识他说的吉比亚的哈桑吗?"

穆萨回答:"酋长万岁,我认识他。"

酋长说:"你既然认识哈桑,你也肯定认识这个人。起来,让我安静一会。还有你,你敢发誓你没有偷穆萨家的东西吗?"

巴佐卡纳说:"我发誓。"

于是他们给巴先生拿来了水,做完小净之后,他发誓,于是大家放了他。

伊多他们数完了钱后,开始特别高兴,于是他们开始大吃大喝,一边休息一边享受。

伊多说:"我们的小希望都实现了。现在剩下的事,就是我们现在要把我们的钱放在一起,看看有多少,然后我们把钱平均分了,我们赶快离开这里。我们还不知道他们是不是抓到了巴佐卡纳,他会不会把我们给暴露出来。我原来之所以想要当小偷,就是为了得到数不尽的财富。今天我成功了。我敢保证,如果我们继续在这边待下去,很可能有一天会被杀死。巴佐卡纳跟我们完全不是一路人,他想每天就呆着,其他的人帮他抢钱。如果不是我们早早地看清楚他的面目,真的,我估计我们很难从卡菲城里逃出来,也许现在我们当中肯定已经有人被抓了。感谢真主让我认识了你们,你们经常给我想办法。"

等他说完了话，道科和夸谢他们两个商量了一下。道科说："感谢真主，让我们美梦成真，不是因为我们得到了这些财物，而是让我们遇到了你，你和巴佐卡纳先生可不一样，我们之间有信任。但是伊多你刚才说，你不想再继续偷盗了，我就不一样了，我从小就干这行，除了这行之外，我什么都不会。你知道江山易改，本性难移。如果我说我不偷了，我肯定是在骗你。剩下的，夸谢，你还有什么话要说吗？"

夸谢说："我也感谢真主，也感谢你们，尽管每一次我总是打乱了我们的计划，但是你们并没有生气，因此我觉得你们是我的兄弟。但是伊多，你说你不想再继续偷盗了，如果是这样，我们就把你的那份分给你，我们分道扬镳吧。"

伊多说："我还在这呢，只是这么一说，如果你们听明白我的意思，你们就知道我不在乎分到的钱，我只是想说我们很幸运。但是如果你们不想从此停手，那我们还是分开吧。愿真主保佑我们平安。"于是他拿了自己的那份钱，开始走了。

没过一会，道科和夸谢就开始感到恐惧，因为他们远远地望见，原来是巴佐卡纳回来了。他们一看到巴先生，于是两个人面面相觑，都有点不好意思了。他们不知道怎么和巴先生解释。

巴先生走过来，坐下说："怎么回事，道科？你们为什么让我难堪？不是你们偷了东西吗？"

他们想了一会，于是夸谢说："我们之所以这么做，是因为我们感觉你不想偷了。如果我们继续按你说得一直到现在，可能我们什么也得不到，只能在家里傻坐着。"

巴先生说:"你们的性格真的和孩子一样。至少和我商量一下啊,也不至于现在后悔啊,你们觉得我不可靠吗?而且我告诉你们,在穆萨家,我没有把你们说出来。"

他们说:"是我们自己暴露了。"

巴先生说:"你们拿了什么?你们这些小人,你们为什么这么糊涂?"

他们生气地说:"你过来看看。"

他们于是带他来看了看。巴先生说:"只有枣吗?其余什么都没有了吗?"

于是道科朝他走了过去,好像要打他。

巴先生说:"我不想和你们打架,你们过来坐下,我告诉你们。"他说:"也许你们想可能再也看不到我了,你们已经偷完了东西,还成功地把我扔在了穆萨家。但是他们没有抓我,我晚上起来,发现你们已经不见了,我出去一看,我看见你们所做的一切,包括你们到了财务室去拿东西的情景,但是我什么也没做,我把门轻轻地关上了,我帮你们清除了脚印,不让别人抓住你们。"

他们问:"这有什么用吗?你说这些我们都已经知道的事干什么?"

巴先生说:"但是让我告诉你们,你们认为像穆萨这样的财主会把钱就放在那么不起眼的一间屋子吗?"

他们说:"什么,那你怎么看?"

巴先生说:"你们知道,我一早就已经了解了这个房子了。之所以我会推迟两天是因为我想把我调查清楚的事情核实之后再告诉你们。我已经准备好,也想好了计策。我正想告诉你们,可是你们却开始这么疯狂地对待我,也打乱了我所有的计划。"

他们说:"你确定什么?"

巴先生说:"你们进去的那个房间再向北走一些,那边有一些装辣椒汤料的器皿,那边才是真正的财宝的位置。那边的器皿的口儿虽然开着,但是却不是特别引人注意。"

于是他们两个人相互看了看说:"原来除了我们偷的那些,还有更大的财宝。"

巴先生说:"嗨,要不我带你们再去一次吧,上次你们拿的东西还不够吧?"

他们问:"那你有什么办法吗?"

巴先生说:"办法倒是有,可是我不相信你们。谁知道如果我带你们去,你们还会不会像上一次那样对我。我还是找找别人,找那些愿意听我话的人吧。"

于是夸谢说:"巴先生,不要这样,老大不应该生气。我们永远跟随您。本来你就应该知道,不是我们让你难堪的,全是伊多出的主意。"

巴先生问:"他现在在哪里?"

道科说:"我们已经分道扬镳了。"他忙自己的去了。我们有可能永远也见不到他了。

巴先生说,既然这样,那就算了,我们不要叫他一起了。

他们说:"对,本来他就和我们不一样,他是因为穷,所以才偷东西的。"

巴先生说:"得了,那我们就不管他了。我原谅你们了,但是你们如果想我们再去一起偷一次的话,你们必须发誓,完全按照我告诉你们的去做。"

他们说好的,于是他们开始发誓。

他说:"你们知道穆萨,他还没明白过来之前到底是谁偷了他家的东西,所以我们趁热打铁,赶紧趁他没反应过来钱,回去再偷一次。"

他们说:"好的,那我们去吧。"

晚上到了,他们准备出发,来到了卡菲城以后,他们走街串巷地终于来到了穆萨家。

这时巴佐卡纳说:"你们在这里等着,我去拿梯子。"

于是他离开了一会,回来的时候发现他带了一个长长的梯子。他说:"好吧,你们把它靠在北边一点,因为这边是井的位置。"

于是他们按巴先生的要求把梯子靠墙摆好后,他们爬上去,一跨过去,就进入了穆萨家。巴先生走在前面,而他们俩跟在身后。没走一会,他们就发现巴先生好像在找东西,他在找的过程中,哥俩目不转睛地看着他,于是就听他说:"好了,就是这!"

他说:"我们开始用刀挖吧。"

他们挖了一会儿,道科说:"天啊,这土还挺难挖!"

巴先生说:"我去拿梯子的地方,那边还有别的工具,不远。你们等一下,我去拿过来。"

于是巴先生踩着梯子翻过了墙,他又把梯子拿了过来,放在了另一侧从梯子上下来了。紧接着,他就直奔临时保安队长的家中跑去。他一到就开始大声敲门,屋里人问:"是谁啊?"

他说:"我看见小偷拿着梯子,进穆萨家里去了。"

于是大家赶快到临时队长家里集合,当发现人员已经集合完毕。巴先生说:"你们跟我来。"他们把他们带了过来。他说:"就是这。"

于是保安们把穆萨的家围住了,紧接着临时保安队长开始敲门,门开了,他说:"快,你们家有贼。"

于是主人点燃了马灯,大家进来一看。保安队长远远地就看见了他们,他说:"快看,就在那!快点,给我拿下。"于是道科他们就被抓住了,送进了监狱。

可是巴先生呢?他发现大家把穆萨家都包围了,便赶紧跑回家,破门而入,把他们的财物都卷走后,也逃跑了。

等天一亮,大家把两个小偷和穆萨带到了酋长的面前。穆萨说:"这就是上次来我们家偷东西的贼,和昨天我们审判的人,他们都是一伙的。"

酋长对他们进行了审判,直到最后确定城里的偷盗案都是他们干的,甚至还包括杀死警长的事情。但是这件事情至今还没有确切的证据。

酋长问:"你们还有什么话要说吗?"

他们发现没什么逃命的机会了,这才明白原来一切都是巴佐卡纳的圈套,他们说:"万岁,你怎么能避重就轻呢?我们都是被指使的。"

酋长问:"是谁指使你们的?"

他们说:"就是前天在穆萨家里被抓的那个人。"

酋长说:"原来如此。"

他们说:"对,刚才就是他来抓的我们。"

酋长说:"他在哪里?"

他们告诉了酋长事情的经过。

紧接着临时保安队长说:"就是他昨天把我叫醒的,我们现在要去抓他吗?"

酋长说:"原来如此,这个人为什么要这么干?"

他们回答说:"因为那天我们去穆萨家偷东西的时候,我们欺骗了他,我们拿到了钱财,但是你们却把他抓住了。所以他为了报复,又唆使我们来偷。"

酋长说:"如果真的像你们告诉我的一样,我们假如能抓住他和丢的财物,我就给你们减刑。"

他们告诉酋长他们住的地方,但是除了衣服,什么都没有,也没看到巴佐卡纳。大家不停地去找他,但依旧得不到他的消息。而这兄弟俩则被判处了每人七年的牢刑。

伊多回城的那天,知道了他的爸爸去世的消息。第二天,酋长就派人把他抓住了,在牢房里关了三天。然后他被带到了酋长的面前。酋长问:"嗨,如果不是你洗手不干了,我要判你终身监禁。"

伊多说:"万岁,您别判我终身监禁,如果你让我认错,我认错就是了。我之所以会回城来,就因为我已经痛改前非了。如果你对此表示怀疑的话,你可以差人拿来古兰经,我可以发誓,我永远不再偷盗了。"

当酋长听了他的话之后,酋长认为不需要再让他发誓了,他让所有人居民过来开会,告诉大家伊多再也不偷盗的事情,大家都给他的父亲祈祷。

伊多回到家后,过着幸福的生活。但是还不到一个月,他们家附近的一户人家就着火了。大火烧毁了伊多和他邻居的家。他的东西全被烧了,钱也不见了,伊多没有了住的地方。

(李春光 译　程汝祥 审)

下 编

豪萨寓言故事两百篇

尤素夫·尤努萨(Yusufu Yunusa)

狮子的份额

有一天,狮子和其他许多动物达成协议,决定在森林里和平共处。他们还决定平均分享猎物。

一天,一只漂亮且膘肥体壮的雄鹿掉进山羊设下的陷阱里。山羊立刻把其他的动物招来。狮子自告奋勇地把雄鹿分成四等分,并且截取了最好的一份,说:"毫无疑问这一份是属于我的,因为我是狮子呀!"说着又取了第二份,说道:"这一份嘛也是我的,只有我才配拿这一份,因为我是最强大的呀。"接着它又拿了第三份,自言自语道:"这一份是给最勇敢的人的。至于这最后一份嘛我倒要看看谁敢拿它!"

强者为王,强者抢夺别人的肉,真是弱肉强食。

池塘边的公鹿

一只公鹿在池塘边饮水,看到自己映在水中美丽的鹿角的倒影,自我欣赏不已。"瞧!我这两只美丽无比的角,我真是太高兴了。瞧它们高高地耸立在我的前额,真是奇美无比。嗨!真英俊呀!可是多么不幸!多么气人!瞧我这又细又长的腿,真使我无地自容。"话音刚落,一群猎人和猎狗突然出现在它面前。被它蔑视的四条腿狂奔起来。不一会儿,他和猎人之间便拉开了一大段距离,他把他们远远地抛在后面。可是不幸的是当他来到一片浓密的丛林时,他那两只分叉的角,缠在了荆棘之间,进退两难。不一会儿猎人猎狗便赶到,逮住了他。

"我真愚蠢呀!"公鹿边喘着气边自言自语道,"要不是我这两只无用的角,那我这四条腿早让我逃脱了。"

有些树的绿叶看起来非常美,但结出的果实却是苦涩的。世间的某些事物看起来很美丽,其实不中用。

公鸡与钻石

一天,一只公鸡正在草堆里啄食,啄到了一颗钻石。它肯定那一定是某种值钱的东西,却又不知道拿它作什么用。他自言自语道,"毫无疑问这玩意儿一定是好东西,很值钱,可对我有什么用呢!? 我宁可要一颗珍珠米,也不想得到世界上所有的钻石。"

有用的东西才有价值。就吃饭而言不谈做买卖,在不食马肉的地方,也许一只鸡比一匹马更有价值。对鸡来说,麦粒比钻石更好。

两只青蛙

两只青蛙生活在同一个池塘里。这个池塘一到旱季便要干枯。因而到了旱季,这两只青蛙不得不离开这里,去寻找有水的地方。在去找水的路上,它们发现一口深井。井里满是清凉的水。

"我们跳进去吧!"一只青蛙说。

"等一等!"另一只说,"要是它也干枯了,我们可怎么出来呢?"

好! 这只青蛙真肯动脑筋。凡事必三思而行。否则是要吃亏的呀!

野鬣狗与小绵羊

一只饥饿的野鬣狗从山上来到山脚下,看见一只小羊正在河滩上饮水,就想找个理由吃掉小羊。于是他气愤地对小羊说:"你干吗要把这水搅浑?我还怎么喝?"

"求求你,饶了我吧!"小羊央求道,他心里感到很过意不去。

"要是我得罪了你,我会很难过的。"小羊继续说,"不过,说实在的,这一点也怨不得我,因为水是从你那里流到这里来的呀。"

"好了,没事儿了!"野鬣狗说,"不过,去年我不在时,你可说了我的坏话哟。"

"怎么回事?你能证明我说你坏话了吗?"小羊底气十足地说,"去年那时我还没有出生呢!"

野鬣狗嘟囔着,"要不,那是你兄弟说我坏话了。"

"不可能!我既没有哥哥也没有弟弟。"小羊据理力争。

"我知道,那肯定是你的同伙说我坏话了。"野鬣狗又一次欲嫁祸于小绵羊。说道,"你不要再狡辩了,那没有用。"

于是,野鬣狗突然捉住了小绵羊,把他咬死拖到丛林中吃了。

坏人总能找到干坏事的理由。真所谓"欲加之罪何患无辞"。

猫和老鼠

有一家人家,家里老鼠成灾。于是主人弄来一只猫。猫很机灵,不久便消灭了不少老鼠。其余的老鼠再也不敢从屋梁上下来到处乱窜了,总是呆在离窝不远的地方。

猫捉不到老鼠,饿得不行,很快便消瘦下来。为了能逮着老鼠,猫把所有的招儿都使上了,只剩下这最后一招——装死。于是他把两条后腿,挂在墙上的一个木桩上,假装死了。他想让老鼠不再害怕,借以诱骗老鼠走近他。

一只老练的老鼠走了出来,仔细打量了一番。当他明白这是猫玩的把戏时,便大声叫了起来。

"哈哈!猫先生!我不会走近你的,就是你的尸骨烂成了泥,我也不会靠近你的。"

真可谓你有计策我有对策;强中更有强中手。

狗和他的影子

一只狗嘴里叼着一块偷来的肉,从一座桥上走过。走到桥中间看到自己映在水中的影子,还以为是另一只狗也叼着一块肉。于是他贪婪地猛扑过去,想夺取那块肉。

得了!他不仅没有得到那块肉,嘴里的肉也掉进水里沉下去了,还差点丢了性命。

贪婪使狗两头落空,贪婪还可能是毁灭的根源。

狮子和老鼠

一只狮子捕猎累了。于是他四脚朝天,躺在一棵大树底下歇息。不一会儿便睡着了。几只老鼠爬到他身上把他弄醒了。猛然间,他逮了一只想把他踩死。老鼠向他求饶,要狮子可怜可怜他,说道:"放了我吧,大王!求求你!没准儿有那么一天,我也可以帮你的忙呀!"

狮子听了它的话大笑了一阵,便把他放了。

事隔不久,狮子掉进了猎人设下的陷阱里。陷阱是个大网袋。狮子不停地在网袋里挣扎,无法逃脱,他怒吼着,咆哮着。他的吼声响彻了森林。那只被狮子放走的老鼠听到了,赶紧跑了过来,二话没说,便用他那小小的,然而却很锋利的牙齿,把陷阱的绳子咬成一段一段的。狮子得救了。

有时候,小的东西也能帮助大的东西。豪萨人常言道:"凡物皆有用!不要小瞧看起来弱小的东西。谁也不知道哪一天会倒霉,会要求别人的帮助。"

孤独的狮子

前面提到的那只被老鼠救出的狮子,非常感激老鼠对他所做的一切。于是他问老鼠最需要的是什么,他可以满足他的要求。老鼠心急火燎地说:"我呀,我最迫切的要求是和你的女儿结婚,因为我非常喜欢你。"因为狮子是一只德高望重、心眼儿好、守信用的狮子。他答应把女儿嫁给老鼠,于是他把女儿叫来。女儿匆匆地跑过来,没有在意,一脚踩死了小不点儿老鼠。

邪恶的念头常引来可悲的结局。不要企图占有你无法占有的东西。不是吗!

牛与青蛙

一只犿牛,牧草时不小心踩死了一只青蛙。在不远处青蛙的兄弟们看到了。纷纷跑去告诉妈妈这个不幸的消息。

一看到妈妈他们便七嘴八舌地说:"踩死弟弟的是个大魔鬼。"他们年迈的母亲思索了一下,她能否把自己变得和孩子们所说的魔鬼一样大,再去杀掉踩死她儿子的驮牛。于是她问孩子们:"他有鬣狗那么大吗?"

"比他大多了!"孩子们回答。

"有这么大吗?"老青蛙拼命鼓起大肚皮问。

"咳,就是你把肚皮鼓破了也没有他大。"孩子们异口同声地说。

老青蛙拼命地鼓呀鼓呀,结果把肚皮胀破了。

毫无疑问有些人也和这只青蛙一样,打肿脸充胖子。结果身败名裂,有些甚至命丧黄泉。上帝保佑!阿门!

老鹰与金丝雀

一只老鹰饿极了,到处找东西吃,找了一整天也没找到。后来他逮了一只金丝雀。

"求求你,放了我吧!"金丝雀说,"我太小了,填不饱你的肚子的。我能唱优美的歌曲。放了我吧,你会听到美妙的歌声。"

"听你美妙的歌声!?可我用什么填饱我的肚皮呢?"老鹰说,"到嘴的小鸟比外面飞的大鸟强多了呀!"

豪萨人常说:"到嘴的鸡蛋比窝里的鸡强;到手的一只鸟比林中的两只鸟强。"

人的躯体与器官

一天,人体各器官向躯体发难,说躯体太懒了,什么事也不干。而它们却要不停地工作。手首先发言,说从今以后什么也不帮它拿了。就是它每天要吃的饭也不帮它拿,饿死它。

嘴也说了,从此以后再也不让食物从它那里进到肚子里去。脚也说它们再也不抬它到处乱跑了。其他器官也都造了它的反。而躯体呢,只是眼睁睁地看着它们,让它们爱说什么就说什么。它知道不久它们就会明白过来。果不其然,不久它们再也不罢工了。它们看到自己一天天消瘦下去,因为它们再也不能从躯体的血液中汲取营养。

世界上的事情都是相关联的。一个人盖不起金銮殿。独木不成林。不是吗!

黑鹫与鸽子

一只黑鹫一连几天在鸽子窝周围转悠,想逮一只最肥的吃。被饥饿缠绕的他决定想个法子把鸽子弄到手。于是他认真地、心平气和地来到鸽子的家。他极力向鸽子们表示,只要他们有了他这个国王和他们生活在一起,保护他们免受老鹰等敌人的袭击,那将是世界上最快乐的事情。

鸽子上当了。他们同意了黑鹫提出的要求。同意黑鹫来到他们家,并任命她为女皇。不久鸽子们发现这个女皇自认为她有权每天早晨可以享用一只鸽子当早餐。他们立刻便陷入了忧虑,觉得他们不假思索地就同意黑鹫住进它们家里太草率了。

"哎呀!"鸽子们沮丧地说,"我们真傻,当初干吗同意我们的敌人提出的要求呢?"

对任何事情不可轻率地表示赞成。轻举妄动后悔莫及呀。

秃头卫士

一位侍卫出去打猎,为了遮盖满头的疮疤,他头上戴了假发套。突然间,一阵风吹掉了他的假发套。同伴们看到他满头疮疤,没有几根头发,光溜溜的,不禁大声地笑个不停。当他意识到人们是在讥笑他时,他也跟着大家笑起来。

"有什么奇怪的?"他问大家,"就因别人的头发不愿待在我的头上,而我自己的头发也不愿待在我的头上吗?"

人的行为皆有其原因,事出有因嘛,不必奇怪。

人与狮子

人与狮子发生了争执,人认为他们的后代最高尚;狮子说绝对不可能,是狮子的后代最有价值。双方争执不下。这时有人提醒狮子,请他注意一个古代建筑物的雕刻:一个人正在跨越一只躺着的狮子。

"嗨!这能说明什么呢?什么问题也说明不了哇。"狮子说,"要是雕刻家是狮子,他就会雕一只狮子跨越一个躺着的人。"

人是虚伪的,自私的。谁都认为自己了不起。人有什么了不起。世界上的事就是如此。

村民与蛇

一天,哈马丹风(西非的一种季风)刮得正紧。一位农夫看见一条蛇,躺在草丛里,几乎被冻僵了。农夫可怜他,把他带到家里,放在炉灶边的一块石头上。蛇感到温暖,不久便苏醒了。他扭动着身子欲逃走,见到主人的太太和孩子们便突然向他们猛扑过去。

主人听到房间里的尖叫声,匆忙跑进房间,操起一把镐头把蛇剁成了几段。

"该死的东西!"农夫说,"你就这样回报你的恩人吗?你这该死的东西,砍死你活该。"

背叛是可恶的,善有善报,恶有恶报。

一个男人与他的两个妻子

一个男子汉,头发开始灰白。他有两位妻子,一个比他稍大一点,一个是一位年轻女子。这位年轻的妻子漂亮、貌美,人见人爱。而爱她的人却又得不到她。这位妻子不想让别人知道她有一位白头发的丈夫。于是她不断地拔他头上的白头发。

而比她大的那位妻子也不想让别人知道她比丈夫大,于是她不断地拔丈夫头上的黑头发。这两位妻子经常不断地拔丈夫的头发,以至于丈夫成了一个秃子,头上再也长不出头发。

世界上哪有什么两全其美的事,凡事不可求全责备。

青蛙与好斗的牛

一天,一只青蛙从他们生活的池塘里探出头来,看见两头牛正在离他们不远的地方打架。青蛙对同伴们说,"哎哟!朋友们!这可怎么得了哇?我们可怎么办呢?"

"怎么回事？你怕什么？"他的同伴说，"他们斗他们的，和我们有何相干？他们在比力气呢，谁的力气大，谁就会成为他们的首领。"

"真的?"那只青蛙说，"我原来担心被打败的那只牛会冲我们狂奔过来一下子把我们都踩死呢。"

可事情正如那只青蛙担心的那样。他的话就像是从天使的嘴里说出来的那样。那些被踩得半死不活的青蛙后悔莫及。

人们常为想起他们曾经想做的某种可怕的事，或将要发生的可怕的事而后怕不已。遇事不可恐慌，恐慌会使人坐卧不安，恐慌会使男人变得无能。

风和太阳

一天，风和太阳争吵不休。风说他比太阳强大。太阳说这绝对不可能。这时一位过路人走了过来。于是风和太阳便请他来为他们做个实验：看看谁能让过路人，在最短的时间里脱掉身上的长袍。风首先开始发威，他用最快的速度刮呀，刮呀，差一点儿把过路人身上的长袍刮走了。过路人拼命地揪住他的长袍，紧紧地把他裹在身上。风白白地刮了半天，没能把他的长袍刮走。

接着太阳开始发威。他首先把聚集在天上的云全部赶走，接着开始发射出灼热的阳光。它只向过路人的头上释放了中等的热量，过路人就差点儿被烤晕过去。过路人立刻脱掉了身上的长袍，撒腿便跑，想找个就近的树阴避一避。

冷静胜过气愤和疯狂。要善于理智和思考。永远保持冷静的头脑。

恶狗

一只恶狗看到有人从他主人家门前走过,就会不声不响地扑上去咬一口。主人想了个办法,在它脖子上系了一个响铃,好让过路人能随时在狗来时发现它。

狗还以为这铃铛是个什么好东西。于是它戴着铃铛进城,到处逛悠。还不时高傲地摇晃脖子上的铃铛。后来一只中年狗把它叫去,对它说,"你干吗这么傻?这铃铛可不是什么荣耀的东西,是对你的侮辱。"

有时人们会错误地把丑当成美,把恶看成善。也有些人会为做了某种事或拥有某种东西而摆架子,高傲自大。譬如,我们常听到有人说:"咳,要是说无耻和耍赖,在这地方还有谁超过我吗?"真不知耻!

兄妹之间

一个人有一个弟弟和一个妹妹。弟弟长得好生英俊。可妹妹长得十分丑陋。一天,妹妹生气极了,因为每当哥哥照镜子时,总要提及妹妹的丑陋。于是妹妹到父亲那里去告状。

父亲气呼呼地把儿子女儿都叫到跟前,说:"你们都是我的爱子爱女,我希望你们俩经常照照镜子,看到自己的不足。你,我的儿子,你觉得你有漂亮的脸蛋儿,不要欺负你妹妹,揭她的短。你,我的女儿,你要漂亮,要好好打扮,我支持你。你要保持你美丽的心灵和说话时的温柔。"

美就是美,丑就是丑。但美和丑不能只看表面,一个人有漂亮的外表更要努力去培养自己的美德。美女蛇要不得,优良的品德赛过美丽的外表。可得留意哟!

唬人的旅行家

一天,一位先生滔滔不绝地向人们讲述他旅行时发生的奇闻奇事:

"一天,在扎朗卡塔巴莱,"他说,"正如你们知道的一样,这里的人们以善于跳跃而著称。不过,当我追问一个善跳的大王时,他却无言以对!他们中无一人敢走近我一步。事情就这样结束了。要是你们都在场,我就可以找十个证人证明我说的是真的。遗憾的是我无法那么做呀!"

"有什么大不了的事,非要到扎朗卡塔巴莱那里去找什么证人。"听众中的一个人这么说,"比如说你现在就在扎朗卡塔巴莱,你就向我们展示一下你弹跳的本领呗。"

就是呀,眼见为实!一个人在讲话时最好能给一些例证,这样人们自然就会相信他。实例是那些吹牛者的照妖镜,也是多疑者的良药。

年轻人与燕子

一个爱挥霍的年轻人花光了身上所有的钱。甚至卖光了他所有的财物,只剩下一件外衣。后来有一天,他看见燕子在早春的阳光下低低地翱翔。他确信春天已来临。

于是他把那件外衣也卖了。第二天,天气非常寒冷,简直就像冬天一样。年轻人冻得直发抖,都快冻僵了。他看到燕子也被冻死了,他拿起一只已死的燕子,把它撕成碎片,说是因为燕子的到来,他才卖掉了他的外衣。那可是他唯一的一件外衣。

"真是个废物,"年轻人说,"要不是因为你在不该来的时候来到这里的话,我也不至于这么狼狈。"

不要轻易地相信某些现象,要看到事情的本质,否则要上当的。

豹与狐狸

一天,狐狸听见豹在夸奖自己带斑点的漂亮的毛皮。尽管如此,狐狸还是认为自己比豹漂亮。

于是他对豹子说:"你的美丽只是表面的,我呀,我是心灵美。"

美是藏在心灵深处的,也就是心灵美。心灵美才是真正的美,闪光的不都是金子。

狡猾的牛犊

一只爱管闲事的坏肚肠的小牛犊,看见一头牛在犁田。于是他对这头牛又是侮辱,又是戏弄,又是使坏。

"你真是个可怜的苦力,你总是干着这样的苦差事,又得不到一点回报。"小牛犊说,"瞧你脖子上戴着的沉重的木枷,后面拖着硕大的铁犁,成天为你的主人干活。你真是个可怜的奴隶。要是你明白了我说的话,你就别再干了,休息休息,嗨!那该多美呀!干苦力有什么意思呀!瞧我多快乐,我多惬意呀。我要去哪里就去哪里。有时我会到树阴底下乘凉,歇息。天凉时,我就在温暖的阳光下晒太阳。渴了我就去河边喝清洁流动,清澈透明的水。我多么无忧无虑,悠然自得呀!"

牛默默地继续工作着,压根儿没听小牛犊的黑话。下午,人们解开套在牛脖子上的木枷,让他回去休息。这时他看到屠夫赶着小牛犊去屠宰场。他非常同情小牛犊。不过,他还是对他说:"现在谁的境况好哇,我的朋友? 是你呀还是我呀?"

青春年少和幼稚不懂事是孪生兄弟,就像年老和糊涂一样。

八哥与鸽子

有一只八哥,看到鸽子们常常在家里,互相依偎着一起吃饭。他们是那样的快乐、幸福。于是,八哥也想加入他们的行列。

为了实现这个愿望,一天下午,他将身上的羽毛全都刷成白色。天一黑,他蹑手蹑脚走进了鸽子的家。要是他保持沉默,一句话也不说,毫无疑问鸽子们也不会发现他的。开始时他有些担心,可当他一想到现在有了一个舒适的家,他禁不住咯咯地笑了起来。可是,他与众不同的声音揭穿了他的秘密。鸽子们纳闷儿,这家伙怎么混进他们家里来的呢? 于是他们把他团团围住,并把他赶了出去。

当他回到同伴中时,同伴们看到他身上的白颜色和他那狼狈相,都很诧异。八哥把他所做的事如实告诉了他们。当八哥们弄清是怎么回事时,他们再也不理他,并把他赶了出去。

这只八哥现在是猪八戒照镜子里外不是人。人们做事要踏踏实实,一是一,二是二,不要耍花样,否则将一事无成。

兔子与青蛙

一天,兔子们一起商量,说他们还不如都死了的好,因为他们实在太可怜了。

"我们的处境太糟糕了"他们说,"我们不能平平静静地吃饭,不能安安稳稳地睡觉。时时刻刻觉得有人在追捕我们,把我们逮住。一有风吹草动就得奔跑,心都要跳出来似的。嗨!不如死了的好!"于是,他们照他们商定的一样,一起走向一个湖边,想一个一个跳进去,以了结他们的一生。

湖边有不少青蛙,他们在月光下快乐地享受人生。当他们听到兔子们走过来的声音,吓得一个个都纷纷跃入水中。扑通扑通的水声更吓到了这群傻兔子。一只较聪明的老兔子说:"停住,伙计们,尽管我们无用、胆小,可是还有比我们更无用和胆小的呢。我们干吗要自绝人世呢?咱们回去吧,该怎么活着就怎么活吧。"

人世间,总是有一些人的景况好一些,一些人的景况坏一些。这就是人生,不必烦心。

生病的黑鸢

一只黑鸢病了好久,不见好转。于是,他请求母亲去到全国所有的清真寺,央求人们为他祷告,看看仁慈的真主能否让他快些痊愈。他母亲这样回答他:"我的孩子,只要你能改变,我们当中没有任何人再去抢劫,做土匪,否则,那是没有用的,因为不会有人为你做什么,不会有人为你做祷告。"

当你健康时要好好生活,当你生病时不应有过多的奢望。当你健康富庶时,要好好为人,而不是在你生病或贫贱时才想到这些。毫无疑问,只要我们稍加注意,就会发现一些人在有权势、有地位或富庶时,就高傲地欺压他人。一旦他们失去权势,他们再也不能为所欲为,随之而来的便是悲观失望。上帝保佑。阿门!

狮子的爱情

有一次,一只狮子爱上了一位森林先生漂亮的女儿。于是他前去求婚。这位先生不敢拒绝,尽管他可以这样做。不过后来他对单身狮子说他女儿还太小,又弱不禁风。他说他可以同意这门亲事,但有一个条件:把狮子的牙给拔了,把他的尖爪给剪了。

鉴于爱情已使狮子失去理智,他已成了傻子瞎子,于是毫不犹豫就答应了。人们立刻拔光了狮子的牙齿,剪光了他的利爪。一干完这些,森林先生就拿来一根棍棒,一个劲儿地扑打狮子,直至把他打倒在地,死了。他就这样制服了狮子。

驴配驴,马配马,乌龟配王八。不得乱了方寸。

猎狗和鱼鹰

一天,鬣狗吃饭时狼吞虎咽,不小心一根骨头刺在喉咙里,疼痛难忍。于是他宣称任何人只要能帮他拔掉骨刺儿,他将给他丰厚的报酬。一只鱼鹰可怜他,又想得到丰厚的报酬,决定干这一危险的差事。当他成功摘掉了骨刺儿之后,向猎狗讨要报酬。

"报酬!"猎狗眼睛滴溜溜地转动着,说道,"你太贪婪了。你还要什么报酬?你把你的脑瓜儿伸进了我的口中,我没有咬你,吃了你,而让你安全地把脑袋缩回来了。什么报酬,给我滚开。别让我再见到你,不要再走近我的利爪。"

人们应该知道什么人应该帮助,什么人不应该帮助,而不应轻易地相信诺言。因为世界上还存在背信弃义者、小人、骗子,可得小心呀!

挖煤工人和洗衣工

一天,一位喜欢交朋友的挖煤工遇到了他经常碰到的洗衣工。挖煤工约洗衣工去他家聊天。

"十分感谢你对我的邀请,"洗衣工人说,"不过我害怕,一切干干净净的东西只要你稍稍抖一抖你的衣服,它就会变得又黑又脏,乌七八糟。"

任何叫熟人和他聊天的人,他是在叫他和他闹翻。过分的熟识会使人丢掉良好品质。

狮子与狐狸

一天,一只母狐狸注意到到一只狮子,便旁敲侧击地说,有人妒嫉狐狸,说他们繁殖的太快了,过不了一年,一只母狐狸就会下一窝崽子。还说,有的动物一次只下一只崽,而且他们一生也只繁殖两到三次。所以他们看别的动物不顺眼,把别的动物看得比自己底一等。

这种挑衅性的语言,使狮子愤愤不平。于是他决定不放过反击的机会。他气愤地说:"你说的全是真的。你有很多子女,可它们是些什么玩意儿呢？只不过是狐狸,毫无价值。我虽只有一个儿子,可别忘了它是狮子!"孩子多有什么用！我只生一个,足矣,宁缺毋滥嘛。

爱送礼的狮子

一只狮子杀死一只小牛之后,站在小牛身上,还不停地摇晃他的尾巴。一个强盗打这儿经过,看到小牛便停下来,说他想把小牛拿去炖了吃。

"你这个人哪,总想拿走不属于你的东西,"狮子这样对他说,"走开！该去哪儿去哪儿。我和你没话可说。"盗匪想,狮子可不是好惹的,于是乖乖悄悄地走开了,继续赶路,去他该去的地方。

之后又来了一位过路人。当他碰到狮子之后,立刻转了个弯,欲走开,狮子把他叫住了。然后狮子把小牛分成两份。让过路人拿走一份,以免小牛肉变坏。他自己也拿了他的那一份,走进了丛林。

在大王看来顺从和谦逊是好品格。

两个旅行者与狗熊

一天,两个人准备好去旅行。他们必须穿过浓密的丛林。开始旅行之前,两人定了个协议:无论发生什么事情,他们都不分开。

他们在丛林里还没有走多远,就遇到了一只好斗的狗熊正从浓密的丛林中走了过来。狗熊横在路中间。一看到这情形,一个身体轻盈的旅行者敏捷地爬到了一棵树上。

另一个旅行者手无寸铁,无法自卫,只好紧紧地趴在地上,一动不动。他屏住呼吸,好像死了一样。狗熊走过来在他身上闻来闻去,当它以为他死了以后,便慢腾腾地走进了丛林。爬到树上的那位旅行者从树上下来,走到同伴的身边,赖里吧唧地笑着。他问同伴狗熊在他耳边轻轻地跟他说了些什么。

"说了什么!"另一旅行者说道,"他对我说,让我小心,今后不要再相信那些伪君子,像你这样的胆小鬼。"

自己信守诺言,才会得到别人的信赖。否则将会遭到别人的唾弃。

狐狸与山羊

一天狐狸不小心掉进了井里。他想尽了一切办法还是无法出来。这时来了一只山羊,向井里窥视了一下,问井里的水干净不干净。能不能喝。

"哎呀呀!这水真好喝!"狡猾的狐狸回答道,"这水真好,没说的,我真想喝个够。"山羊迫不及待地也想跳进去喝个够。他终于不顾一切地跳了进去。狐狸的机会来了,他踩着山羊的角,跳了出来。

"只要你有像你胡须一半多的智慧,"狐狸要走开时这样说,"你就会想一下:跳进去后怎么才能出来。"

聪敏的人一听就会知道对方说话的用意。听话听声,锣鼓听音。

猎狗,狐狸,律师齐达

一天,猎狗向律师齐达状告狐狸,说狐狸偷了他放在旁边的一块肉。大家为此事争论了很久。律师齐达听他们把话都讲完后,作出判决:"你,猎狗,当事者,你的诉讼理由不充分,不过你并无损失。而你,狐狸,被告,我不得不承认,你确实偷了人家状告你的那个东西。"

无理的人决不会获得好处,即使他在世间吃了别人的东西,到了阴间还得吐出来。下决心讲真话,做正事,寻求真理,爱真理,反对说假话。

两只罐子

一天,一条河流发生了水灾。大水冲走了两只罐子。一只是陶土的罐子,一只是铁罐子。"兄弟,我们都落难了,我们只好相依为命了,"一向爱自夸的铁罐子如是说。

害怕不已的泥罐子说:"不,不,不,不管你做什么,请你离我远点儿。不论是你碰到我,还是我碰到你,我都得沉入河底。"

世界上人人都有自己的旮旯。

乌龟和老鹰

乌龟在地上像蜗牛似的爬累了,于是他希望像鸟似的在天上飞。他说如果有鸟能带他飞到天上甚至飞到云彩里看一看,那他就重赏他,并告诉他,到哪里可以找到人们埋藏在地下的财宝。

听到乌龟的这番话后,老鹰带上乌龟飞上高高的天空。

他让乌龟看到了他早就想看的世界。可当他们回到地上后,乌龟却一言不发,沉默不语,他食言了。老鹰又把他带上了天,飞得很高很高时,突然把他放开。乌龟摔到一块大石头上。碎片四处飞溅。

人们不应许诺不能实现的诺言。诺言值千斤。一旦许下诺言必须兑现。否则会失去做人的尊严。

两只螃蟹

一天,螃蟹妈妈把女儿叫到身边,对她说道:"亲爱的,你走路为什么总是横着走哇,难看死了,真是个怪孩子!你怎么就不能像别的动物那样一直向前走呢?"

"是呀,妈妈"螃蟹女儿说,"可……我这不是完完全全跟你学的吗!那你现在就走给我看看,你是怎么走的吧。我会很高兴地学你走。"

榜样最有说服力,不能乱批评。

蛇与锯子

蛇进入了一个匠人的家里,上下打量个不停,想找吃的,什么也没有发现。最后他发现了一把锯子。于是他不顾一切地扑上去,贪婪地欲把他吞掉。

"把我吞下去吧!"锯子不怀好意地说,"你不会从我这儿得到什么的,我的本领就是获取而不是失去,就像乞讨的乞丐。"

别去干根本不可能的蠢事。得不到的东西想也别去想,万能的是真主,不是你。

狐狸与树丛

一天,一只狐狸被一群猎狗追赶得走投无路,钻进浓密的树丛被荆棘扎伤了,他一边舔它受伤的腿,一边责怪荆棘,因为是他们伤害了它。

"你应该小心小心再小心才是呀,我的主人,你应该尽可能说些好听的。"荆棘说道,"我想了又想,觉得你自己弄伤了自己,不能赖别人。"

自己的事自己负责,不可怨天尤人。

机会和小孩

一个男孩玩耍累了,便躺在地上,一会儿就睡得死死的。他身边就是一口井。这时萨阿来了,轻轻把他叫醒。对他说,"亲爱的孩子,相信我吧,是我救了你的命。如果你掉进井里,别人还会把责任推到我头上呢。不过,你现在得对我说实话,这是你自己的错还是我的错?"

不要因错误而指责,责任自然由犯错误的人承担。自己犯了错误,自己承担责任。不可怨天尤人。

下金蛋的鹅

一个人养了一只鹅,这只鹅经常下金蛋。由于他是一个只想获取不愿付出的人,他寻思道,要是杀了这只鹅,马上便可获得一大笔财产。

于是他砍了鹅的脖子,开了膛。他惊呆了,发现他的鹅与别的鹅没有两样。

贪婪的人挖空心思地去积累财富。要知道竭力想得到却不会得到。期望越大失望也越大。贪婪,会毁掉一个人的。抛弃贪婪!

孔雀与鱼鹰

一只孔雀正在开屏。竭力傲慢地在鱼鹰面前显耀自己。还不停地嘲笑鱼鹰没有美丽的羽毛。

"瞧!我穿这身美丽的长袍简直是皇上,"他对鱼鹰说,"瞧我这五光十色彩虹般的长袍,多么漂亮!再看看你那单一的黑色的衣服,真是难看死了!"

"去你的!讨厌,"鱼鹰说,"是像我那样翱翔在蓝天的彩云间,还是像你那样,让一群孩子看着你,高傲地在邋遢的泥土上散步更令人心旷神怡呀?"

图有外表是骗人的。有时候从外表看某人好像他是个好人,可实际却不然。可有时候从外表看某人,他又好像是个坏人,而实际上他却是个好人。真可谓人不可貌相,海水不可斗量。不可以光从外表看一个人。

牛和山羊

一头被狮子追赶的公牛奔跑过来,看到一个山洞。于是他走近山洞,想藏在里面。一只山羊来到山洞口挡住他的去路,并用角顶撞公牛不让他进去。

牛看到时间紧迫,狮子就要赶到时,便离开山洞继续向前奔跑。但他离开之前,对山羊说:"要不是因为狮子在追赶我,看我不给你点颜色瞧瞧。"

勇敢可不是发疯或用武力表现出来的。勇敢有各种表现形式。勇敢的人是不会因害怕而逃跑的。

被狗咬的人

一个人被狗咬了,一位老妇人建议他用一块饭团擦一擦它的胸部,然后把饭团扔给咬过他的狗吃。这样伤口就会很快愈合。

于是被狗咬的那个人,照老妇人说的去做了。在这样做的时候,一只野猎狗打他旁边走过,野猎狗问他在干什么。被狗咬的人把一切都告诉了它。野猎狗对他说:"我很高兴,你是偷偷地这样做的,否则,要是城里的其他狗看到你这样做,会把我们全都活活吃掉的。"

做什么事都得体。一切行为都应规范,不可乱来。给别人劝告应该是恰到好处,不应给别人出馊主意。

公黄羊和它的孩子

一天,一只小羚羊对公黄羊说,"这是怎么回事呀,我真弄不明白,你这个比狗大,比狗强壮,比狗跑得快的家伙,怎么一见到狗就害怕成那样呢?他们追来时,只要你坚定地站住,并用你的角顶住它们,我敢肯定他们会从你身边逃跑的。"

"可不是吗!我也曾多次这样想过,"公黄羊这样说,"而且我还常常下决心这样做,可…哎,真该死,当我一听到狗的叫声,我就吓得浑身的汗毛都竖起来了。"

胆小鬼总是胆小鬼。任何鼓励都不能使胆小鬼去做他不敢做的事。

驴、狮子和公鸡

一天,驴和公鸡正在觅食。后来他们看见了一只狮子,吓坏了。这时,一只公鸡正打鸣儿。一向讨厌公鸡打鸣儿的狮子,听到公鸡的叫声,掉头逃走了。

当驴看到狮子逃走了,还以为狮子怕他而逃走了。于是他便追了过去。狮子听不到公鸡的叫声便回过头来逮住驴,把他撕得粉碎。

人们常常因某种假象而毁了自己。如果人们没有能力做某种事,就不要为名誉或金钱而逞能。从而上当受骗,甚至毁了自己。

狐狸与面具

一天,一只狐狸在一个话剧演员的家里四处不停地看着。他突然发现了一个漂亮的面具。他把前爪往额头上一耷拉,说:"多么漂亮的面具呀!……真可惜,它没有脑子。"

徒有美丽外表的东西是无用的,不是吗?不要被徒有美丽外表的东西所迷惑。

狮子老虎与狐狸

狮子和老虎在一只刚刚被射死的小羚羊旁边相遇了。他们一见面便奋力展开了激烈的厮杀。因为他们都身强力壮,拼搏了好半天也没有分出胜负。

最终,因为厮杀十分激烈,双方都血淋淋地瘫倒在地,大口大口地喘着气儿,疲惫不堪,连腿都抬不起来了。

就在这时,一只狡猾的狐狸来了,在狮子和老虎双目瞪瞪之下,把他们为之厮杀的小羚羊叼走了。

"我们真是活该!我们厮杀了半死,却被狐狸拣了个便宜。"狮子这样说。

世间类似这样的事经常发生。一些人受苦受难,另一些人坐享其成,哈吉先生躺在太师椅上,仆人们东奔西跑。

忘恩负义的八哥

一天,不知感恩的八哥拣到一些孔雀脱落下来的羽毛,于是他把这些羽毛粘在自己身上,并来到孔雀之中,俨然以孔雀的姿态炫耀自己的美丽。不过他的美丽倒也让人感动。可不一会儿孔雀们便看出了其中的奥妙。于是他们便开使从八哥身上揪下属于他们的羽毛。

当他们把八哥身上的孔雀毛拔光之后,又对他施加酷刑。因为他太可恶了,竟敢欺骗他们。八哥逃走了,回到同伴中去了。可当他回到同伴中时,他们也拒绝接受他。这下这只八哥成了无家可归的流浪儿。

好人不会犯规矩。人人都应守本分。违规者必遭唾弃。

人与大树

一天,一个人走进了树林。他问丛林里的大树们,谁愿意行行好送给他一根树枝,他好用它来做一把斧子的柄。大树们毫不犹豫地同意给他一根罗望子树的树干,因为罗望子树,木质坚硬。当此人把斧子的柄装好,他便用斧子砍起丛林里的树来。

"哎哟,主啊!我们真是活该呀!"无花果树对着非洲黑檀树大叫起来,"我们不能保护自己了,要不是因为我们同意罗望子树把它的枝干送给那个人做斧子柄的话,我们将永远地矗立在这里,没有任何人伤害我们。"

坚定你的意志,不要给别人坑害你的机会。也不要做伤害别人的事。

马与老黄羊

马与老黄羊发生争斗。完事后马去找人,他要告诉人,说老黄羊把他骗了。而他孤身一人又无法报仇。为了得到别人的帮助,马同意给他栓上缰绳,戴上马嚼子。

后来他们找到老黄羊,狠狠地把他揍了一顿,最后把他掐死了。马高兴得嘶鸣起来,向人道谢之后,让他解开缰绳,去掉马嚼子,他好赶路。

"不,不,不,"人对马说,"你对我太有用了"。从此马就继续为人服务。马报了仇却失去了自由。

人要有坚定的意志,否则你会屈服。找能真诚帮助你的人帮助你,否则你会陷入困境。

飞鱼与海洋生物

某个海洋生物正追赶一条飞鱼,正要逮着他把他吃掉时,飞鱼突然潜入浅水中。可海洋生物还是穷追不舍,一直把他追到海岸边。一个大浪袭来,把他们都推到海滩上。

当飞鱼看到他和海洋生物都在岸上时,说道:"我将会很快乐地死去,因为我看到我的敌人也会和我一样死去。"

豪萨人说得好:"对弱者来说,与敌人同归于尽亦是好事。"

乌鸦与公鸡

有一个人出去打猎,捉到了一只乌鸦。他把他拿回家,拔去了翅膀上的羽毛,以防止他飞跑了,然后把他放进鸡窝里。可这个人饲养的公鸡,对乌鸦一点也不好。

一开始,乌鸦还以为,因为他是新来的,所以他们才对他这样。可后来,他发现他们之间老是吵架,甚至几乎要把对方杀死。乌鸦这才明白过来,原来他们是因为他才这样无理并争吵不休。

那些连自己的亲人或同族都不尊敬的人,谁还可能和他们交朋友。尊敬你该尊敬的任何人。

嚼棍树与茅草

一天,忽然乌云密布,大雨倾盆,一阵狂风,把生长在河边的一棵嚼棍树连根拔起。嚼棍树倒在河里,被河水冲到河对岸的茅草丛中。

当嚼棍树看到周围直立的茅草时,惊叹不已。不知道他们是如何逃过这狂风暴雨的。而正是这狂风暴雨把他连根拔起的。于是他迫不及待地问他们是如何逃过这一劫难的。

茅草们回答说:"咳,还不是因为狂风乍起时,我们都向它低头了吗。风从我们头顶上刮过去了。我们这才躲过了这一劫。可你呢,却昂首挺胸,目中无人,高傲自大,装模作样,顽固地矗立在那里。这才被它把你连根拔起。"

智者常道:"骄者必败。"要是你表现得顺从一点,谦逊一点,你就成功啦。世界往往抬高那些恭顺的人,鄙视那些趾高气扬、自高自大、自命不凡、吹牛拍马的人。

狐狸与豹子

一个射箭能手走进丛林。看到很多野兽在觅食。于是,他开始向他们射箭,而且箭无虚发,他射出去的每一支箭,都能射中一种动物。于是,各种动物便纷纷落荒而逃。这时,豹子对其他动物说,让他们别害怕,他一个人就能将他们的敌人赶走。

话音刚落,豹子就感到一支箭射中他的肋部,挂在他身上。狐狸走过来耻笑地问豹子,现在你怎样看我们的敌人呀?

"哎呀!"快死的豹子说,"我真是小看了我们的敌人。"

知识就是力量,知识带来光明。不要做井中之蛙。不要小看任何看似渺小的东西,一根小草也能刺伤你的眼睛。

狐狸与砍柴人

一天,一只正被人追赶的狐狸看到正在砍柴的人,请求他帮他找一个藏身之地。砍柴人叫他去在旁边的一间小屋子里去躲一躲。他刚进屋,猎人就到了。他们问砍柴人有没有看见一只狐狸从这里走过。

"没有",砍柴人回答。但他却向他们示意狐狸躲藏的小屋。可是猎人没有领会他的意思,急急忙忙继续赶路。这一切全被狐狸从墙上的小孔里看得一清二楚。猎人走后,狐狸静悄悄地一声不吭赶他的路。

"怎么了？发生什么事了？"砍柴人问，"你连一声谢谢都不说，就这么走啦？"

"对呀，"狐狸说，"要是你，像你嘴里说的那样干了好事，我怎么会不感谢你呢？"

友谊应藏在心里，不光是嘴上说说而已。有些人口是心非，嘴上说的是一套，做的是另一套，这种人不可信。

秃尾狐狸

一天，陷阱夹住了狐狸的尾巴，他激烈地挣扎，结果尾巴断了，他成了秃尾狐狸。他想，这下他的同伴一定会耻笑他。于是他计划令他们也失掉尾巴。

一天，当所有的狐狸们集中在一起的时候，秃尾狐站了起来，开始宣传没有尾巴的好处，他特别强调了尾巴的无用和有尾巴的诸多不便。他还说他从来没有像丢掉尾巴之后那样轻松愉快。

当他讲完回到座位上之后，一只老狐狸，一个老奸巨猾、能说会道的家伙站了起来，若有所思，不停地摇晃着自己的尾巴，笑眯眯地表示不同意。他说如果他的尾巴也像刚才演讲的那位秃尾巴狐狸一样变秃了，那没办法，也许他会同意。但是只要他的尾巴没有折断，他就永远不会同意。因此，就这件事要他做出选择的话，他会投反对票。

不要轻易地同意那些看似有趣且有价值，而实际是荒唐的建议。这世界上怀有私欲的人，比比皆是，要小心骗子、阴险的人和那些碎嘴子。

独眼瞪羚

一只独眼瞪羚,常在水边牧草。他把瞎了的眼睛对着水面,看得见的眼睛对着丛林,这样可以随时看到丛林中的动静。要是有猎人靠近,他便能看到。就这样,过了不久,发生了这样的事。

一天,一些乘小船的人看到了独眼瞪羚。可瞪羚却没有看到他们,也没有听到他们的动静,更没有闻到他们的气味儿。于是,猎人们悄悄地接近了独眼瞪羚,并把他弄伤了。

瞪羚快死时哭着说道:"哎哟!天哪,真是命呀!没有想到我这致命的伤,来自我被我忽略了的河面上,而我专心防备的事故多发的丛林,却安然无恙。"

任何时候都应全面地看某件事,不可片面看问题。小事有时也是大事。不起眼的小草会刺伤眼睛,可得小心!

小偷与小孩

有一个小孩,正在井边哭。一个私心极重的小偷来到小孩面前,问他为什么哭。小孩慢慢地抽咽了一下,不哭了,叹口气,指着身边一块布,说是一只铜壶从布包里滑到井里去了。

一听到铜壶滑到井里去了,小偷赶紧脱掉身上的衣服到井里捞那只铜壶。小偷在井里摸了半天也没有摸到铜壶。于是他出来了。一出来,他发现小孩不见了,他的衣服也不见了。全被小孩拿走了。

小偷被偷了。人们可以利用小偷去抓小偷,因为坏蛋知道坏蛋的藏身之处。

驴与狗和野猎狗

一天,主人往驴背上装好货物,便赶着它上路了,后面跟着主人养的狗。他们要穿过一片绿草地。疲惫不堪的主人停下歇脚,躺在草地上休息。

不一会儿,主人便进入梦乡。驴在草地上吃了个够,甚至都不想立刻赶路。只有那只狗在那里无所事事,肚子饿得呱呱叫,他觉得时间过得真慢,主人还没有要赶路的迹象。

"我求求你我的旅伴,"狗对驴说,"你跪下让我看看你背上的筐里,能不能找到什么可吃的。"

驴对狗的这一番话置之不理,继续一个劲儿地吃草。狗还是不断地坚持,一定要让驴开口说话。

"停一下,你真的不让我看一下,非等主人醒来?像平常一样他不多不少地只给你吃刚够你饱的那份草料?"正在这时一只饥饿的野猎狗来到他们身边,猛然咬住了驴的喉咙。

"哎哟哟!哎哟哟!救救我,亲爱的狗。"驴说道。狗却毫不惊慌。

"别急,等我们主人醒来吧。他会毫无保留地帮助你的。"狗这样说。可他话音刚落,驴已因窒息而死亡,四脚朝天地躺在被践踏得乱七八糟的草地上。

恶有恶报,善有善报。人们应尽力做好事,行善,讲善意的言辞吧,觅善意的行为。别作恶。

狐狸与布卡

狮王去世后,所有的动物们开了一次大会,选举他们新的国王。布卡为了改变自己的面孔,做了许多滑稽的表演,施展了许多令人称奇的计谋,并因此而获得了很多动物的支持。最后他终于如愿以偿地登上了王位。狐狸对布卡获得如此荣耀,嫉妒不已。于是他立马去找到人们经常设置陷阱的地方,陷阱中还放着一块瘦肉作诱饵。之后他又来到新国王面前,貌似恭敬地说:"万岁陛下,请容许我在您的国度里获得一笔财产,要是您肯赏光,我可带领陛下去御览这笔财产。"

于是国王布卡像履行重要职责一样,起驾和狐狸一同去看过究竟。他们一来到陷阱处,国王便用爪子去抓那块瘦肉,一下便被夹住了。因为疼痛,且又丢了面子,国王大骂狐狸是盗贼,阴谋家。

狐狸大笑起来,在回来的路上它还蔑视地嬉笑道:"你不是国王嘛!可你怎么连陷阱这玩意儿也不知道哇?狗屁!真丢人!"

那些连自己的事情都处理不了的人,又怎么能去管理别人的事呢?在挑选领军人物时,需精心选择,不可马虎从事。

鹅与黑蚁

一只黑蚁来到小溪边喝水,不小心掉进水中。水把他冲走了。就在这时,一只鹅看到了他,同情心油然而生。于是,他把一根树枝扔进水中。黑蚁爬上树枝,树枝被冲到岸边,黑蚁得救了。

这事发生后不久,黑蚁看到一个猎人,正用弓箭瞄准鹅准备射击。黑蚁爬上猎人的脚狠狠地咬了他一口。猎人吓了一跳,没能射中鹅。黑蚁救了鹅一命。

真是善有善报。感激之心常常会赢得好报。

会发出响声的石头

从前,人们曾听到过一种像雷声一样的巨响,这声音来自山里。人们听到这种声音已经很久了。发出响声的周围地区经常地震。

一天,远近的人们从四面八方来到这里,想亲眼看一看地震到底是怎么回事。他们等了很久很久,什么也没有发生,便开始七嘴八舌地议论起来。突然间一只老鼠从山里窜了出来,逃走了。

不要庸人自扰。也不要因莫名其妙的小事而浪费你宝贵时间。找些有用有意义的事去做。

老鼠与松鼠

一天,一只骨瘦如柴又饥肠辘辘的老鼠钻进了一个小洞,并来到了洞内的食品贮藏室。在这里,他看到各种各样他从未品尝过的美味食物,便大口大口吃起来。可是,因为吃得太饱,肚子鼓鼓的,再也不能从原来进去的小洞走出来了。

他使劲地往外挤呀,挤呀,可怎么也出不来。一只松鼠在一边看到它的同伴挤不出来,哈哈大笑,并叫住他,说:"朋友,你听我说,只有一个法子能使你出来,那就是等着,等你瘦成原来的样子,你就可以出来了。"

有时药也能像病菌一样致病。得了病去找真正的医生。不能听信谗言,吃药要遵医嘱。

父与子

一个人有很多儿子,这些孩子总是闹别扭,不能和睦相处,父亲总是劝告他们要团结,要相亲相爱。

一天,父亲把他们叫到身边,拿来一把树枝,他让他们每个人试着把这把树枝掰断。于是他们每个人都用尽全力,也没能把这些树枝掰断。

父亲又把这些树枝解开,让儿子一一把每根树枝都折断,噼里啪啦,噼里啪啦,不一会儿,他们把所有的树枝都折断了。

"我说你们都看见了吧,孩子们!"父亲提高嗓门儿说,"团结才有力量,如果你们以兄弟的情谊,团结起来,毫无疑问,你们将勇敢地战胜世间足以摧毁你们的所有困难。可要是你们还像原来那样一盘散沙,你们将陷入敌人为你们设下的圈套,永世不能逃脱。"

团结就是力量,连外国人也都这么说。没有团结就没有力量,没有进步,团结还能带来信任和友爱。

老妇人与她的仆人

一位老妇人家里有很多女仆。每天早上,雄鸡第一次打鸣,老妇人就把她们叫醒,让她们起来干活。女仆们对老太太老是在她们睡得正甜时,就早早地把她们叫醒,十分厌烦。于是她们偷偷把公鸡给杀了。

她们想,这样一来,每天早上他们就可以甜甜地睡个好觉了。可是,这样一来,老太太不知道时间,只好每天半夜里就把她们叫醒,让她们干活。

凡事需三思而行,否则会顾此失彼;或陷入"出了油锅又下火海"的境地。

马圈里的狗

一条狗躺在满是杂草的马圈里。后来,一只饥饿的驮牛来这里吃草。狗跳起来,嗷嗷地狂吠,不让它吃。

"坏东西,本性难移的坏东西!"驮牛说,"你又不吃草,为什么不让别人吃?"

不可损人不利己。你不吃,就让爱吃草的去吃。不可忘记,有时吝啬反误吝啬人这样的道理。

猫与公鸡

一天,一只猫逮住了一只公鸡,决定把他当早餐享用。猫先问公鸡,有没有什么为自己辩护的理由。

"你能提出什么理由?"猫问道,"是因为你深更半夜的鸣叫声?吵得人们无法入睡。"

"不,不,不,"公鸡回答,"我打鸣是为了告诉人们,是他们开始工作的时候了。"

"你胡说什么呀?"猫说,"你要是用这个理由阻止我把你当早餐,那你就错了。"

没有理由能把一个正直的人从骗子手中救出来。真所谓欲加之罪,何患无辞。

战马与驴

一匹战马披上战袍,打扮得漂漂亮亮,一个劲儿地夸耀自己。他脚下响起清脆的马蹄声,不一会儿,他便来到一头慢腾腾赶路的病驴跟前,这头驴背上还驮着沉重的货物。

"咳,快让开,让我过去,要不我可要把你撞倒了。"马神气十足又带蔑视的口吻说。

驴服服帖帖地让开了,由于他们之间的巨大反差,驴只好叹了口气。

不久,驴和战马又在原地相遇了。可这次是在一个非常不同的场景中相见的。马在战争中受了伤。主人也被杀了。他现在还成了瘸子,眼睛也不好使了,更可悲的是他落到了一个坏主人的手里,新主人让他驮了很多很多的东西,还在后面不停地催赶他。

人们常因自己拥有某种东西而高傲自大,可一旦他失去这种东西时,也就失去了骄傲的资本。这种资本包括权力、地位、财富、知识等等。千万可别因为拥有某种资本而趾高气扬哟!

大力士与马车夫

一位马车夫赶着马车和他的车队,在一条泥泞的道路上行驶,不料马车的一个轮子陷进了泥潭。车队进退两难。于是马车夫下了车,跪在一位大力士面前,央求他用真主赋予他的力量,帮他把车轮从泥潭中抬起来,以便他继续赶路。

"真是个懒蛋!"大力士说道,"起来,你自己去抬。驾驭好你的马,再用肩膀推轮子。然后,要是你还需要帮助,我再帮你。"主说,你得先努力,然后我再帮助你。真主总是帮助那些自强的人。应该屏弃懒惰、懈怠、松弛、马虎等恶习。

鸟类、动物与蝙蝠

一天,鸟类和动物发生了激烈的争吵。他们各不相让,互相藐视,都认为自己胜过对方。一开始,蝙蝠站在鸟类一边,因为这时,鸟类略胜动物一筹。

然而后来情况发生了逆转。动物们在争论中逐步占了上风。于是蝙蝠又站到了动物一边。争论在继续。

但是,由于鸟类的统帅老鹰的勇敢性格,胜利又向着鸟类倾斜。最后他们终于战胜了动物。由于一次又一次地背叛他的同伴,蝙蝠丢尽了面子,逃走了。从此他便躲进山洞或浓密的树林里,再也不敢白天出来,只在黄昏,鸟类回家休息后,才出来活动。动物更是不理他了。

出尔反尔、要两面派的人会遭到人们的吐弃。人们痛恨两面三刀的人。

鹅与灰鹭

一群鹅和一群灰鹭来到一片已成熟的麦地里,它们吃呀,吃呀,吃了个够。一天,主人设法治治它们。可灰鹭身体瘦小且又轻盈,很快便轻易地飞走了。可鹅比较笨重,体型又较大,它们中的很多被主人抓住了。

世间的事情就是这么不公平,很多干坏事的人逍遥法外,而正直的人却受到惩罚。

农夫和他的儿子们

一个病重的农夫把儿子叫到身边,孩子们来后,便围在他周围。他对儿子们说,他将把农田和菜园都交给他们,要他们好好管理,因为地里一尺深处埋藏着财富。

儿子们还以为他的意思是他真的在地里埋藏着财宝呢。农夫死后,儿子们埋葬好父亲的遗体,便努力在地里挖起财宝来,可他们把地挖了个遍,啥也没有挖到。但是由于他们进行了深翻,今年他们农田里的收成好得不得了,全国也没有比他们更好的收成了。儿子们这才明白地里藏着财富的意义。

勤劳是致富的臂膀。世界不会容纳懒汉。全力以赴地耕耘,土地是人类和一个国家发展的源泉。

野猪和驴

一头小蠢驴在丛林里碰到一只野猪。他走到野猪跟前,流里流气地和他打招呼。野猪见他如此无礼,十分气愤,本想使劲撞一下驴的肋部,但是忍住了。

野猪消了消气后,对驴说,"给我滚蛋,真是个可怜虫。放你一条生路,我只是想教训教训你。我还真不愿你的血弄脏我的牙齿,你这坏东西。"

人们常说:"滴水之恩当涌泉相报"。人们对风言风语也常嗤之以鼻。对那些势利小人不必在意。

嫉妒的人和贪婪的人

有两个这样的人,一个极端贪婪,另一个则嫉妒心极强。一天他们相遇了,一同去见酋长,诉说自己心里的苦衷。一见到酋长,酋长便让军务大臣去听听他们有些什么要求。

军务大臣对他们说,任何首先提出要求的人,他的要求将会双倍回报给另一个人。听到这话,贪婪之人心里一热。坐在那里一言不发,等着领取双分的回报。嫉妒之人妒忌极了,一气之下,要求摘掉他一只眼睛。他心里明白,另一个人,也就是贪婪的人,将会失去两只眼睛。

贪婪的人常会侵犯别人的利益,却往往毁掉自己。豪萨人常说,扬麦子的人,麦芒往往会掉在自己的眼睛里,就是这个道理,恶有恶报嘛。

豪猪与蛇

一天,天下着大雨,豪猪赶紧找地方避雨,对蛇说,能不能让他进蛇洞避雨。所有的蛇都同意他进去避雨。

不过后来蛇生气了,原因是豪猪身上的尖刺扎着他们了。他们非常后悔让豪猪进洞避雨。于是,他们对豪猪说,请离开蛇洞。

"不行,不行,"豪猪说,"你们不喜欢这个地方你们出去嘛,我待在这儿挺舒服的。"

找朋友可得选好对象,不能挑错了。不可不分良莠地和人交朋友。帮助人要了解帮助的对象,要不会吃亏的。

骡子

一只被主人喂养得很好的骡子,没有任何苦活干,养尊处优,成天蹦蹦跳跳,东奔西跑地闲逛。他自言自语道:"嗨,我真是精力充沛,无忧无虑。毫无疑问我老爸肯定是一个身强力壮的马。人算是个什么玩意儿。"

没过多久,骡子落入了一个新主人的手中,这个新主人总是让他干苦活,还不让他吃饱饭。被折磨了一阵之后,说道:

"前几天我想什么呢。现在我敢肯定,我老爸肯定是头驴,没有多大出息的驴!"

不要看一个人的出身。现今论出身看人好坏的话题早过时了。好好充实自己,不可依靠任何人,一切全靠自己救自己。

猎人与鸽子

一天,猎人用网逮了一只鸽子,鸽子央求猎人放了他。鸽子发誓说,只要猎人把他放了,他可以骗其他的鸽子进他的陷阱网。

"不,不,不,"猎人说,"我真不想把你放了,而且,我听到你的这些话后,还要把你杀了。任何只顾自己,苟且偷生,而欲欺骗朋友,甚至亲兄弟的坏蛋,都该杀。"

宁可在体面中死去,也不要在屈辱中求生。

老鹰与狐狸

一只老鹰正给他的孩子找吃的,忽然看到一只小狐狸躺在地上晒太阳。他猛扑过去,正要逮着他时,老狐狸突然出现了。他一把眼泪一把鼻涕地哭着央求老鹰,看在他酷爱孩子的面上,放了他唯一的儿子。

这时老鹰正在一棵树上,根本没有理睬狐狸的请求,带着猎物找他的孩子去了。正当老鹰欲撕碎猎物喂孩子时,狐狸决定奋起反抗。他立马奔向老鹰旁边的一块高地,这里一群乡下人正在烤一只刚宰杀的小羊。他点燃了一些树枝,树枝噼里啪啦地着起火来,一看此景,老鹰害怕了,因为他全家都有毁灭的危险。于是他立马放了小狐狸,小狐狸这才安然无恙。

对恶人施行报复是无罪的。如果你行好,自然有好报,可如果你作了恶,迟早会遭到报应。

巫师和驴

一头驴对主人老让它驮沉重的货物,感到十分厌烦。于是他去找一位巫师,请求他帮忙寻找一位新主人。巫师用一块布盖在他头上,自己跪在地上,日夜不停地求起神来,最终他的请求得到了应准。

驴有了一个新主人,这个新主人是个农民。这位新主人经常让他驮比以前更多更沉的东西。于是驴又去找巫师,请他帮助找一位善良的或者与以前不同样的主人。

巫师对驴的愚蠢哈哈大笑,不过他还是为他求得了另一位主人,而这次的主人是个皮革匠。这一次,驴在他手中遭受的苦难比以往任何时候都更深重,驴这才责怪自己的愚蠢。

"现在,"驴说道,"除了主人让我受苦之外,将来我死后连皮也保不住了。"

不懂知恩图报的人,就会遭受酷刑。知足者常乐,贪心者受苦。

老鹰与农夫

一只老鹰追赶一只鸽子,正要逮着时,掉进了农夫为捕捉破坏庄稼的乌鸦而设的陷阱网里了。农民看到了,捉住了老鹰。老鹰颤抖着央求农夫放了他。他耷拉着脑袋,样子甚是可怜,说是他对农夫啥坏事也没有干。

"那请你告诉我,你追的那只鸽子对你干什么坏事了?"农夫这样问它,并立马平静地把老鹰的脖子拧断了。

做那些你喜欢人家对你做的事情,而不要做连你自己都不喜欢人家对你做的那些事。人们一定会以其人之道还治其人之身。不要忘记种豆得豆,种瓜得瓜的道理。

羊与牧童

一天,一个放羊的小男孩,看到天快黑了,赶紧把羊赶到一起,准备回家。可其中一只羊就是不听话,死也不肯回去,待在一块高地上慢悠悠地吃着草。

牧童生气了,拣起石块,使劲地扔向那只羊。说来也巧,石块不偏不倚正好打在羊的一只犄角上,并把犄角打断了。牧童看到此景,吓了一大跳,因为他害怕主人会惩罚他。他立刻走到羊面前,央求它不要把此事告诉主人,因为他实在不是故意的。

"好哇,"羊说道,"我的舌头可以保持沉默,但是呀,我的犄角却不能呀!"

不要企图隐瞒不可隐瞒的事,那样做是愚蠢的。实事求是才是真,要知道纸是包不住火的。

水中精灵与砍柴人

一个砍柴人正在河边砍树,不小心斧子从他手里滑到了河里,沉下去了。由于工具掉进河里,砍柴人沮丧地坐在河边,闷闷不乐。突然间有一些水花溅了上来,水精灵问砍柴人发生了什么事,当砍柴人把所发生的一切告诉它之后,水精灵像鳄鱼一样钻进水中,拿来一把金斧子递给他。

"这把斧子不是我的呀!"砍柴人说,并且不肯接受。于是水精灵翻了一个筋斗又钻入水中,接着又拿来一把铜斧子。

"这也不是我的斧子,"砍柴人说。水精灵第三次进入水中,这一次它把砍柴人的斧子拿来了。砍柴人这才高高兴兴地感谢水精灵。

"你真是个诚实的人,善良的人。"水精灵说,"因此,我不仅把你的斧子给你,还要把这金斧子和铜斧子都送给你。"

砍柴人回到家中一五一十地把故事讲给朋友们听。他的一个朋友拿起家里的斧子去河边。他一来到河边,就有意把斧子扔进河里。此后,他表现得很不高兴的样子,其实他心里却乐滋滋的。水精灵像以前一样出现了。他问这位朋友为什么闷闷不乐,当他听完这个人的故事后,又像鳄鱼一样钻进水里,拿来一把金斧子,问是不是他的。

"是,是,是!"这个贪婪的家伙回答说。他几乎要从水精灵手中抢回金斧子。

"你以为你可以欺骗早就看穿你心灵的人吗?"水精灵十分生气地说。他不仅没有把金斧子给他,还拒绝把那人有意扔进河里的斧子还给他。

欺骗者常常用尽心计,到头来却竹篮打水一场空。无理者永远寸步难行,就算他达到目的,他也会栽倒在那里永远回不来。施展坑蒙拐骗等一切骗术的骗子永远不会得逞。

狮子与青蛙

一天,狮子听到一种呱呱呱很难听的声音。他东看西看,左看右看,什么也没有看到。他低着头继续向前走。过了一会儿,它静静地听了一阵,又听到那难听的声音。这下他吓得心里有些发毛了。

后来他看到一只青蛙从湖里爬了上来。当他知道原来这难听的声音是这个小东西发出来的,便一脚把青蛙踩烂了。

那些爱咆哮,爱大声嚷嚷的家伙,很容易招致自己的毁灭。因而,别试图招惹比你强大的敌人,对于体强力壮者和有权势者需多加小心。

牧童与鬣狗

一个爱调皮捣蛋的牧童,帮主人去放羊。这孩子有一个令人讨厌的习气,那就是他总喜欢大喊大叫"鬣狗!鬣狗!"不少人走过时,被他的叫声吓得撒腿便跑。而他自己却乐得哈哈大笑。由于他习惯这样叫喊,人们也习以为常。

可是后来有一天,一只鬣狗真的来了,这一次小孩可吓得大叫道:"哎哟!鬣狗!鬣狗!"牧童拼命地叫啊叫,可没有任何人来救他。因为人们早已习惯了他虚假的叫喊声。鬣狗咬伤了不少羊,还大口大口地吃起来。牧童也早已吓得魂不附体。

人们不会相信说谎者,即便他说的是真话。人们也不会轻信小偷,即便他不再行窃。因此朋友们要善于识别正直的人,讲真话的人,爱真理的人。

蛇与人

一个农夫的孩子,在家后院玩的时候,踩在了一条蛇的身上。突然间,蛇扭过头来便咬了他一口,孩子当场就死了。

农夫紧紧追赶蛇,举起家伙向蛇砸去,可只砸断了一小段蛇的尾巴,蛇钻进了洞里。

次日,农夫在蛇洞口放了蜂蜜和盐等各种食品,表面试图与蛇和好,而实际上则想除掉它。

"那是不可能的,"蛇在洞里边喘气儿边说道,"既然我已失去一小段尾巴,你也失去了你的儿子,我们之间还有什和解可言呢?"

假停战比真战争更坏事。可别轻信你的敌人。在敌人面前必须小心。

孔雀与乌鸦

一天,鸟类集中在一起,准备选举它们的国王,孔雀是竞选者之一。于是他打开他那漂亮的尾羽,尽情地展现自己的美丽。他骄傲地认为自己是鸟类中最美丽的。那些傻呼呼的鸟儿,目不转睛地看着他那美丽的外表,最终,他们选他当了国王,还不恰当地赞扬他的美。

正当他们准备宣布孔雀当选为它们的国王时,乌鸦站到了鸟群的中间,它对新国王讲了如下一段话:"新当选的尊敬的陛下,能否让对你感兴趣的人向你提个问题呀?鉴于,您现在是国王,我们已把我们的生命和财富全都托付给了您。那么,要是将来老鹰、秃鹫和隼等还像以前那样向我们进攻,您如何保护我们呢?"

这个重要的问题一提出,其他的鸟类茅塞顿开。这才看出了他们错误的选择。于是,他们立刻撤消了原来选举孔雀当国王的决定。此后,他们便知道了孔雀是个官迷心窍的家伙。他们还认为乌鸦是能说会道的人。

在公众面前不怯懦,政治家需要有好口才。要想获得更多的选票,必须能言善辩,顺从并尊重人民大众。平民百姓不喜欢政治家的空话、谎言、蔑视和傲慢。

母猪与鬣狗

一天,一只母猪和其子女们躺在家里休息。一只早就对她的子女垂涎三尺的鬣狗,想偷一只去吃,可不知如何下手。后来他决定利用母猪对子女关怀备至的心理。

"你今天怎么样呀,母猪大姐?"鬣狗这样说,"要是你出去散散心,你的身体会更加健康的。现在你最好去远处转悠转悠,我将会很高兴地为你照看好你的孩子,直到你回来为止。"

"太谢谢你愿意为我照看我的孩子。不过要是你真想做好人,真想帮助人,你能帮助我的是,赶快给我走开,我讨厌你!"

不可轻信别人的宣言。爱管闲事、耍两面派、挑唆别人的人往往会使你遭受损失甚至毁灭。小心别人的挑唆和花言巧语。

农夫与鹈鹕

农夫在自己的田地里设下了陷阱,捕捉那些常来地里破坏庄稼的鹈鹕和野鹅等鸟类。有一天他捉住了很多鸟,其中还有一只鹈鹕。鹈鹕请求农夫不要杀它,因为他不是鹅,也不是鹤,而是不会损坏庄稼的鹈鹕。

"也许你说的是真话,"农夫说,"不过,鉴于我是在害群之鸟中捕捉到你的,我必须毫无例外地惩罚你。"

与小偷为伍者必定是小偷,即使他现在没有行窃,将来有一天他必会行窃,或许他会窝藏赃物。常言道,近墨者黑,近朱者赤。

猎人与鸽子

猎人看到一只鸽子栖息在罗望子树上。于是,他拿起弓箭对着鸽子瞄准,不料踩到一条毒蛇的身上,蛇咬伤了他的脚。当猎人感觉到蛇毒侵入他体内时,便把弓箭扔在地上,叹了口气,说道,"正当我企图杀害另一条生命的时候,不料我自己的死期也来临了!"

干坏事就像往坚硬的地上撒尿一样,尿会溅到自己的身上。挖坑企图害人,别挖得太深,否则自己会陷进去的。

狮子、驴、兔子

一天,鸟类和动物之间发生了战争。狮王命令臣民准备好,到一个地方集合。很多兔子和驴来到指定的地点。

但是其他的狮子却批评说,这些动物对打仗毫无用处。

"你们可别先生气,"狮王说,"这些驴可充当我们的吹鼓手,而这些兔子将充当我们的联络员。"

人各有所长。除此之外,谁也不知道自己哪一天会倒霉。火灾往往发生在人们不希望的纺织厂而不是铁匠铺。

聪明的驴

在战争年代有这么一位老头,经常让他的驴,在一块绿草地上牧草。忽然,神不知鬼不觉敌人向他走过来,把他吓了一大跳。他叫呀,赶哪,赶驴逃走,可驴就是不听话。

"敌人来了!"他说。

"敌人要干吗?"驴问道,"他们要往我背上装两个口袋,而不是一个?"

"不是,不是。"老头说,"可怕的不是这个。"

"那是什么?"驴这样问道,"我不会从这里挪开一步的。我生来就是做苦役的,我最大的敌人是让我驮沉重东西的人。"

秃鹫和发型毫不相干。城陷落了,奴隶也不会害怕,因为有无战争他们都是奴隶。有可能城市陷落了他们还会获得解放呢。

猎狗与山羊

一天,鬣狗们给山羊们派去使者,说他们需要永久的和平。"这是为了什么?"使者们说,"我们为什么要发疯似的无休止地打仗呢?这不都是因为这些可恶的牧羊狗吗?他们只要见到我们就狂吠,呜呜地要咬我们。现在请你们把这些狗全交给我们。而我们则把我们的孩子交给你们一段时间,以示我们对和平的诚意。"

之后,这些傻呼呼的羊居然同意了鬣狗提出的建议,他们赶走了自己的狗。鬣狗们也把他们的孩子送到山羊这里来了。然而,这些小狗崽子哭个不休,要人把他们送回父母那里去。这时,鬣狗反悔了,说什么他们与山羊之间再也没有和平可言。于是,他们毫无顾忌地扑向山羊,而这些山羊已把保护自己的牧羊狗赶走了。山羊们毫无还手之力,就这样成了敌人的美餐。

不要企图与你的敌人讲和,因为他们是绝对不可信的。对别人的建议需三思。

年轻人与他养的猫

一个年轻人酷爱自己养的一只猫。他们总是在一起,从不分离。他甚至说,要是猫是一个人,那他一定和她结婚。后来,当主看到此情此景后,还真的满足了他的要求,把猫变成了一个美丽无比、人见人爱的小姑娘。

年轻人心花怒放,立刻和她举行了婚礼。他们夫妻恩爱,过着美满的生活。一天,新娘听到房间老鼠的动静,便立刻跳起把它逮住,并杀死了它。由于新娘仍保留了猫的大部分习性,她又被变回去了,变成和以前一样的一只猫。

豪萨人常说,本性是雕刻在岩石上的画,抹不掉的。江山易改,本性难移。一个人的品行是很难改变的。精神病不能痊愈,只可减轻。

人与黄鼠狼

有一个人,他家菜园里的蔬菜总遭到黄鼠狼的糟蹋。有一天,他设下的陷阱逮到一只黄鼠狼。他气愤地用一块破布沾上汽油,绑在黄鼠狼的尾巴上。然后点着了火,把它放了。

后来,这只黄鼠狼发疯似的奔跑,钻进了一片稻田。稻田里的水稻已经成熟,黄灿灿的稻谷正等待收割。这片稻田,就是那个在黄鼠狼尾巴上点火的人种的。黄鼠狼一跑进稻田,稻秆着起火来。火越烧越旺,不多时整个稻田一片火海。

到手的稻谷一下被烧得精光。这位先生后悔不已,伤心了好久。他为选择了错误的报复方法而后悔不止。

别因气愤而丧失理智。情绪不佳时,不可仓促行事。三思而后行。

黄羊与树

猎人追赶一只黄羊,黄羊躲进树丛中。猎人看不到黄羊,以为他逃远了,也就放弃了。当猎人走过去之后,黄羊以为自己已经逃脱,于是开始吃起树叶来。树叶和树枝儿发出的响声,又引来猎人的目光。于是他们开始疯狂地胡乱向树林射箭。结果还真射中了黄羊。

"我遭到了应有的惩罚,"黄羊说着便开始了死亡前的挣扎,"我不该吃掉拯救我的树叶"。

不应忘记帮助过你的人。

秃鹫和乌鸦

一天,乌鸦看见秃鹫从山上飞起,去袭击羊群,并用利爪逮住了一只小羊羔。整个过程非常有趣,并轻而易举。

于是乌鸦也想模仿一下秃鹫的举动。他向一只他认为最大最肥的羊扑去,但根本无法将羊叼起,他费了九牛二虎之力想把他叼走,怎么也没能挪动他,自己却累得半死。乌鸦的牛皮吹大了,自己遭到彻底的失败。这时,来了一位牧羊人,毫不费力地逮住了他。牧羊人拔去他翅膀上的羽毛,把他送给孩子们玩。孩子们围在父亲周围,问父亲这是什么鸟。

"你们怎么问我呀?"父亲说,"问他自己,他会亲口告诉你们它是老鹰,不过,你们可别听他的话哟,他只是瞎说八道。据我所知,他只是一只乌鸦,而不是什么了不起的鸟类。"

不要企图做你力所不能及的事。不会跳舞就别站起来。

黄蜂与驮牛

一头强壮的驮牛热得受不了,于是,他来到一条流动的清凉的小河边。河水不太深,仅能没过他的膝盖,他走进水里降降体温。不一会儿,一只黄蜂在他头顶徘徊了好一阵子,然后落在他的一只犄角上。

"亲爱的朋友,"黄蜂对他说,并发出嗡嗡的声音,"我求求你让我在你的犄角上休息,如果你觉得我很沉,就跟我说一声,我就到河边的那棵嚼棍树上去休息。"

"咳,你走不走对我来说是一回事儿,就像黑夜白天对瞎子一样。"驮牛这样说,"要不是你发出嗡嗡声,我还不知道你在这儿呢。"

一些人不要只看到自己多么了不起,把别人看得十分渺小。人应该首先尊重自己,才会赢得别人的尊重。

挖陷阱者与丹顶鹤

一个人正在挖陷阱,被一只丹顶鹤看到了。丹顶鹤很好奇,于是,他迫不及待地去问那个人在干什么。

"我正在给你们建一个舒适的小家。"那人回答说,"我往里面放好吃的和一些用品。"他挖好陷阱后便躲在一旁。

丹顶鹤对那个人说的话深信不疑。于是他钻进了那个网中,吃里面美味的食品。喀嚓一声,他被逮住了。丹顶鹤对那个人说:"你要是建小房子骗人上当,我想不会再有人住进去的。"

那些骗人的领导人会毁坏整个国家和它的人民。对你看到的和听到的东西要思考和研究,看它是否真有道理。

号角手成了俘虏

在一次战争中,一支军队被打败之后,有一个吹号角的人成了俘虏,被关进监狱。逮捕他的士兵正要杀掉他时,他勃然大怒道:"你们这些冷酷的人,为什么要杀我?我的这双手没有杀过人,一个也没有。"

"是呀,的确如此。"士兵说,"可是你吹的那个号角杀人了,是它号召你们的人向我们进攻,所以我们必须杀掉你。"

干坏事人的帮凶与坏人同样有罪,也就是说,唆使别人干坏事和自己干坏事的人,罪行是一样的。

驮盐的驴和驮海绵的驴

一天,一个人赶着驴去海边,他买了些盐之后就赶路回家。在回家的路上,驴在过桥时,晃了一下摔倒在水里,好半天起不来。盐溶化在水中,随水流走了。驴高兴极了,因为它背上再也没有沉重的负担了。

不久,主人又买了些海绵,他把海绵装上驴背回家。他们又来到这座桥,驴想起了上回的情景,这次它有意地晃动了一下,又摔倒在水中。可这次它背上的重量,不但没有减轻,反而重了许多。

好运不常在,不可存侥幸心理。人生活在世界上就是如此,今天享受,明天受苦,不可能永远享受欢乐。

黄鼠狼与野猪

一只野猪在一棵老树上磨牙,一只黄鼠狼从旁边经过。问他为什么要为战争作准备,因为他没有看到周围有敌人威胁它。

"也许吧,"野猪说,"不过,要是附近有敌人呢?那我就得想法子面对危险,来不及磨牙了。"

平时多准备,战时少流血。有备无患永远是真理。

生病的黄羊

一只病黄羊,由于年老体衰,四肢已开始僵硬,于是,他积极地储存草料,以便他年老不能动时享用。他认为,自己准备的这些草料已足够了,于是,他半醒半睡地躺在草堆上,一边还一点一点地嚼着草料,等待死亡来临。

这只黄羊对谁都很和气,而且原来还精力充沛。在他正当年时有很多朋友,这些朋友现在还经常来看他,向他问候。当他们在谈论过去他们所做的事情时,你认为会发生什么事呢?他们一个劲儿地吃起他积存的草料来。最终黄羊不是病死的,也不是因为年老而死,而是因为他积攒的草料,被朋友吃光而饿死的。

那些没有头脑的朋友不仅不能给自己的朋友带来帮助,反而会害了朋友。因而交朋友也得选择,不要交傻朋友、坏朋友、不知羞耻的朋友和不善于用脑的朋友。

吃药草的驴

收获的季节,主人让他饲养的一头驴,给在地里干活的帮工送饭,可在半路上驴停下来吃路边的草。

"很多人会感到惊奇,"驴说,"他们看到我背着各种各样好吃的东西,我却连碰也没碰一下。对我来说,这种带刺的草才是世界上最美味的食品。"

甲之蜜糖,乙之砒霜。一个人喜欢的东西,别的人则可能不喜欢。人各有所好。

马与驮着货物的驴

一匹爱调皮捣蛋的马,饱餐之后,与一头驮着沉重货物的驴,一同在路上走着。他们的主人是同一个人。背着沉重货物的驴,被压得喘不过气来。他请求马帮帮他,为他分担一些货物,好让他轻松一点。

这匹马一向不顺从,态度高傲,而且脾气古怪,他拒绝了驴的请求。走了一段路之后,驴因过分疲惫,摔倒之后便断了气。主人马上把所有的货物都卸下来,又统统装到马背上,还把驴的尸体也放到马背上。

自私的人常为自私付出代价。力所能及地帮助别人,自己是不会吃亏的。有时拒绝帮助别人,会吃大亏。

黄鼠狼与鞍嘴鹤

一天,黄鼠狼请鞍嘴鹤吃饭。为了和鞍嘴鹤开个玩笑,他把他们将要喝的汤,倒在一个盘子里,他自己可以用舌头舔着吃,而鞍嘴鹤它那尖尖的嘴就无计可施了。

后来,鞍嘴鹤对他所受的屈辱沉思许久。一天,他也请黄鼠狼吃饭。他是这样戏弄黄鼠狼的:他把美味的肉放进尖嘴的罐子里,这个尖嘴的罐子,他自己的嘴正好可以伸进去。然后他对黄鼠狼说,"请吧,不必客气!"

黄鼠狼吃不了肉,只好舔从罐子的长嘴里和鞍嘴鹤口里漏出的肉汤。黄鼠狼突然想起了他戏弄鞍嘴鹤的事,说:"嗨!鞍嘴鹤这下你可报复了。"

恶意伤人,报在自身。

老人与死亡

一天,一位老农扛来一根很沉的木头,准备劈柴火。因为离他家还有相当远的一段路程,没走多会儿,老农便累坏了,脚也开始疼痛起来。于是,他把木头扔在路边。

他坐在木头上,开始对自己所吃的苦,发起牢骚来。他自言自语道,打他来到这个令人悲哀的世界,他没有过过一天舒心日子。从清早忙到天黑,都在受苦。家里米缸里一粒米也没有,更甭说和妻子亲热了。孩子们也不听话,坏透了。于是老农一个劲儿地呼喊死亡来临,以期摆脱苦海。

突然间,他看到一个魁梧的恶魔,红眼睛,拿着大刀、长棍和宝剑等家伙,径直地站在他面前。恶魔问他有什么需求,他可以马上毫不费劲地满足他。由于害怕,老农吓得直发抖,吱吱唔唔说不出话来。

"我……我……我请你帮我把这根木头放到我肩膀上。"

弱者不可气馁,也不要抱怨运气不好,感谢真主,一切听其自然。

老妇人与土医生

一位老妇人得了严重的眼疾,请来一位聪明的土医生。医生答应给她治病,但要有优厚的报酬。这是一位很能干的土医生,但却是很不老实。

每次,土医生来老妇人家看病,总要把她的眼睛蒙上,带走她家里的凳子等物,直到老妇人眼睛痊愈为止。等到老妇人眼睛痊愈时,老妇人家的东西几乎一扫而光。土医生向老妇人要报酬,老妇人抱怨说,土医生根本没有治好她的病。甚至说他不仅没有治好她的眼睛,而且,她的病情比以前更坏了。

"我们现在就来解决问题,"土医生说。于是人们立刻把老妇人叫到法官面前,因为土医生控告了她。

"法官大人,"老妇对法官说,"在我请这位医生来为我看病之前,我还能看见我家有二十来件物品,现在,他说他已医治好了我的眼睛,可我怎么连我家的一件物品也看不到了呢?"

老妇人的这番话,向法官表明,土医生神不知鬼不觉地欺骗了老妇人。最后,法官迫使土医生归还了老妇人的所有物品,土医生连一个子儿的报酬也没有得到。

贼被偷了,偷鸡不成反蚀一把米;贪婪会招来损失,甚至毁灭。

菠萝、木瓜与棕榈

一天,菠萝与木瓜发生了争执。菠萝说它比木瓜好,比木瓜甜。木瓜说绝对不可能,"你哪点儿比我强呀?"他们争吵的声音越来越大,在一边的棕榈听到了。

"你们到这里来,"自认为比他们更好、更甜、更美味的棕榈说,"我们都是好朋友,为我们之间不再无休止的争吵而祈祷吧。"

人人都应该知道自己的弱点、不足和价值。人们往往看不到自己的弱点。屏弃妒忌和互相指责。

披羊皮的鬣狗

一只鬣狗,弄到一张羊皮,把它披在自己身上,进入羊圈,吃掉很多小羊羔。牧民很快便认出了它,把它逮住,吊在一棵树上。那羊皮仍披在它身上。

不少打这里路过的牧民还以为吊在树上的是一只山羊。问他们的牧民兄弟:

"这是怎么回事,兄弟!你们这里是这样对待山羊的吗?"

"不,不,不,朋友们,"那牧民边说边转动那只'山羊',以便他们看清那到底是个什么玩意儿,"这是我们宰杀披着羊皮的鬣狗的方法。"

弄虚作假最终将被事实真相揭穿。世上很多人,为达到自己的目的而弄虚作假,或采取欺骗行为,但一旦他们的谎言被揭穿,他们也就被暴露在光天化日之下,再无藏身之地。

人与地鼠

一天,一个人逮了一只田鼠,要把他杀了,小东西请求他饶了自己,并收留他。

"不要做恶人嘛!"田鼠对那人说,"你怎么要杀掉帮你消灭老鼠的生灵呢。"

"帮我?"那人回答说,"这真是大笑话,你说这是为了我?你抓老鼠还不是为了你自己。你不也经常偷吃我的东西吗,你自己知道你也经常和老鼠一样搞破坏。你必须找个更站得住脚的理由,我才能放了你。"

正在说着话,那人便不小心把田鼠给掐死了。

没有理由就不要去找歪道理。

吝啬鬼

一天,一位吝啬鬼把他所有的金子埋在一棵大树下。他经常去那里看看,心理乐滋滋的,后来,神不知鬼不觉,一个小偷看到了正在树旁边看自己财宝的吝啬鬼。一天深夜,小偷卷走了吝啬鬼的财宝。

第二天,吝啬鬼来到那棵树下,发现财宝不见了。他气得把自己的衣服撕得粉碎,他哭呀,叫呀,一副叫爹爹不灵,叫天天不应的模样。

他的邻居听到哭喊声,知道发生了什么事,对他说,"看在主的面上,请你不要这样伤心,咳,就当你拿一块石头埋在树下,对你来说不是跟金子一样吗?"

可不是吗,不用的东西放在一边,还不是没用吗。不用的东西,价值再高,也是无用的。

母鸡与燕子

一天,一只傻母鸡正孵伏在蛇下的蛋上。一只燕子看到了,飞到母鸡身边,对她说这样做的危险性。

"傻瓜蛋,"他说,"你想为蛇孵化蛋哪,他们一旦看到你,会向你射出毒液,置你于死地的。"

做什么事都应考虑后果,要不,会吃亏的。

蜜蜂与泥马蜂

一天,公蜂飞进蜂巢,说这里的蜂蜜和蜂巢是他们的。他们还努力把蜂王赶出去。蜂王不肯出去,说要找法官来裁决。最后公蜂同意找泥马蜂做法官。

泥马蜂表示,这是一个很难解决的问题。他说,要是双方能在法庭上当着他的面,织造蜂巢并酿蜂蜜,他便能断定谁有理。

说话间,蜂王立马开始工作。而公蜂拒绝了,他们连试一试都不肯,他们在一旁滴溜溜地转动着眼睛。于是,泥马蜂判蜂王获胜。

豪萨人常说,要知道那是一棵什么树,看它结什么样的果就知道了。不要无事生非。

青蛙与老鼠

青蛙和老鼠,为了一小块肉,长久以来争得不可开交,互相之间经常斗殴。后来,有一天,他们决定做个了结,要面对面地厮杀一场。

这一天终于到来了,他们相遇了,各自手里都拿着坚硬的铁器,还在一头装上箭头。双方都下决心拼个你死我活。战斗开始了,进行得如火如荼,要不是一只老鹰远远地看到他们,并把他们抓走的话,他们还会打下去。

和睦会带来宁静的生活,还会避免鹬蚌相争渔翁得利的尴尬局面。

钓鱼人和小鱼

钓鱼人钓到一条小鱼,正要放进鱼笼里时,直喘气儿的小鱼请求钓鱼人把他放了。

"怎么?你就不肯放了像我这样的小不点儿吗?四条还抵不到一条那么大,像我这样五十条也装不满一小盘儿呀。把我扔进水里吧。将来有一天你再逮着我,我可比现在大得多了。"

"你这话说得好,我的小鱼儿,"钓鱼人说,"不过,你要知道将来你就更难逮了。现在像你这样大小,炸着吃正好。你给我进去吧,别废话了!"

做事要赶火候,要趁热打铁,不可懈怠。

兔子与狗

一条狗追一只美丽的肥兔子,追了很久,因为兔子简直是个长跑冠军,狗一直没能追上他,他气喘吁吁,只好放弃了。狗的主人非常生气,又是打,又是骂,因为他说过他能逮住兔子,结果他放弃了,兔子逃走了。

"哈,我的主人,"狗对主人说,"你想骂,就骂吧,不过你要知道,我和他的危险情况是不一样的,他是在逃命,而我只是为了一顿晚餐而已。"

惧怕可使人插上翅膀,艰苦的环境能锻炼人。

小偷与公鸡

一天,几个小偷进了一户人家,可是除了公鸡,没有发现什么值钱的东西。公鸡不停地打鸣儿,就像所有公鸡那样。他还说,小偷们应该知道他的工作就是打鸣儿,唤醒人们起来工作。

"哎呀,不要,不要,"一个小偷说,"什么也别说,正因为你老叫醒人们,我们才不能放开手脚去偷东西"

所有有利于人民幸福、健康和财产的事业,都是社会上的坏人反对的。盗贼不喜欢警察,罪犯不喜欢法官等,就是这个道理。

两个旅行者

两个旅行者在丛林中走着,其中一人看到一把斧头,他弯下腰,拣起斧子。

"瞧!"他对同伴说,"我拣到一把斧子。"

"你可别说'我拣到一把斧子',"另一个人对他说,"你应该说'我们拣到一把斧子',谁让我们是旅伴呢,我们必须共同享有这把斧子。"但他的同伴不同意。他们继续赶路,没有走多远,就听到斧子的主人气愤地叫喊他们。

"好,我们的麻烦事来了。"拣到斧子的人说。

"不,不,不,"另一个人说,"你应该说'我的麻烦来了!'而不是我们的麻烦来了,既然你不同意你拣到的东西归我们两人所有,我就不介入此麻烦事,跟我无关,不是吗!"

一人做事一人当,敢作敢为嘛。

人与其崇拜的神

一个穷人很久以来就想发财,白天黑夜地在他家里供的神面前祈祷,祈求神给他带来好运,让他发大财。尽管他日日夜夜地祈祷,他不仅没有发财,反而越来越穷。

一天,他终于气冲冲地抓起他供的神泥人儿的两条腿,狠狠地摔在地板上。突然他看到数百块金条洒落在地板上。

他高兴得差点儿晕了过去,说,"我向常常给人们力量的安拉白做祈祷了!"

寻求宽容只能从那些愿意宽恕你的人那里去找。不要从不能给予你帮助的人那里寻求帮助。

井中的黄鼠狼

一只倒霉的黄鼠狼,掉进了井中,他竭力不使自己沉到水中,奋力将自己的爪子固定在井壁上。这时,一只鬣狗来到井边,朝井里看了一眼。

"怎么,亲爱的朋友,"鬣狗向黄鼠狼表示安慰说,"啊呀,我看到的是你呀!里面很凉吧。你什么时候掉进去的呀?是怎么掉进去的?看到你这样我真心疼。告诉我这是怎么回事。"

"谢谢啦,不过说实在的,现在对我来说一根绳子远比你的同情更有用,"黄鼠狼说,"帮帮我,给我递根绳子来,把我拉出去,我再告诉你事情的经过。"

干实事比甜言蜜语强。

骑士和他的马

战争年代,一位战士对他饲养马的工作十分精通,并因此出了名。战争结束之后,人们降低了他的薪金。于是,他让经常与他一起上战场的马,去拉木料,并经常把它租出去,让人们随便使用它。

后来,由于没有足够的饲料,再加上繁重的劳役,马再也不像从前那样强壮有力了。不久,又爆发了新的战争。战士重新牵回了自己的马,并精心饲养它,让它再次成为一匹好战马。可是,它再也不可能像以前一样强壮了。

当敌人向他们发动进攻时,马感觉得它的腿没有力气,于是它对主人说:"你抛弃了我,不好好照看我,把我当驴使,现在你才开始要好好照料我,为时晚矣。我现在跟一头驴差不多,而不是一匹马,别怪我,这不是我的错。"

好人变坏容易,坏人变好就难了。毁掉一栋房子容易,建一栋房子难。

熊与蜂窝

一只熊走进了一家菜园子,菜园子里放着蜂箱。熊开始弄翻蜂箱,喝蜂箱里的蜜。一群蜜蜂向它进攻。

最终蜜蜂们把它团团围住,它的头上也叮满了蜜蜂,它们蜇熊的眼睛和鼻子,因为疼痛,熊抓破了头皮和眼皮。

不要小看小的东西,一根小草也能刺伤眼睛,必须小心行事。

黄鼠狼和鬣狗

一只鬣狗住在一个山洞里,他积攒了许多美味佳肴。于是,他成天就在洞里待着,再也不出去。天天在洞里享受美味食品。老看不到鬣狗的黄鼠狼,终于知道它的藏身之处,来拜访他。

黄鼠狼来到洞口,向里面瞅了瞅,决定去看看鬣狗的身体情况,他期待着鬣狗宴请它。可是鬣狗却正在吵吵闹闹,说是他病得厉害,眼睛也看不见了。黄鼠狼听到这些心理盘算着,宴请是吃不着了,他转过身,踌躇不前,心想这下机会来了。他径直来到一个牧民面前,让他找一根木棍,跟他走。他要把他带到鬣狗那里。来到洞里,牧民一下便把鬣狗打死了。

于是,黄鼠狼便占有了洞里所有美味食品。但是,他享受这些美味食品没有多久,几天之后,杀死鬣狗的牧民打这里经过,向洞里窥视,当他一看到黄鼠狼也把他打死了。

这叫害人反害己。搬起石头扎自己的脚。

黑蚁与蝗虫

雨季,蝗虫总是不停地唱歌,可一到旱季,他就该饿死了。于是,他到邻居黑蚁那里去,请求他们分给他一些他们储藏的食物。说他如果得到了食物,以后会报答他们的。

"明年这个时候我一定会还给你们的。"蝗虫说。

"咳,你这鬼东西,雨季你干吗去啦?"黑蚁们问。

"我干什么?我日夜不停地唱歌呀。"蝗虫回答。

"噢,你唱歌呀?那你现在还可以跳舞呢,那你就跳吧,你就高兴地玩儿吧!"

为了明天而储备吧,不可把你拥有的一切,一下子用光吃光。必须做到有备无患。

赴宴的狗

一位富翁邀请一位大人物共进晚餐。人们为这次宴请作了充分准备，几乎准备了所有美味佳肴。富翁的狗，很久以来就盼望宴请它的朋友，认为这次是它最好的机会。那天黄昏，它邀请的狗早早就来到了。它的朋友把它领到厨房，让它看看人们准备的美味食品。

当它看到这些美味佳肴，十分惊奇，说，到时候它要好好吃个够，吃得饱饱的，一个星期也不会饿。说着便高兴地摆动着尾巴。正当它大夸海口时，厨师看到陌生的狗，抓住它的尾巴，便把它从窗户里扔了出去，狗被摔到了大街上。

狗从地上爬起来，一瘸一拐地走了。不一会儿，一群无家可归，曾经听过它夸耀将去赴宴的狗，把它团团围住，问它宴会举行的经过。

"咳，事情可真不容易，"它说，"人们很好的款待了我，我都不知道我怎么从那家人家出来的。"

要有自知之明，不可接受你不该享有的荣誉。不要奢望与你地位不相称的荣耀。

鬣狗与病驴

一天，驴病了。驴生病的消息很快传遍了全国。一些人甚至认为她活不过那一夜。一听到这个消息，鬣狗们蜂拥而至，来到驴睡觉的房间门口，咣咣地敲着门，问驴现在怎么样了。驴的女儿从门缝里偷看了一下。告诉他们说，她妈现在比人们想象的好多了。

从人们的言语中便能知道某人想要做或想要得到什么东西。听话听声锣鼓听音。

好斗的公鸡

两只公鸡为争权和争夺鸡舍发生了战斗。一只公鸡被打得大败,逃走并在一个山洞里藏了起来。取胜的那只高兴得飞起来,上了屋顶,扑打着翅膀,高声打起鸣儿来,"胜利啦!"

突然间,一只老鹰袭来,抓住它并把它带走了。另一只公鸡看到了,从藏身的地方出来。它抖了抖身子,忘记了自己所受的耻辱,又来到母鸡中称王称霸,妄自尊大。

山中无老虎猴子称霸王。这只公鸡没有骄傲的资本,更不应该在母鸡中逞英雄,摆架子。

鹦鹉与兔子

一只兔子被老鹰抓住了,哭叫不停,甚是可怜。栖息在附近树上的一只鹦鹉,对兔子的境况,一点儿也不同情,还在幸灾乐祸。

"你干吗要待在这儿让人家给逮住呢?"鹦鹉说,"原来像你这样的机灵鬼儿,也会被老鹰毫不费劲地逮住呀?"

话音未落,一只隼突然袭来,逮住了他,隼的利爪使他疼得不得了,他的哭叫声比兔子还大。兔子快死时,知道耻笑他的鹦鹉也遭到与他同样的命运,他稍稍感到一丝快慰。

恶人遭遇灾祸时不会得到人们的同情,有些人还会说,"太好了!活该!罪有应得!"

狮子、黄鼠狼与驴

一天驴和黄鼠狼在丛林里闲逛,遇见了狮子。黄鼠狼被吓得魂不附体,然而还是壮着胆子偷偷地对狮子耳语了几句。他认为自己会得救,而他的同伴将会落入狮子之口。他对狮子是这样说的:

"万岁!"他说,"这头驴多年轻呀,多么肥美!要是狮王你想把他当早餐,我知道如何轻易地逮着他。这附近有一个山洞,我可以把他引到洞里去。"

狮子却不以为然,心想,我就这么眼睁睁地看着人家,把驴骗到洞里去?不!于是他猛扑过去,逮住了骗子黄鼠狼,先把他吃了,再去逮驴。

阴谋家在其主子眼里也一文不值。甜言蜜语、阴谋诡计、挑拨离间等恶习在人民大众面前是没有市场的。屏弃它们吧!

驮偶像的驴

一天,人们让驴的主人,用他的驴,把已雕刻好的一尊偶像,从雕刻作坊拉到一座神殿里去。驴的主人将神像装上驴背,途经城里的大街去神殿。

因为驴驮的是神像,过路的人们都满怀敬意地弯腰向神像致敬。驴还以为人们是向它表示敬意呢。于是,它扬起头,摆动着尾巴,骄傲得像什么似的。

后来,它干脆直愣愣地站在那里,不走了。接受人们的敬意。主人给它抽了几鞭子,吆喝道:"得儿驾,蠢家伙!人们向驴表示敬意的时候还没有到呢。"

有些人很愚蠢,以为人们向某些人表示敬意,是在向他们表示敬意。王子不等于国王,先生的学生也绝不是先生。富人的儿子不等于富人自己。每个人都应该尊敬真主赋予你的地位。不应该觊觎任何属于别人东西。寻觅只属于你自己的东西。

小羊与鬣狗

一只小羊住在一座高山上。因为他觉得在这里比较安全。于是站在高高的山上不停地骂山下的鬣狗。心里想着这些该死的鬣狗,坏东西,真是可恶。

小羊刚骂完,鬣狗抬头一看,看到了小羊,对他说道:"咳,你这小坏蛋,你别以为这样就能气着我,不,不会的。我就当这些骂人的话不是从你嘴里出来的,而是从你所在的山上传来的。"

听到闲言碎语别认真,当耳旁风就是了。对付那些爱吹牛的人、夸夸其谈者,最好的办法就是不理他。

鬣狗与绵羊

一只被一群狗咬伤的鬣狗,躺在一条小河边,鬣狗渴得要命,他听到潺潺的流水声,却不能起来去喝水。心想他只需一口水,就能恢复体力。就在这时,一只绵羊打那里走过。

"好姐姐,我求你帮帮我,请你去河边舀一点水给我喝,我快渴死了。"鬣狗对绵羊说,"我只要一点水,不要肉。"

"是吗!"绵羊心想:真是此地无银三百两,说道,"不过我十分清楚,你喝了我给你的水后,我就会成为你的美餐。"

只要稍加思索就不难发现阴谋者的诡计。要善于辨别伪善者的真面目。

驴的影子

雨季来临之前,一天,一个商人雇了一头驴和赶驴人,驮商品穿越撒哈拉沙漠。那时正是个大晴天,骄阳似火,他们走不多远就得停下来歇息。商人让赶驴人停下休息。一停下他就坐到驴的影子下。赶驴的是个急性子,一下把他推到一边,自己坐在驴的影子下。

接着对商人说道:"哎,朋友,你在租我的驴的时候,关于驴的影子你可什么也没有说过,要是你现在需要它,那你得付钱。"

"可驴的影子总是随驴走的呀,"商人说,"因此驴和它的影子都属于我。"驴的主人不同意这种说法。于是,两人争论不休,后来甚至动起手来。正当两人扭打在一起时,驴吓得逃走了。

这两人为了驴的影子而丢了驴和驴背上的货物,真是赔了夫人又折兵。劝君不要为一点小事而争吵,会得不偿失的。

骆驼与偶像

一天,骆驼向它的偶像抱怨说,他身上没有一样东西可用作武器抵御敌人的攻击。

"犍牛有角,"他说,"野猪有利牙,狮子和豹有锋利的爪和牙齿,而这些都使人们十分畏惧他们。而我呢,只有瘦小的臀部和短短的尾巴。对别人的伤害我只能忍气吞声。

偶像生气地对驴说,只要他好好思索一下,就会发现,他也有很多别的动物没有的长处。只是因为他太愚蠢,又不知道感恩,安拉才赋予他这些缺陷。

人不总是能看到对自己有利的事情。人类往往认为关心某些关系到自己的事情是正确的。有时我们往往认为做某种事情,会受到某种伤害,可结果往往是好事。安拉保佑!阿门!

不知感恩的孔雀

一天,孔雀抱怨说,因为它的嗓音不好,常遭到人们的耻笑。它还说,小小的金丝雀,却有着一副人人都喜欢的美妙的嗓音。可孔雀的神灵生气了,还对孔雀说了不少不中听的话。

"你真是一只爱妒忌的鸟,你没有任何理由抱怨。你颈部有彩虹般美丽的羽毛,你的尾部有漂亮的尾羽,开起屏来闪闪发光,美丽无比。没有一种鸟类比你更美丽。燕子飞得快;鹰隼有力量;鹦鹉会说话;金丝雀会唱动听的歌。而你在两方面胜过他们:大而美丽。不要再不知足了。要不然就剥夺所有你的长处,那时你就倒霉了。"

知足是生活快乐的源泉。感谢上帝给予你的一切。

黑蚁与苍蝇

黑蚁与苍蝇争论他们之中谁更有价值。"你是一种丑陋的可怜的小爬虫,我为你感到害羞。"苍蝇说,"你能跟我比吗?我可以像鸟一样在天空翱翔。我可以飞进宫殿,栖息在小王子们的头上,不,还可以落在国王的头上。从他们头上再勇敢地飞到任何我想去的好地方。除此之外,我还常常光顾阿訇们的餐桌,我可以首先品尝到餐桌上的美味佳肴。我可以光顾任何一家举行的宴会。我可以吃到最美味的食品,喝到最清凉的饮料。我可不会像你一样,成天光吃高粱米。"

"谢谢,你说的话很好,"黑蚁说,"不过你听我说,你满嘴说的都是你吃的美味佳肴,可你别忘了,你不可能总是品尝这些美味食品,有时你不得不有什么吃什么。不管你落在酋长头上还是落在驴身上,人们总会不停地赶你走开。在阿訇的餐桌上更是如此。不管在哪里,人们总认为你是个肮脏的东西,讨厌的东西。"

"春天,我可以毫不费劲地吃到我积攒的食物。我总看到你的朋友,一个个被冻死、饿死、累死。就说现在吧,我跟你说话简直是浪费时间。废话与磨嘴皮子能装满我的米袋子吗?"

经过自己努力而得到的东西是最珍贵的。人们过生活要细水长流。人们所拥有的财富是靠自己辛辛苦苦得来的,不是人家施舍或继承而来的,要好好珍惜。不可奢侈浪费,不可嘲笑别人没有这没有那,吹嘘自己拥有什么。也不可吹嘘你是什么了不起的人物。谁会理你这一套!?你总有你自己的不足之处。

牛棚里的黄羊

一天,猎狗追捕一只黄羊。黄羊躲进了牛棚。一头驮牛问黄羊,为什么要躲进牛棚,因为待在这里人们会抓住他的。黄羊说只要驮牛们保守秘密,他自己会好好保护自己不会被抓走的。

说着黄羊钻进草堆里,等天黑了再伺机逃走。猎狗和他们的主人都去看了,但都没有看见黄羊。黄羊高兴极了,连忙要出来感谢驮牛,因为他们替他保守了秘密。

一头驮牛敬告他说,尽管驮牛们很高兴他能逃脱,但他不要过早地以为自己已逃脱。因为还有一位目光敏锐的人还没有来到。这个人就是他们的主人。

主人在邻居家吃完饭,回来的路上来到牛棚顺便看一看一切是否正常。他向牛棚里瞥了一眼,看到所有驮牛的犄角都从草堆的方向转过来。一看到这种情形,他连忙呼喊猎狗们,猎狗很快集合起来,逮住了黄羊。

猎狗的主人的目光十分敏锐。一切领导者都应有敏锐的目光,这样他便能及时发现工作中的错误,要不他就是一个无能的领导者,也会被下属看不起的。

狮子、驴与黄鼠狼

狮子、驴和黄鼠狼一同去觅食,他们约好将自己捉到的东西平分。不多会儿他们便逮到了一只大而肥的公鹿。狮子让驴来分,驴费了九牛二虎之力,把公鹿分成三等份。狮子立刻生起气来,说,驴没有尊重他的利益。

于是,他抓住驴跟它扭打起来,不一会儿,驴就被咬死了。后来狮子又让黄鼠狼来分,黄鼠狼撕下一小快,剩下的全给了狮子。这一次狮子高兴得不得了,因为黄鼠狼很尊敬他。他还问黄鼠狼是从哪里学会这样有礼貌、这样好的品行的。

"说真的,尊敬的大王!"黄鼠狼说,"我是从躺在一边被你咬死的驴那里学会的。"

以别人的不幸遭遇引以为鉴。

老鹰、猫与猪

一只老鹰，在一棵老猴面包树上顶上做窝。而一只猫呢，也在这棵树上的一个树洞里做窝。在这个树洞的下面住着一只母猪和小猪。

这些动物，除了不爱平静的猫之外，都还能和睦相处。一天，猫爬上树顶，对老鹰说："我的好邻居，你注意到这只老母猪在我们下面做些什么了吗？我敢肯定，他正啃这棵树的树根呢，想把他弄倒，他好吃掉我们的孩子。"

猫的这番话可吓死老鹰了！他甚至不敢再飞走了，以免他不在时这棵树倒了。猫后来又悄悄地来到母猪面前，对他说，"听我说，我的好妹妹，这天深夜，我偷偷地躲在那个可恶的老鹰窝边，听到他对他的孩子们发誓说，只要你一出去，他就要吃掉你的一个可爱的孩子。"

母猪听了这话也吓了一大跳，也被吓得不敢出门。老鹰和母猪互相都被对方吓得魂不附体，和孩子们一起饿死了。猫通过这种方式获得了充足的食物，最后他吃掉了老鹰及老母猪和他们的孩子。

不可轻信别人的话语，在我们的世界里还有阴谋家、骗子，对于他们的言语，需分析其目的和用意，决不可轻信，否则就会上当受骗。

米卡伊鲁和他的奴隶

当米卡伊鲁来到他的一个乡村别墅时，发现他所到之处，他的奴隶都要把路面浇湿,不管他走到哪里都是如此。奴隶自以为他是在自觉地帮助他的主人。在这个国度里,解放奴隶的一个标志就是,轻轻地在奴隶的腮帮子上拍一巴掌。因而,当米卡伊鲁把他的奴隶叫来时,奴隶赶忙跑了过来,心想这下他可要解放了。米卡伊鲁对他说:"我早就看到你在来来回回的瞎忙呼,你要是以为因为这点小事,我就会解放你,那你就错了。"

干工作要有意义,不可盲目去干某事。干工作不能糊弄,每个人都应该知道自己在做什么。

小偷和他的妈妈

一个学生偷了班上一个同学的书,拿回家。他妈妈没责怪他,反而,把书拿出去卖了。她拿卖书的钱买了木瓜给儿子吃。

从此这个孩子就成了小偷。有一天,他被抓了,并被判了死刑。在执行死刑的路上,很多人都跟着去看热闹。在人群中有他的母亲,她哭呀哭,哭得好伤心。

当小偷看见自己的母亲时,他要求死刑执行者给他一点时间,他要与母亲说几句告别的话。人们同意了他的要求。他走到母亲面前,把嘴贴近她的耳朵,像是要和她耳语,不料他却使劲地咬了他母亲的儿朵。他母亲疼得大声叫了起来。人们听到叫声都朝他那里看去。人们对他在这个时候还犯罪感到十分惊奇。

"嗨,好心的人们,"他说,"你们可别受骗了,我第一次偷的是一本书,我把它给了我母亲,要是当时她不赞扬我,而是抽我几鞭子,我就不会是现在这个样子了。"

对孩子的教育既不能不管,又不能管得太严,更不能纵容。管得太严会引起孩子对管教者的憎恨,也就是说会引起逆反心理。纵容会害了孩子。

黄鼠狼与生病的狮子

一天,有消息说狮王生病了。还说他无精打采地躺在隐蔽处。当他的臣民,也就是其他的动物,来拜访他时,他就会很高兴。很多动物都去拜访过他,而他也有条不紊地一一逮住他们,把他们吃掉。

人们发现黄鼠狼还没有去拜访狮王。狮王也注意到这一点了,于是他派他使者去见黄鼠狼,希望他也能像其他动物一样来拜访。

黄鼠狼让狐狸去转达他对狮王的尊敬。还说他多次想去拜访狮王,但因为有事,没有去成。

"可事情的真实情况是,"黄鼠狼说道,"我看到所有动物去狮王那里的脚印,可没有看到一个他们回来的脚印。所以,为了安全起见,我还不去为好。"

聪明的人总会想到,在他走进某处之前,就要想到他如何从那里出来。没有经过深思熟虑的行为,必然会产生严重的后果。

驴与小狗

一头驴,对主人非常喜欢的小狗很感兴趣。主人经常帮小狗梳理毛发,还给他很考究很好吃的东西。在驴看来,要不是因为小狗爱蹦蹦跳跳,摇尾乞怜,实在没有什么理由,值得人们那样偏爱他,那样关心他,给他那样的特殊待遇。于是,驴决心学小狗,以便得到主人的欢心。

主人外出一回来,刚坐下,驴就走进屋,开始蹦蹦跳跳,跳起舞来,样子甚是难看。主人看了这傻东西的怪模怪样之后,咯咯地笑起来。

不过,可笑的事情忽然变成了令人可怕的事情,驴抬起他的两只前脚,搭在主人的肩上,还乱叫起来。主人吓得大喝一声,并大喊救命。仆人立刻拿起一根棍子,走进屋子,邦邦邦就是几棍子,打在驴背上。驴吓得赶忙跑进驴棚里。

一个人在某个地方跳舞,他会得到赏钱,要是另一个人也在同一个地方跳舞,他可能会遭到毒打。人人都应安分守己,接受安拉赋予他的地位。不可不守规矩,乱了方寸。

吃羊的狗

一位牧羊人养了一条狗,他十分相信这条狗,有时,甚至把羊群交给它照料。但只要主人一走开,它就给羊带来很大麻烦。尽管主人给它喂食,好好照料它,可是,有时它还是要咬死羊,吃羊肉。

后来,主人终于明白,狗背叛了他。于是,他决定毫不留情地把它吊死。当主人往狗脖子上套绳子时,狗大声地央求主人饶恕它,不要杀它,而去杀掉那些比它破坏力大十倍的鬣狗。

"这也许是可能的,"气得要命的牧羊人说,"可你比它们坏十倍,没有任何人能救你这背叛我的坏东西。"

最坏最危险的敌人是隐藏在内部的敌人。

死亡与带弓箭的男孩

一个带弓箭的小男孩,在雨季的一天,玩儿累了,由于天气太热,他几乎晕了过去。于是,他走进一块低洼的菜园里休息。可这片洼地是个死亡之地。他来到这里,倒在地上便睡了,弓箭丢在一边。一支支的箭散落在地上,和死亡的箭混合在一起。而原来死亡的箭就散落在地上,到处都是。

他醒来之后,把所有散落在地上的箭都收集到一起。这样,他的箭和死亡的箭都混合在一起了。他连自己的箭也认不出来了。不过他还记得自己箭的数量。

他在收集箭时,由于收集了死亡的箭,却丢掉了自己的一些箭。这就是我们常常看到老年人和残疾人因爱情而感到伤感的原因,有时甚至是悲伤和迷惑不解。死亡和爱情突然而至。当然仇恨也可能与你不期而遇。譬如,人们往往莫名其妙地不喜欢某物或某人。

河鱼与海鱼

一条河里的大鱼被汹涌的大浪卷进海里。这是一条骄傲自大的鱼,认为他的家族和后代比海鱼优秀得多。因而,他十分看不起海鱼。

"你这样抬高自己实在不应该,"一条陌生的小海鱼说,"要是命运安排我们一同进了鱼市,人们肯定一千倍地喜欢我而不喜欢你。"

大并不代表权利和地位。人们喜欢的是宁缺毋滥。好货不需要装饰。豪萨人常说：宁可少而精，不要多而烂。骄傲常给骄傲者招致蔑视。

被追赶的松鼠

有一个国家的人，认为松鼠的尾巴是一剂药宝贵的药引子。于是经常捕捉松鼠，获取它的尾巴。

一天，一群猎狗追赶一只老松鼠。这只老松鼠非常聪明、狡猾。猎狗们追了很长时间也没追上他。松鼠明白人们追他是为了它的尾巴。于是他急中生智，咬断了他的尾巴，自己逃之夭夭，这样他便得救了。

碰到性命攸关的问题时，丢掉次要的东西保全生命至关重要。丢卒保车，不失是一种明智的选择。

游乐场上的卡纳维

有一天，胡督看见卡纳维来到孩子们中间，和他们一起玩耍。他和孩子们玩得又开心又快乐。后来，胡督嘲笑他，并要他滚开。而卡纳维是个心地善良且很有涵养的人。他对胡督的态度毫不计较，反而乐呵呵地立马拿起一把弓箭，并解开弓箭上的弦儿，把它放在地上。

然后他对胡督说："朋友，瞧这把弓箭，如果老让它把弓弦绷得紧紧的，它就会失去张力，还有可能断了弦。但如果不用时，把弦松开，让它休息，这样当你需要用它时，就会得心应手。"

生气了就要消消气。任何东西太过分了，就要坏事儿。豪萨人常说：会休息的人，一定是会工作的人。不是吗？

指示的力量

一天,一位大名鼎鼎能说会道的人,默哈默德,正在给人们发表演说。他在给人们讲述一件重要的事情。他竭尽全力去吸引人们的注意力,但却毫无效果。人们总是一个劲儿地笑哇笑,笑个不停,还逗他们的孩子玩儿。人们对于他的讲演漠不关心。

在沉默片刻之后,默哈默德说,"一天,石头、雨燕和水蛇一起走着,"他此言一出,整个会场鸦雀无声。人们都把目光转向他,看他到底要说些什么。他继续道,"石头、雨燕和水蛇来到了一个山洞,这时,水蛇加快速度,游了过去,雨燕也飞向天空,飞走了。"这时他再回到他演讲的主题。听他演讲的人们大声地问道:"那石头呢,石头干什么去啦?"

"为什么会发生这样的事情呢?"他继续他的演说。人们竖起耳朵继续听他的天方夜谭,胡言乱语,而不是真诚的话,充满智慧的话,使人涨见识的话。

人们应该知道什么样的话应该去听,什么样的话不值得去听。不可浪费时间去听那些无稽之谈。

牧羊人和他的羊群

一天,狂风大作,突然下起了冰雹。牧羊人赶紧把羊群赶进一个大山洞避风雨。可是在它们来之前,已有一群野山羊进了山洞。牧羊人看到这样大、样子特别的野山羊,十分惊奇,对它们的美丽大加赞赏。于是,他把为自己的山羊准备的草料,都喂了野山羊。

暴风雨接连下了好几天。牧羊人自己饲养的山羊都饿死了。可暴风雨一停,野山羊一溜烟地跑出了山洞,回到了它们的栖息地。

"不知感恩的畜生!"牧羊人嘟囔着,"你们就这样回报你们的恩人?"

"我们怎么能知道,你不会抛弃你的新朋友,就像你抛弃你的老朋友那样呢?"走出山洞的最后一只野山羊这样说。

就这样,牧羊人两手空空回到了家。所有村里的人都嘲笑他的傻气。嘲笑他贪婪,不知感恩真主。

一个人应该保持诚信,不贪婪! 不要自私地背弃朋友。人各有所长。主是至高无上的。牧羊人失去了他的羊群,是因为他贪婪,而又不知感恩真主,结果是两头落了空。人要真诚,要学会控制自己,不可贪婪。真主保佑!

老鼠开会

在一栋乡村别墅里住着一只猫,他很尽心尽力地捕捉老鼠。老鼠的数目减少得非常快,于是,老鼠们决定开一个秘密会议,商讨好对策。

老鼠们提出了各种各样的办法和建议,但是都没有取得一致意见。这时一只年轻的老鼠站了起来,会议主席看了它一眼,他也看看会议主席,说他要提出一条建议,并且保证大家都会同意他的建议。

"要是,"他说,"在猫的脖子上系一个铃铛,只要他挪动一步,铃就会响起来,这样我们就能知道猫来了,我们马上钻进洞里。如此一来,我们就能安心地过日子了,再也不会怕他了。"

这只老鼠洋洋得意地坐下了。其他一些老鼠赞扬他的建议,还给他鼓了掌。这时,一只年纪大的灰色老鼠站起来,笑眯眯地说他不同意那只年轻老鼠的建议,说这个建议很有趣,可是有一大缺点:

"提建议的那位年轻朋友没有告诉我们,"他说道,"谁去给猫系铃铛呢?"

不能执行的建议是无用的。不要提不能实行的建议。

发出响声的车轮

一个人有一辆马车,此人发现他的马车的一个轮子发出很大的声音。在四个车轮中这是最坏的一个。于是他问车轮为什么会这样,车轮说自从上帝创造世界以来,地位卑微的穷人,最爱诉苦和抱怨。

哪里冒烟哪里就会有火灾。哪里的穷人抱怨最多,最不安定,哪里的领导就有问题。哪里平民百姓最安定,哪里就不会出现抱怨、骚乱和反抗。

燕子和其他鸟类

一天,农夫正在种一种草,被燕子看见了。这种燕子非常聪明,他和其他鸟类一样周游过很多地方。他知道很多事情,其中就包括人们做的事和农夫种的草。他还知道人们用网和陷阱捕捉他的同伴们——鸟类。于是燕子请求其他鸟类帮助它,把农夫种的草吃光。

可是那时,到处都有美味食品,鸟类非常喜欢在天空翱翔,爱唱歌,谈情说爱,根本顾不上燕子的请求。就这样,草慢慢地张高了。燕子的担心和惧怕也在不断地上升。

"现在还不算迟,"燕子说,"你们赶快吃掉这些草,只有这样,你们才能逃脱将要出现在你们面前的危险。当你们在这里遇到危险时,又不能像我一样飞到别的国家去。"

这些小鸟根本就没有理会燕子说的话。还认为他在胡闹,认为这种危险只威胁到他一个人。日月穿梭,光阴似箭,不久农夫种的草长高了,成熟了。农夫把草收割回家,正如燕子所说,农夫用这些草织成网。农夫用网做成陷阱,这样,很少有鸟能够逃脱他的陷阱。

很多被捕捉的小鸟,这时才想起燕子说的话,他们原来还以为他是个疯子呢。由于鸟类的短视,燕子不愿与他们为伍,他更喜欢在人家家里的房梁上做窝,与人生活在一起。

有备无患。提防那些没有头脑的人,以免他们使你陷入困难和被毁灭的境地。害人之心不可有,防人之心不可无。

鸽子与雏鸽

一只母鸽,把小鸽子安放在已成熟的麦地里。可她非常担心在小鸽子的翅膀还没有长成之前,农民就来收割麦子。每当她出去觅虫时,都要盼咐小鸽子,注意听周围的动静,如果听到什么话语,等她回来再告诉她。

一天,在她出去之后,雏鸽们听到农夫对儿子说麦子已经成熟,可以收割了,并让儿子第二天一早去请朋友和邻居,帮助收割麦子。鸽妈妈回来后,小鸽子跪下,颤抖着,唧唧喳喳告诉妈妈说,农夫要收麦子了。他们请求妈妈赶快把他们从麦地里搬走。鸽妈妈叫他们不要担心。"因为,"她说,"要是农夫要请朋友和邻居帮助收割麦子,我敢肯定第二天他们不会收麦子。"

第二天,鸽妈妈又出去了。出去之前,她又对小鸽子们说,注意听,有没有人说话,回来好告诉她。农夫来到田边,他等呀等,一直等到太阳西斜,也没有人来帮他收割麦子。因为他儿子一个人也没有请到。

"看到了吧,"农夫对儿子说,"不能依赖这些朋友了,你得找你姑父、叔叔和你的哥儿们去了,跟他们说,我希望他们明早及时来帮助我们收割麦子。"

小鸽子们惊慌地把这些话,告诉了鸽妈妈。"不要惊慌孩子们,"鸽妈妈说,"亲兄弟,亲眷们,也不总是能互相帮助的。不过你们要继续侧耳细听,看明天他们说些什么。"

第二天,农夫又来到麦地里。可他的兄弟们、亲戚朋友们,还是没有来。接着他对儿子说:"提贾尼,你听我说,这样吧,明天早上,你找两把镰刀来,这麦子得靠我们俩自己来收割了。"

小鸽子们把这些话告诉了鸽妈妈。"亲爱的孩子们,"鸽妈妈说,"我们确实得飞走了,因为,要是一个人下决心自己干一件事,他不会轻易放弃的。"

凡事不得依靠他人,自己能做的事自己动手。自己动手,才能丰衣足食。

城里的老鼠与乡下的老鼠
一天,城里的老鼠去拜访乡下的老鼠,这只乡下老鼠心肠好又聪明。看到城里的老鼠来拜访他,乡下老鼠拿出豆子等各种各样美味食品。并对城里的老鼠说,请吧!城里的老鼠一边撒着娇,一边这里尝一点,那里尝一点,我可是城里的老鼠!主人给他拿来这些既乏味又硬邦邦的东西,可他却感到很高兴和惊奇。

品尝完食品之后,城里老鼠对主人说,"说实在,我的好朋友,我真对你能在这样的环境中生活感到奇怪。在这既脏又狭窄的地方,没有快乐,没有欢笑,你就这样一年又一年生活在这死气沉沉的地方?你今晚就到我那里亲眼看看我的生活有多幸福。"

乡下老鼠同意去城里老鼠那里看看。天黑之后他们一同进城。他们来到城里老鼠居住的这一家人家,说来也巧,这一家刚刚举行过盛大宴会。城里老鼠立刻便收集了很多美味食品,他把食物堆在地毯的一个旮旯里。乡下老鼠从未听说过这么多各种各样肉类的名字,他都不知道从何下手开始吃。他正高兴得热泪汪汪时,门吱呀一声开了,原来是仆人提着灯进来了。老鼠们迅速躲藏起来。

在一切都恢复平静之后,他们又回来吃饭。可不一会儿,门又开了。主人的儿子突然闯了进来。他的狗也跟在他后面,他还用鼻子到处闻个不停,还来到老鼠们刚刚离开的地方。这时城里老鼠早已钻进自己的洞里,而他事先没有告诉他的朋友这个洞的方位。于是乡下老鼠不得不藏在一把椅子的后面,他被吓得直打哆嗦,全身颤抖个不停,一直到房间恢复平静为止。

之后城里老鼠叫他回来继续吃饭。但乡下老鼠说:"不,不,不！我要立刻回家。我宁可待在自己家里平平静静地吃麦子,也不愿在你这里战战兢兢地享用什么美味佳肴。"

金窝银窝不如自己的草窝,平平静静的平淡的生活,胜过惶惶不安的富裕生活。

金丝雀与燕子

一只生活在菜园子里的金丝雀与一只燕子很合得来,于是,他们便成了好朋友。从此,燕子经常到菜园子里来,在觅食之后,常去拜访金丝雀。每次去拜访金丝雀,他都快乐地在树枝上跳来跳去,而金丝雀则用甜蜜的声音向他问候。

"嗨,妈,"一天,金丝雀对自己的妈妈说,"没有任何人交过像我这样好的朋友,没有比我和这只燕子的情意更浓的了。"

"没有一位母亲,"金丝雀的妈说,"生了个像你这样傻的儿子,春天来临之前,你的这位朋友就会离你而去,让你在这里挨冻,他却去很远很远的地方,享受温暖的阳光。"

与生活习惯不合的人交朋友,友谊是不能长久的。和贫富相距甚远,知识相距甚远,地位相距甚远的人,是不可能交朋友的。

丢失镐的人

有一个人正用镐挖一条水沟,挖着挖着,他把镐放在一边,走开了。当他回来取他的镐时,镐不见了。他问在一边干活的雇工,有没有看见他的工具。雇工们回答说他们一无所知。

此人生气地说,肯定是他们中的一个人拿了他的镐。他还说,无论如何他一定要找出这个小偷。他怀着这样的决心,坚持让所有的雇工与他一同去见一位住在附近镇上赫赫有名的相命的人不可。

当他们来到镇门口时,都停下来休息片刻。这时,镇上发布公告的人,大声地发布公告说,昨天夜里,有人进了相命先生的家,相命先生家严重失窃。并说对揭发盗贼者将给予重赏。接着此人就让雇工们回去。

"哼,要是相命先生,"他说道,"也查不出盗贼,我也很难知道谁偷了我的镐。"

豪萨人常说,大夫需先治好自己的病,才能给别人治病。

公鸡与黄鼠狼

一天,在一个凉爽的清晨,栖息在树梢上的一只公鸡使劲地打鸣儿。他的鸣叫声传遍了丛林。在远处的黄鼠狼也听到了他的鸣叫声。而黄鼠狼本来就饥肠辘辘,正在觅食。于是,他朝鸡叫的方向走过来。当它看到公鸡在树顶上时,便开始盘算如何让他下来。

于是,他用甜甜的声音对公鸡说,"怎么你还没有听说吗,我的好伙伴?动物和鸟类已经达成了和平协议。他们之间再也不会互相捕杀,互相鱼肉了,到处都是友爱与和平的阳光。看在安拉的分上,下来吧,我们一同商讨这重大的新闻吧!"

公鸡可知道黄鼠狼又想故伎重演,企图逮住它。假装远远地看到什么,黄鼠狼问他看见什么了没有。

"我好像看到一群猎狗向这里走过来了,是,是猎狗,他们跑过来了。"

"啊,好啦,"黄鼠狼说,"我得马上走了。"

"啊,我的好朋友,"公鸡说,"我求求你,不要走,我这就下来。也许在这和平时期你不是害怕猎狗吧!"

"哪里,哪里,"黄鼠狼说,"哟,还有十分之九的动物们还不知道这个和平公告呢。"

谎言是不能持久的,迟早会不攻自破。不要在熟人中撒谎。

角力者与雕刻艺人

一天,一个名气很大的角力者,隐瞒了自己的身份,来到一个木雕艺人的店铺。这个木雕艺人专门雕刻人和各种动物的木雕像。角力者很想知道人们是如何看待他这位大名鼎鼎的大力士的。在这个店铺里,他看到了雕刻的农民、拳击手、学者、雕刻家和角力者,也就是他自己等各种人物的形象。

角力者表示愿意买下这尊雕像。他拿起一尊学者的雕像,问雕刻艺人这尊雕像的价钱。

"十奈拉,"艺人回答。

"这尊呢?"他指着一尊农民的雕像问。

"啊,只要五奈拉我就卖给你。"艺人回答。

"那么这一尊呢?"角力者问,他把手放在表现他自己形象的雕像上。这尊雕像雕刻细腻,还上了油漆,很光亮。

"这尊雕像是最贵的,因为这尊角力者的雕像形象最动人,充分展示了角力者的力量。"

"原因是,"艺人说,"你要是真想买那两尊雕像,这一尊我会便宜点卖给你。"

喜欢听赞扬话的人,往往更喜欢听到批评的声音。为了需要而不是为了赞扬去工作吧。

狮子、黄鼠狼与鬣狗

有一段时间,森林之王病倒了,好久不能起身。在狮王生病期间,他的心情特别不好,因为连黄鼠狼也不去宫殿看望它。

尽管,黄鼠狼有时神不知鬼不觉地偷偷去看他。有一天他还看到鬣狗也在那里看望大王。黄鼠狼与鬣狗是死对头,谁也不肯搭理谁。鬣狗还提醒大王注意,对他说黄鼠狼好久没有来宫殿了。

"我有充足的理由认为他在耍弄某种阴谋。"于是大王下命令,不管在什么地方看到他,都要把他抓来见大王。黄鼠狼被抓住了,狐狸带他去见大王。

"你为什么拒绝来宫殿看望我?"狮王厉声呵斥质问黄鼠狼。

"大王饶命,请大王消消气,愿大王万寿无疆!"黄鼠狼低三下四地求饶。"我不是不想来,也不是不尊重大王,而是怕影响你的健康。我还去了很远的地方,找有名的医生,为你讨最好的药,想医好你的病。"

"噢,你弄到药了吗?"狮王期待地问。

"是,弄到了,医生们对我说,"黄鼠狼一边说道,一边不怀好意地看着鬣狗,"说是只有一个法子能医好你的病,保你不死,那就是要用刚刚杀死的新鲜的鬣狗的皮把你裹住。"

为了立刻证明药是不是有效,狮子当场咬住鬣狗的喉咙,把他杀死了。

血债要用血来还,谁播下仇恨谁遭殃。

牧羊人成了富人

一个牧羊人常在海边放牧。一天,他把羊赶到海边,自己坐在一块石头上,享受从海上吹来的海风。那天的天气尤其宜人。他前面是平静的大海,蓝色的大海使他心旷神怡。

他欣赏着船儿的白帆,倾听着海浪拍打岩石的声音,心里充满喜悦与快乐。

"嗨,真是太惬意了,"他深深地吸了一口气说,"要是我能乘自己的帆船,或像鸟儿一样翱翔在蓝天,再到别的国度去旅游,看看异国风光,我再成为一个有钱人,帮助需要帮助的人,那该多么幸福。"

于是,他把自己的羊群和拥有的一切全都卖了,买了一条帆船。他往船里装满了枣子等物品,开始了海上旅行。后来风暴来了,为了减轻船的重量,防止船沉没,他把枣子等物抛进大海。尽管他做了很大努力,巨浪还是打翻了他的船,船撞在礁石上,被撞碎了。牧羊人费了九牛二虎之力,才没有被海浪吞没,他得救了。

经过这次海难,牧羊人被一家人家雇佣了,顾主便是买他羊那个人。

由于牧羊人是个有心人,同时又是个勤俭节约之人,好多年后他还真成了一个富有的人。一天,他又坐在他曾经坐过的那块海边的石头上,天气依然像他梦想成为富人时那样晴朗。海水冲刷着他的双脚。

"疯狂的大海呀!"牧羊人说,"你以为我是个没有头脑的蠢驴,还会像上次那样到你上面去航行?还是想要我再给你一些枣子?"

人们常常从经历的事情中获取聪明、才智,从不幸中汲取经验、教训。吃一堑长一智。

狮子与大象

一天,狮王抱怨说那些与他一样有利爪、尖牙和伟力的森林动物,不应该如此害怕公鸡打鸣儿。

"生活怎么能快活呢,"狮王说,"如果这类无用的生物有权破坏这种平静生活的话?"他正在琢磨这事时,一只大象快速地扑闪着芭蕉扇似的大耳朵走来了。狮子十分讨厌他的举动。

"咳,讨厌的东西!你怎么啦?"狮子问大象道,"难不成还有什么小生物能伤害你这样的大家伙?"

"你没有看见这嗡嗡叫的黄蜂吗?"大象说,"要是他蛰了我的耳朵,我会疼得发疯的。"狮子这才改变了自己的想法。他下决心不让任何别的东西再伤害自己。他明白世界上所有的生物都有伤害别人的本领。

世界上的事情就是这样,有快乐,有烦恼。少些烦恼和抱怨,多些快乐和满足。知足者常乐。

大黄蜂与狮子

一天,大黄蜂对狮子说:"我才不怕你呢,你比我力气大,可我还是可以整你。你的利爪和尖牙救不了你。我可以蛰你,来吧,咱这就斗一斗,我马上让你去见阎王爷。"

说完这些挑衅的话语之后,大黄蜂立即袭击狮子。狮子立刻慌了手脚,因为大黄蜂不停地蛰它的鼻子、眼睛和耳朵。狮子吼叫起来,疼得用爪子在身上到处乱抓,并立刻疯狂起来,他用尽各种办法想消灭大黄蜂,但都毫无用处。大黄蜂还是一个劲儿地攻击他。

最终狮子疲惫不堪,四脚朝天躺在地上,满身是血。而大黄蜂却以胜利者的姿态,在空中飞舞,唱着歌。还高傲地自己夸自己。就在这时大黄蜂突然掉进了蜘蛛网,这蜘蛛网看起来不起眼,却牢牢地粘住了他,使他动弹不得。他使尽了浑身解数,也没能解脱。他越是嗡嗡嗡地挣扎,越是被粘得更紧。就这样战胜了狮子的大黄蜂,却被蜘蛛战胜了。

没有永久的胜利者。强中自有强中手。

神灵与牧童

一天,一只小牛走失了。牧童走遍丛林也没有找到它。于是他走到自己崇拜的神灵面前,请求保护,并许诺,如果神灵帮助他找到偷牛的小偷,他会宰了小牛作祭祀。过后他继续寻找小牛,刚走不多远,突然碰见了一头狮子,狮子一边吃着小牛,一边咕哝咕哝地叫着。

"哎哟,我的神灵!"牧童大叫起来,"我对你许诺过呀,我会宰了小牛,只要你能帮我找到小偷的呀。那么,现在如果你可怜我,保佑我不被狮子逮住,我会宰一头驮牛祭你。"

诺言是债,欠债要还。许下诺言要履行。不可随意许诺。

猫和老鼠

很久很久以前,猫和老鼠之间曾经发生过一场残忍的战争。在战争中,老鼠总是吃败仗。于是,老鼠们开了个会,讨论他们为什么不能赢。大部分的意见认为,由于他们在战争中,不知到谁是统帅,因而,当战争进行得十分激烈时,他们就被打得溃不成军,败下阵来。

于是老鼠们决定,如果再发生战争,他们要选一位统帅,这样,其他的老鼠就可以听从他的命令。老鼠们进行了长时间的军事训练,随后向猫发起了进攻。

可是,他们还是没有取得胜利。他们再一次被打败了。他们中大部分人,因为钻进了洞里而脱身了。而将帅们因为要指挥战斗,来不及逃脱,被猫们逮住吃了。

那些地位高的领导者们,责任重大,因而也处在最危险的地位。因此,他们需倍加小心,否则就会失败。

鬣狗与狐狸

一天,鬣狗和狐狸选了他们中的一位做国王。被选上的这位鬣狗是一个满口甜言蜜语的无赖。选完之后,他向臣民们讲了这样一段话:

"有一件事,"他说道,"对我们来说非常非常的重要,因为他关系到我们每个人的生活是否幸福。没有任何东西能加深我们的友谊和我们的兄弟情谊,改善我们的共同生活,除非消灭自私。因此你们每个人,在狩猎中获得的猎物,都要与同伴分享。"

"说得好,说得好!"黄鼠狼说,"那么,为了实现你的这些诺言,就把你昨天藏在房间角落里的猎物,拿出来让大家分享吧。"

自己说的话自己首先要做到,不可口是心非哟。

小羚羊与狮子

鬣狗正追赶一只小羚羊。突然间,他发现了一个山洞,并向里面窥视,发现里面有一头狮子,他正虎视眈眈。小羚羊还没有进去,一下就被狮子咬住了,一切就好像做梦一样。

"我真是遭灾了!"小羚羊快死时这样说,"我进这个山洞是为了躲避人和猎狗的追赶,结果却落入了最危险动物的口中。"

在躲避危险时,千万小心不要才出油锅,又下火海。也就是说应竭力避免顾此失彼。

山羊与狗

一天,山羊对主人说,有人常剃光他们身上的毛,还把羊羔宰了吃。可他们只能吃草和一些嫩树叶。主人到处都可弄到这些不值钱的东西。

"你的狗呢,"山羊们说,"他的毛不能用来做衣服,人们也不吃他的肉,主人总对他表示关爱,还把自己吃的肉分给他吃。"

"你就安分守己点儿吧,你们这些傻呼呼的羊,懒死了!"藏在一边偷听的狗这样说,"要不是我保护你们,为你们赶走鬣狗和贼,你们就不会那么幸福了。"

各人都有自己的工作,每个人都有自己的用处。人各有所长,恪守本分,屏弃妒忌。

马与狮子

一只衰老的狮子看见一只漂亮、丰满的小马驹,他早就想吃掉他。他心想,要论跑,他现在跑不过小马驹,于是,他开始策划计谋,以便能平静地逮住小马驹。

狮子让人告诉所有的动物,说他花了好几年研究学习医学,现在随时准备医好每一位动物的病。他希望用这种方法混进动物中间去。这样便能实现他的目标。

马不同意狮子的意见。他假装一瘸一拐地来到狮子面前,故意装着好像一只脚被荆棘扎伤了似的,而且这只脚似乎疼得很厉害。狮子让他把受伤的脚给他看,马把脚伸给他看。狮子假装热情地要医好他的病。马却不以为然,他感觉狮子要向他扑过来,马的两条后腿蓄势向狮子的脸蹬踏过去,一下便把狮子踢了个四脚朝天,狮子在那里扭动着,挣扎着。马为自己的计谋取得胜利哈哈大笑,快快乐乐,高高兴兴地走了。

聪明过头反误事,聪明反为聪明误。

鬣狗与羊羔

一只鬣狗正注视着一只脱离羊群自己走失的小羊羔,死死地盯着他。小羊羔发现自己已无法逃脱,突然停住,等着鬣狗来抓他。他还壮起胆子对鬣狗说:"我十分清楚地知道,今天我要被吃掉了。不过要是我快乐地死去,我不会感到遗憾。因而,在我死之前,请求你为我吹一首很好听的曲子。"

看样子鬣狗很喜欢音乐,因为你随时都能看到他带着一根笛子。因为小羊羔的吹捧,鬣狗十分高兴,于是,他吹起了笛子。小羊羔随着笛声跳起舞来。笛声引来了一群狗。

鬣狗边逃边说道:"人们放弃一种职业,去从事另一种职业,这种事情是常常发生的。我的职业是狩猎,而不是吹笛子。"

人人都应坚守自己的职业,不应见异思迁。

黄鼠狼与葡萄

一只饥饿的黄鼠狼,来到一个葡萄园,一串串成熟了的葡萄,水淋淋的,挂在不高不矮的葡萄树枝上,令他垂涎欲滴。他跳呀蹦呀,想摘下来吃,可总就差那么一点儿,跳了半天还是白费劲。最终,他还是不得不走了。他边走边嘟嘟囔囔道:"要是这些葡萄很甜,我倒会感到遗憾,但看上去碧绿碧绿的,全是生的,肯定很酸,不好吃!"

某些人很想得到而又得不到某些东西,于是就说这东西如何不好。吃不着葡萄就说葡萄酸,不要学这种人。坚持真理,说真话。

园丁与狗

某个园丁养的狗,在一口井边蹦蹦跳跳,不小心掉进了井里。园丁赶紧跑去救它。在他努力把他救出时,这个不知好歹的家伙,却咬伤了他的手。园丁气坏了,于是便放弃不管他了。狗淹死在井里。

善有善报,恶有恶报,不可以怨报德。

鸡与黄鼠狼

一只黄鼠狼走进一户人家,上下打量许久,想弄点吃的,但没有找到。之后他看到一只鸡,栖息在高处的铁杆儿上。鸡在高处他够不着,于是,他开始施展拿手的伎俩。

"哎,我亲爱的伙伴,"黄鼠狼说,"身体怎么样呀?我听说你有些不顺心,老在家待着,也不愿出去玩玩,因此,我有些不安,特地来看看你,才能安心。看到你我可高兴啦。下来吧,让我看看你的心跳正常不正常。你真是个慢性子,哎哟,瞧,你瘦多了。"

黄鼠狼正在不怀好意地唠叨时,鸡对它说:"说真的,我的朋友,黄鼠狼先生,你说得对。不过,我现在待在这里没有多大危险,请你原谅,我不会下去的。我敢肯定,我一下去就没命了。"看到别人已识破自己的诡计,黄鼠狼无奈地走开了。

你有诡计,我有心计,用心计对付诡计。**魔高一尺道高一丈。**

老猎狗

一只在年轻力壮时狩猎本领很高的老猎狗,逮住了一只公羚羊。但由于年老体衰,又没了牙齿,让羚羊给跑了。

当他的主人来到时,气愤地把他打了个半死。主人还不肯罢手,猎狗对他说:"看在主的面上,你消消气吧,我的好主人。你知道,我的勇敢和决心是没有错的,错的是我的力量和牙齿,它们已大不如前了,不中用了,那也是由于为主人您服务的呀。"

不可忘记某人对你的好处。忘记过去意味着背叛。

老鼠与青蛙

老鼠和青蛙,曾经是非常要好的朋友。青蛙经常去老鼠家拜访它,他们经常一同进餐。一天,青蛙邀请老鼠到家里来做客。不过,去青蛙家需过一条河,老鼠说他不会水,不肯去青蛙家。

又有一天,青蛙坚持一定要老鼠去他家,并说可以带它一起过河,于是老鼠同意了。老鼠的一只前脚与青蛙的一只后脚,用绳子紧紧地栓系在一起,他们来到河边一起过河。

当他们来到河中央时,青蛙起了歹心,他想让老鼠淹死,这样,他就可以得到老鼠家的财产。于是,他使劲地潜入水中,老鼠慌了神,拼命地叫呀哭呀。正在天上翱翔的老鹰看到了这情景,说时迟那时快,一下便把老鼠连同青蛙一起叼起来了,就这样他们俩全都丢了性命。

人不可起歹心,弄不好会害人又害己。豪萨人常说,要是你想挖坑害人,可别把坑挖得太深,因为你也可能掉进去。

乌马尔与仆人伙伴们

一个行商,曾经是乌马尔的主人,吩咐他的仆人准备好货物去赶集。在分拿货物的时候,乌马尔要求拿最轻的物品,同伴们让他自己挑,他选择了装油煎饼的筐。同伴们都笑他,因为这是一件最大最重的物品。

头顶这件物品的乌马尔可没有少吃苦。吃午饭的时间到了,同伴们要乌马儿给他们每人五个油煎饼,于是他分给每人五个。这下他拿的物品的重量减少了一大半。天快黑了,同伴们又让他把剩余的油煎饼都分光了,吃光了。于是,最后乌马尔就顶着个空筐回来了。他的同伴们头顶的货物,每走一步似乎越来越沉重。他们这才恍然大悟,夸他聪明,有远见。

干事要善于动脑筋。多动脑筋少受苦,蛮干不如巧干。

王子与狮子的画像

有一个国王,育有一个独生子,国王自然十分溺爱他。这位王子酷爱打猎,常去森林捕猎凶猛动物。国王很迷信,也很相信自己做的梦。一天,他做了个梦,王子被狮子吃了。于是,他下定决心,不再让王子去狩猎。

因此,国王专门为王子盖了一栋很大的塔楼,让王子住在里面。为不使王子寂寞,还派人拿去很多书籍、雷声机唱片和各种照片。还在墙壁上画了这个国家所有动物的画像。画中动物的大小与真动物一样。在这些动物画中,还有一只狮子的画像。

一天,王子久久地凝视着这张狮子的画像。当他因被监禁而十分气愤时,用手拍打狮子的画像,说:"都是因为你,我才遭至这种不幸呀!要不是因为我父亲做了个与你有关的梦,我现在不就可以自由自在,到处闲逛吗?"

在墙上狮子画像上方,有一个铁钉子,当王子用手拍打狮子的画像时,碰到钉子,受伤了,伤口化了脓,开始溃烂。这个伤口竟成了王子的不治之症。

人为的伤害往往是致命的。遇事应沉着应对,不可鲁莽从事。胆小和莽撞都会遭至不良后果。

黄鼠狼与公鸡

一天清晨,黄鼠狼打一座乡间小屋旁走过。哗啦一声他被农民设下的陷阱逮住了。农民设陷阱是专门逮黄鼠狼的。一只公鸡远远地看到了,走了过来,但他不敢靠的太近,小心翼翼地窥视了一眼。

黄鼠狼看到了公鸡,对他说了如下一段话:"好伙伴,求求你,看在主的面上,可怜可怜我吧,我现在深陷囹圄。这一切都是因为你,我回家时经过这里,听到你的打鸣声,于是我才决定继续赶路之前,来拜访你。这才被陷阱夹住了。要是现在你赶快到我家,拿根尖木棍来,把它插入这个夹子里,我就可以得救了。我不会很快忘记你对我的帮助的。"

公鸡赶紧跑去帮它把棍子弄来了。公鸡没有自己拿棍子,拿来棍子的是个农民。公鸡把黄鼠狼被陷阱夹住的事,从头到尾给农民讲了一遍。农民一到,一棍子便把黄鼠狼打死了。从此,再也没有黄鼠狼来偷他家的鸡了。

从可靠的人、品行好的人那里寻求帮助。否则会上当的。

葫芦与番石榴

人们在一棵大番石榴树旁,种下葫芦。因为气候十分适宜,葫芦很快便长出来了,葫芦藤越长越长,开始向番石榴树上缠绕,后来甚至把番石榴树顶也给掩盖了。葫芦的叶子很宽,结出的葫芦很好看。于是,他欲与番石榴比个高低,并自己下结论说他比番石榴的价值更高,用途更大。

"为什么这么说呢?"葫芦说,"你长了好多年才长到这么高,我在数十天之间就比你高了。"

"这倒是真的,"番石榴说,"我可经受了旱季和雨季的严峻考验,也经过了炎热与寒冷的煎熬。我经历了那么常的时间,还是那么翠绿。可你呢,只要经过一次小病小痛,或者炎热或寒冷,你就会变得憔悴不堪,就会枯萎。你的价值与用途就一扫而光了。"

时间最能表明某个物品的价值与用途。比如,你要了解一个人,必须经过很长时间才能对他有所了解,所谓日久见人心,就是这个意思。急急忙忙对某个事件表态,往往出差错。

公山羊与狮子

狮子看见一只山羊,在陡峭而又高峻的山坡上快乐地蹦跳着。狮子喊他下来,到碧绿的草地上来,吃这里鲜嫩的绿草。

可山羊已看出狮子的诡计,对他说:"太感谢你的建议了,我的狮子朋友。不过我怀疑你是想尝尝我的鲜美的肉吧,是不是?"

豪萨人常说,即使说话的人是傻子,听话的人决不会是傻子。对于那些甜言蜜语和看似美好的建议需多加小心,特别是那些主动提出的建议。

舌头

一天,影子请了很多客人在家吃午饭。他让阿达穆负责操办宴会。并对他说要准备最好的菜肴,不管价钱有多贵。他为客人准备的第一道菜是用各种烹调方式烹制的舌头。

这道菜引起客人们哄堂大笑,他们对这道菜品头论足。在上第二道菜时,阿达穆又拿来舌头,第三道、第四道都是舌头。这下问题严重了,影子生气地对阿达穆说:"我没有跟你说过吗,不管多贵要准备最好的菜肴!?"

"是呀,什么东西比舌头更贵呢?"阿达穆说,"它是学习获取知识最好的工具,人们用它说话,阿谀奉承,人们经商、谈婚论嫁、命名典礼等等都离不开它呀。还有什么东西比它更有价值呢。"

于是,人们赞扬阿达穆的聪明,智慧。客人们都很满意。"好!"影子又对客人们说,"我再一次邀请你们明天共进午餐。"说着便转身对阿达穆说,"要是说今天这是最好的菜肴,那我要求你明天为客人准备最次的肉。"

第二天,用餐时间已到,客人们也已来齐。当客人们看到餐桌上只有舌头,没有别的菜肴时,惊讶不已。影子也气晕了。

"哎哟!你这是怎么了!我的好管家。"影子说,"昨天舌头是最好的菜肴,怎么今天又成了最次的菜肴啦?!"

"还有什么东西比舌头更可恶的呢?"阿达穆说,"世界上发生的坏事,有哪一件不是舌头在充当帮凶呢?阴谋诡计、明争暗斗、强权、尔虞我诈、不公正等都与舌头有关。舌头能摧毁一个国家、一个城市,也能破坏友谊和兄弟情谊。"

人们又一次因阿达穆的聪明智慧而惊叹不已。他们以热烈的掌声鼓励他,赞扬他。客人们直到他和主人和好如初才离去。人们又生活在和平的阳光下。

智慧的语言能把人从受惩罚或受辱甚至死亡边缘拯救出

来。智慧的语言能带来和平和快乐。

鬣狗与山羊母子

一只母山羊对她的儿子说,任何时候,在他出去牧草时,都要把家里门关紧。并对他说不要给任何人开门,除非他说出这样的话:"灾难来到鬣狗与其家族的头上。"

可正当她对儿子说这些话的时候,鬣狗躲在一边偷听,山羊却一点儿也不知道。她说的每句话都一字不漏地被鬣狗听到了。于是母山羊出去后,鬣狗便来敲门,乒,乒,乒,它模仿母山羊的声音说道:"灾难来到鬣狗及其家族的头上。"

鬣狗确信小羊羔会很快给它开门。可是,哪里呀!小羊羔觉得不对劲儿,说:"先把你的胡子给我看看,然后我才会让你进来。"

说话要有证据才能使人相信。不可相信无证据之言。

女人与鸡

一位妇人养了一只鸡,这只鸡与众不同,每天都下一只蛋,它下的蛋特别鲜美,所以卖得很贵。这位妇人觉得如果给多加饲料,每天给它加一倍的食,也许它每天就能下两个蛋。于是,她每天给它加食。鸡食吃得多了,便越长越肥,后来就成了一只不下蛋的鸡,每天连一个蛋也不下了。

某些事不见得多就好,需具体情况具体分析。

算命先生

有一个人自称是魔术师和算命先生。他常去市场招揽顾客,称他能预言将来要发生的事情。还能知道丢失的东西在何处。

后来有一天,正当他在为人家算命时,一个滑稽可笑的人穿过人群,喘着气对算命先生说你家着火了,还说不要多久,他家就会化为灰烬。他话音刚落,算命先生撒腿便往家跑。这个给他通报消息的人和整个人群都哗哗地跟着他跑过去。

嗨!哪里呀,他家根本就没有失火。算命先生以及跟他走过去的人,一到他家全明白了。人群中发出了哈哈大笑声,人们开始嘲笑这位算命先生。而这位通报假消息的人,更是一个劲儿地问他,你这位能预见未来发生的事情的人,怎么不能预见自己家里要发生的事呢?

烤肉能手最好先尝尝自己的烤肉,再去卖。拙劣的商人不会占有市场。算命先生最好先为自己算算命,再去为别人算命。

蝙蝠与狐狸

一只狐狸逮了一只蝙蝠吃,蝙蝠向他求饶,让他放了他。

"不,不,不,"狐狸说,"我从不怜悯鸟类。"

"鸟类?"蝙蝠大声说,"哟,我可不是鸟类,我是老鼠类的,你瞧我身上。"狐狸还真把他放走了。

数天之后,又有一只狐狸又逮住了这只蝙蝠。蝙蝠照样要求狐狸放了他。

"不,不,不,"狐狸说,"我可不可怜老鼠。"

"可我,"蝙蝠说,"你看看我的翅膀就会知道我是鸟类。"于是这一次狐狸也把他放了。

一把弓箭上最好备有两根弦,一根断了可以用另一根。凡事需作两手准备。

神与蜜蜂

一天,一只蜜蜂给神送去一罐蜂蜜。神高兴地接受了这份礼物,并且对蜜蜂说如有什么需求,他会给予帮助。蜜蜂说他要求任何被他蛰的人,都要让他死掉。不过神却不愿人们在小小的昆虫面前可怜地死去。神对蜜蜂的邪恶念头十分生气。

不过由于事先他已许下诺言,他会给蜜蜂坑害人的权利。条件是蜜蜂必须谨慎地使用这一权利。因为只要蜜蜂用毒刺蛰人,他就必须永远地把毒刺留下,而他自己也必须死去。

邪恶产生邪恶,善意带来善意。邪恶宜避免,善意宜多行。

苍鹭与蛇

一只饥饿的苍鹭出去觅食,忽然看到一条蛇躺在河边晒太阳。苍鹭用它的长嘴逮住了蛇,欲把它吞了。蛇不停地扭动着身体,想缠住苍鹭,并逮住机会咬了苍鹭一口,向他射出毒液。蛇的这一口咬,送了苍鹭的命。

"我这是报应,"苍鹭快死时挣扎着说,"我本想要他的命的。"

人们必须尊重别人的权利。不可为了一时的快乐、金钱、地位或权力而坑害别人。爱别人就像别人爱你一样。友好善意地和别人相处。

驴、狒狒与地鼠

一天,驴在路上和狒狒相遇,两人就各自的缺陷嘟囔个不停。

"我的两只耳朵太长了,人们老笑话我,"驴说,"要是我像牛一样长两只角该多好哇。"

"可我呢,"狒狒说,"要是有人看到我后面,我真感到害羞。我怎么就没有像那不老实的狐狸一样长出毛茸茸的尾巴呢?"

"你们听我说,你们两个都听我说,"藏在一旁的田鼠对驴和狒狒说,"感谢主给予你们的一切吧,我们田鼠既没有角,也没有像样的尾巴,再则,我们的视力也很差,几乎与瞎子一样。"

人们不要发牢骚,因为总是有人比不上你们的,比你们承受更大的痛苦。应该感谢安拉给我们生命和健康。不管你的处境有多艰难,总有人比你更艰难,只是你不知道罢了。应该与不如你的人相比,而不要与在你之上的人相比。要是与在你之上的人相比,你就永远不会满足。要知道知足者常乐的道理。

黄鼠狼与狮子

当黄鼠狼第一次看到狮子的时候,几乎被吓死了。当第二次看到他时,他鼓起勇气多看了它一会儿。当第三次看到他时,他就毫无惧色地走上前去,像老朋友一样和他聊起天来。

熟视导致鄙夷。

园艺工和主人

一个乡下人租了一栋乡间小屋和一个菜园子。这间小屋和菜园子紧挨着一大财主的庄园。乡下人对一只兔子经常在他菜园子里,吃他的蔬菜,很是恼火。一天早上,他去房东家告状。

"这只兔子很狡猾,"乡下人说,"它把我设下的陷阱不当回事,我根本逮不着它。这里面肯定有什么奥秘,即使我扔石块或用棍棒都打不着它。我敢肯定它不是兔子,而是什么东西变的精怪。"

"咳,它就是世界上的精怪王,"捕猎高手房东说,"我的猎狗也能毫不费力地逮住它。你明天就来看过究竟。乡下人同意了。"

第二天一早,房东与他的一群猎狗、二十个朋友、猎人等一起来了。菜园子的主人正在吃早餐。他让他们一起吃早餐,于是他们坐下一起用餐,不一会儿,罐子里的饭被吃得精光。

"那我们现在就开始找兔子吧,"房东说。于是猎人们使出浑身解数,用尽全力吹响号角。猎狗们也奔跑起来,四处寻找兔子。埋伏在一棵大洋白菜旁边的兔子突然蹦了出来,四处乱窜。猎狗们则说主造了我们不逮兔子还逮什么。

兔子穿过菜园子拼命逃跑,猎狗们使命地紧追不放。菜园里的各种菜呀,花呀,农夫做好的垄呀,整个苗圃全被糟蹋的不成样子。兔子穿过栅栏,逃走了。房东和他的一帮人,猎人及其马匹把菜园子踩得一片狼藉。

"啊呀,哎哟!老天哪!"乡下人说,"我真蠢,我怎么找这种大人物帮忙呢!瞧!他们半小时造成的破坏,比得上这地方所有的兔子,一年造成的破坏了。"

自己能做的事自己去做,不可依靠别人。自己动手丰衣足食。

马与猪

一只猪躺着舒舒服服地享受着时光。一匹上战场的战马向他奔驰而来。马身上披着马鞍,装饰得很漂亮,他奔驰着,样子十分潇洒。猪略抬起头,叫起来,说:"嗨,你这傻瓜蛋,跑得这么快去赶死呀!"

"你的话,"马说道,"正适合那些只知吃喝拉撒睡,长得肥头大耳无用的东西,最终被人一刀宰了了事。可要是我在战场上死了,那是以身殉职,将芳名永留。"

死不足奇,但如何死,为什么而死,却大有不同。

神与他的口袋

有一个神送给人类两个口袋,一个口袋用来装邻居的罪孽,另一个口袋用来装他自己的罪孽。然后他把两个口袋挂在这个人的肩上,一个在前,一个在后。

前面的口袋用来装邻居的罪孽,后面的口袋装自己的罪孽。也就是说,他更看重前面口袋里的罪孽。而后面的口袋他看起来就不那么容易。这样一种很久以来实行的习俗至今仍流行着。

豪萨人常说,错误缺点人人有之,可人们却往往看不到自己的错误缺点,只看到别人的错误缺点。

野猪挑战驴

一天,野猪与驴之间发生了口角,它们之间的争论几乎发展得不可收拾。野猪龇牙咧嘴,耀武扬威,威吓驴。并扬言要尽早与驴决战。这一天终于来到了。两个敌手面对面地冲突起来。野猪大吼一声,冲向驴。驴则以迅雷不及掩耳之势,用尽全力,用两条后腿踢中野猪的下颚。野猪摇摇晃晃倒下去了。

"咿?"野猪说,"没有想到他还能从后面进攻?"

敌人往往出其不意地,从意想不到的地方向你进攻,因而必须时刻提防。需记住谋事在人,成事在天。

驴与觅食中的狮子

一天,狮子很想与驴一道出去觅食。于是他命令驴进入丛林,并要驴大声叫喊。

"只要你大声一叫,"狮子说,"所有的动物都会吓得四处逃窜,我就站在这儿等着,并逮住从这个方向逃跑的动物。"

驴跑进丛林,用最难听的声音大叫起来。狮子等着并杀死了不少动物。后来他累了,把驴从丛林里叫了回来。

"难道我没有像你说的那样把事情做好?"驴有些高傲地问。

"要说,你还做得真好,"狮子说,"要不是我事先知道你是驴,我也会被吓坏的。"

叫得最凶的往往不是最危险的。你往往发现那些最爱唠叨的,不是最捣蛋的。

扎伊娜布姐妹们

扎伊娜布盖了一栋房子,谁看了后都说这房子盖得不咋的。"哦,你看那门,多难看!"她的一个妹妹说。

"你看那里面,真是糟透了!"另一个说。

"这盖的什么房子?!我才看不上它呢。太小了,待在里面都转不过身来。"第三个这样说。

"尽管它小,"扎伊娜布说,"我能有那么多朋友到里面来住哟。"

房子好找,朋友难寻。在这个世界上,真诚的朋友,亲密的朋友,守信义的朋友更是难得。祝你好运,能找到好朋友。真主保佑!阿门!

茅屋和大鱼

一天,一条船在拉各斯海岸触礁了。在船上有一只很大的猴子,船长养这只猴子只是为了解闷儿。猴子曾使船长十分开心。不多久船开始下沉了,猴子和大部分人在水中挣扎。听说猴子喜欢人,有一条鱼把猴子当成了人,他游到他下面,用背把他托起,然后游向马利纳岸边。

"你是尼日利亚哪里人?"鱼问它。

"我是地地道道的拉各斯动物,"猴子说。

"是吗!那你知道马利纳喽?"鱼问。

"马利纳!"不愿暴露自己孤陋寡闻的猴子说,"我好像的确知道,他与我爸是好伙伴。"

这下鱼可知道了他是个冒充的家伙,什么也不知道。于是他游开了,不再理他。

不知道就说不知道,不可不懂装懂。知之为知之,不知为不知。不可在你家附近撒谎。实在要撒谎,只能撒善意的谎言。

黄鼠狼与刺猬

一只黄鼠狼正过河,急流把他冲到对岸一个角落。由于他已精疲力竭,躺在那里动弹不得。一群苍蝇飞来落在他身上,又是叮又是咬,把他折磨得半死。在河边的一只刺猬说要帮他把这些讨厌的东西赶走。

"不要,不要,"黄鼠狼说,"求求你不要管它们,这些在我身上吸血的苍蝇快吸饱了。你要是把它们赶走,别的饥饿的苍蝇又会来吸我的血,这样我的血会被它们吸干的!"

人们对固有的痛苦往往逆来顺受,对于新的痛苦却很难适应。对于不能回避的痛苦只能忍受,但痛苦终会过去,幸福终会来临,苦尽甘来。

(程汝祥 译)

编者说明

本书系非洲原语言(豪萨语)文学作品选,也是我国第一部直接从豪萨语翻译的文学作品集。本书分为上下二编。

上编汇集了尼日利亚早期豪萨语作家哈吉·阿布巴卡尔·伊曼、约翰·塔菲达、骆布特·伊斯特、阿布巴卡尔·塔法瓦·巴勒瓦、穆罕默德·瓜尔佐的四部小说,这些作品树立了当代豪萨语文学作品风格,掀开了豪萨语文学崭新的一页。

下编收录了著名豪萨语作家尤素夫·伊努萨撰写的两百篇豪萨文寓言故事。这些故事短小精悍,具有浓厚的非洲味道,是学习豪萨语必读的教科书。在非洲豪萨地区,人们有在入夜给孩子讲故事的习惯;每当夜幕降临,大人们便把孩子聚集到一块,席地而坐开始讲故事,内容大多是与动物、精灵等有关的寓言。本书选译的寓言故事融合了《伊索寓言》的内容及西非口头民间文学中的经典故事,对于研究英国殖民者到来前的豪萨语文学的发端,具有一定的价值。

本书所收个别文本无法联系到原作品著作权人,若涉及版权问题,烦请与译者及出版社联络。

图书在版编目(CIP)数据

身体会告诉你:非洲豪萨语文学作品选/孙晓萌选编;
李春光等译. --上海:华东师范大学出版社,2021
(六点非洲系列)
ISBN 978-7-5760-1872-1

Ⅰ.①身… Ⅱ.①孙… ②李… Ⅲ.①小说集—
非洲—现代 Ⅳ.①I404.5

中国版本图书馆 CIP 数据核字(2021)第 112771 号

华东师范大学出版社六点分社
企划人 倪为国

六点非洲系列
身体会告诉你

编　者	孙晓萌	
译　者	李春光 等	
责任编辑	施美均	
责任校对	王　旭	
封面设计	夏艺堂	
出版发行	华东师范大学出版社	
社　址	上海市中山北路 3663 号　邮编　200062	
网　址	www.ecnupress.com.cn	
电　话	021-60821666　行政传真　021-62572105	
客服电话	021-62865537　门市(邮购)电话　021-62869887	
地　址	上海市中山北路 3663 号华东师范大学校内先锋路口	
网　店	http://hdsdcbs.tmall.com	
印刷者	上海景条印刷有限公司	
开　本	787×1092　1/32	
印　张	12.25	
字　数	182 千字	
版　次	2021 年 7 月第 1 版	
印　次	2021 年 7 月第 1 次	
书　号	ISBN 978-7-5760-1872-1	
定　价	78.00 元	
出版人	王　焰	

(如发现本版图书有印订质量问题,请寄回本社客服中心调换或电话 021-62865537 联系)